Changer l'eau des fleurs

Valérie Perrin

あなたを想う花

〈上〉

ヴァレリー・ペラン

高野 優 監訳

三本松里佳 訳

早川書房

あなたを想う花

〔上〕

CHANGER L'EAU DES FLEURS
by
Valérie Perrin

Japanese edition supervised by
Yu Takano
Translated by
Rika Sanbonmatsu
First published 2023 in Japan by
Hayakawa Publishing, Inc.
This book is published in Japan by
arrangement with
Éditions Albin Michel
through Japan Uni Agency, Inc., Tokyo.

装画／ agoera
装幀／鈴木久美

私の両親、フランシーヌとイヴァン・ペランに捧げる
《パキータ》ことパトリシア・ロペス、そしてソフィー・ダールへ

1

たったひとり大切な人を失っただけで、すべては虚ろになる

——アルフォンス・ド・ラマルティーヌ『瞑想詩集』「孤立」

ここにいる人たちは何も恐れない。心配もしない。恋もしない。爪も嚙まない。巡りあわせも信じない。約束もしない。騒音もたてない。社会保障番号も持たない。泣くこともしない。鍵もなくさない。眼鏡やリモコンも探さない。子供たちを呼びにいくこともしない。幸せも求めない。

本も読まない。税金も払わない。ダイエットもしない。好き嫌いもない。意見を変えることもしない。ベッドも整えない。煙草も吸わない。買い物のリストも作らない。口を開く前によく考えたりもしない。そもそも考えない。代わりをしてくれる人もいない。

ここにはおべっか使いもいない。野心家もいない。執念深い人もいない。おしゃれ好きもいない。卑怯者も、気前のいい人も、やきもち焼きもいない。不精者も、潔癖症も、人格者もいない。変わった人もいないし、麻薬中毒者もいない。にこやかな人も、抜け目のない人も、乱暴者もいない。恋をしている人もいない。愚痴をこぼす人もいないし、偽善者もいない。優しい人も、厳しい人もいない。弱虫もいなければ、意地悪な人もいない。嘘つきもいない。泥棒も賭博師もいない。勇敢な人も、怠けてばかりいる人も、信心深い人もいない。悪賢い人もいなければ、楽天家もいない……。かつては

そうであったかもしれないが、今はそうではない。今、私と一緒にここにいる人たちは……。なぜなら、ここにいるのは埋葬された死者たちだからだ。その意味では、ひとりひとりにちがいはない。

唯一、異なる点は、棺桶の材質が、オークかパインかマホガニーかということ、それだけだ。

2

君が去っていく足音が聞こえなくなったら、ぼくはどうすればいい？

去っていくのは君？　それともぼく？

――ヴィクトル・ユゴー『静観詩集』「君のもとでなければ息ができない」


私の名前はヴィオレット・トゥーサン。昔は踏切の管理人をしていた。今は墓地の管理人をしている。

私は人生を楽しんでいる。それはちょうどハチミツを入れたジャスミンティーを少しずつ、ゆっくりと味わうようなものだ。夕方になると、私は墓地の門に鍵をして、その鍵を浴室の扉に掛ける。それから、天国に行くのだ。

もちろん、ここにいる人たちが住む天国ではない。

仕事が終わったあとに、ポートワインをひと口飲む――それが天国だ。生きている人間の天国……。ポートワインは一九八三年産の高級品だ。この墓地に眠るマリア＝ピント・フェルナンデスの夫、ジョゼ＝ルイ・フェルナンデスが毎年、バカンスが終わった九月一日に持ってきてくれる。そのポートワインを小さなガラスのグラスに注ぎ、私はゆっくりと口に運ぶ。毎日、午後七時頃に。バカンスの名残りを味わうように……。雨が降ろうと、雪が舞おうと、風が吹こうと、ボトルの栓を開ければ、心は小春日和になる。

小さなグラスに入った深紅の液体。それは葡萄《ぶどう》の樹に流れる血液だ。その液を、私は目を閉じ、静かに味わう。小さなグラスに二杯だけ……。お酒が好きなのではなく、ほんの少し酔った気分になるのが好きだからだ。

ジョゼ＝ルイ・フェルナンデスは週に一度、この墓地にやってきて、《フェルナンデスの妻　マリア・ピント（一九五六―二〇〇七）》と刻まれた墓に花を供える。だが、バカンスで町を離れる八月だけは、私が代わりをする。ポートワインはそのお礼だ。

私の〈今《プレザン》〉があるのは、天からの〈贈り物《プレザン》〉だ。毎朝、目を覚ますたびに、私は自分にそう言い聞かせる。

というのも、かつて、私はとても不幸だったからだ。生きる気力を失っていたと言ってもいい。すべてがからっぽで、存在しないかのようだった。まるで、ここに埋葬されている死者たちのように……。いや、もっとひどい。自分の意思はなく、ただ身体だけが機能していた。人間の魂の重さは、体重や身長や年齢に関係なく二十一グラムだというけれど、まちがいなく、私の体重からはその重さの分が欠けていただろう。

だけど、私は不幸に浸る趣味はなかった。だから、その状態から脱しようと決めた。不幸というのは、いつか終わりにしなければならないものだからだ。


そもそも、私の人生は、始まりからして最悪だった。生まれたのは、アルデンヌ県のどこかだ。県の中でもベルギーに近い北の方で、秋は雨が多く、冬は頻繁に霜が降りる。内陸性気候の悪いところが出ているような土地で、まさにジャック・ブレル（ベルギー生まれのシャンソン歌手）が歌っているように、空は低く、運河と見分けがつかないくらい灰色だった。

生まれた時、私は産声をあげなかった。だから、私を取りあげた産婆は死産だと思ったらしい。そこで、役所に出す書類に必要事項を書きこむために、ひょいと私を脇に置いた。これから郵便局に持っていく二千六百七十グラムの小包のように……。まだ宛名もなく、切手も貼っていない小包。命もない、姓もない死産児。それが私だ。

けれども、役所に届けを出すためには、とりあえず姓名を記入する必要がある。産婆はヴィオレットという名を書いた。

たぶん、頭のてっぺんから爪先までヴィオレット——紫色だったからだろう。

その後、私の肌の色がピンクに変わって、今度は出生証明書を書くことになった。それでも、産婆は名前を変えなかった。

私は蘇生した。置かれた場所が、たまたまヒーターの上だったからだ。それで身体が温まったのだろう。肌が紫になるほど冷えきっていたのは、私の誕生を望まない母親のお腹にいたからだと思う。私は危うく死にそうになった。けれども、熱が私をこの世に連れもどしてくれたのだ。夏が大好きなのは、きっとそのせいだ。毎年、夏が訪れると、私はその最初の日差しを絶対に見逃さない。向日葵《ひまわり》の花みたいに……。その日は、ベンチでも、芝生の上でも、どこかに腰をおろして、ゆっくりと太陽を浴びることにしている。

私の現在の姓はトゥーサンだけど、結婚する前はトレネといった。母親の姓でも、ましてや父親の姓でもない。私に姓はなかった。だから、出生証明書を書く時に、産婆がつけたのだ。歌手のシャルル・トレネと一緒の姓だ。産婆はきっと、シャルル・トレネが好きだったのだろう。私も好きになった。姓が同じだということで、遠い親戚のような気がした。一度も会ったことのないアメリカの叔父さんのような感じ……。そんな気がしたのは、トレネの歌が好きで、よく歌ったからかもしれない。好きな歌手の曲をうたっていると、親戚のように感じることがあるそうだから。

姓がトゥーサンになったのは、ずっとあとのことだ。私がフィリップ・トゥーサンと結婚したあとのこと……。フィリップと言えば、キリストの十二使徒のひとり、フィリポのフランス語名。トゥーサンは〈すべての聖人〉。まったく、なんという名前だ。そんな名前の男には最初から気をつけるべきだった。プランタン──〈春〉という姓で、妻に暴力をふるう男だっているのだから……。名前が素晴らしいからと言って、ろくでなしではないという保証には決してならないのだ。

母親がいなくて淋しいと思ったことは一度もない（熱を出した時は、そう思ったことがないわけではないけれど……）。それに、私は健康で、よく育った。背筋もまっすぐに伸びていた。まるで背中に長い棒を入れたみたいに。両親がいないのだから、しゃきっとしなさい。背中がそう言っているみたいに……。だから、私はいつも背筋をピンと伸ばした。背中を丸めることは決してなかった。悲しい時も、顔をあげて、まっすぐに前を見つめた。それが私なのだ。そのせいだろう、今でも時々、「クラシックバレエを習っていらしたんですか？」と訊かれることがある。私は「いいえ」と答えて、こう続ける。「生きているうちに、自然に身についてしまったんです。ほら、毎日の生活って、必死にバーをつかみながら、トウシューズで爪先立ちしているようなものだから……」

3

たとえ、ぼくやぼくの大切な人の命が奪われても、それは結局、同じこと。
どうせいつかは墓地が庭になるのだから……

――ダミアン・セーズ「ピエロ」

前にも言ったように、私と夫は踏切の管理人をしていた。けれども、一九九七年に遮断機が自動化されたことによって、私たちは職を失った。その踏切がフランスで最後の手動遮断機を用いていたことから、この出来事は評判になった。私たちは文明の進歩がもたらす、新たな犠牲者の代表として、新聞に取りあげられたのだ。写真入りで……。記者にカメラを向けられると、夫のフィリップ・トゥーサンは、わざわざ私の腰に手をまわしてポーズまで取った。私のほうは――今、その写真を見ると、私は笑顔を作ってはいても、悲しい目をしている。

その記事が新聞に載った日、夫は職業安定所に行き、げっそりとした様子で帰ってきた。その時になって、やっと気づいたのだ。これからは自分も働かなくてはいけないということに……。踏切の仕事はほとんど私がやっていて、夫は何もしていなかったのだ。ものぐさ亭主という点では、私は大当たりを引き当てていた。スロットマシンでラッキー7を三つ並べるくらいの大当たりだ。

夫がげんなりしているのを見て、私はずっと以前から大切にしまっていた採用通知書を見せた。ブルゴーニュにあるブランシオン＝アン＝シャロンという町の墓地管理人の仕事で、そこには《フィリップ・トゥーサンとヴィオレット・トゥーサンを墓地の管理人として採用する》と書かれていた。それを見ると、夫は「頭がおかしくなったのか？」という目で、私を見た。もっとも、その当時、夫はいつもそんな目で私を見ていたのだが……。

「ねえ、いいでしょう？　これまでの管理人がどこか遠くに行ってしまうのよ。それで、管理人の仕事をする人が必要になったというので応募したの。墓地の管理の仕事なら、踏切番より働く時間が安定してるでしょ。列車の騒音もないし……。町長さんとも話をすませていて、八月から雇ってもらえることになっているの」

　予想どおり、夫は嫌な顔をした。

「墓地で働くだって？　とんでもない！　おれは行かない。死人を相手に働くなんて、そんなハゲタカみたいなことをするもんか！　それくらいなら、死んだほうがマシだ！」

　そう言うと、テレビをつけて『スーパーマリオ64』を始めた。ピーチ姫を助けるためにクッパ大魔王が奪ったすべてのパワースターを取り戻す――それがゲームの目的だ。パワースターですって？　私が手に入れたい星はひとつだけ。〈幸せの星〉だけだ。パワースターを求めて、画面のなかを駆けまわるマリオを見ながら、私は思った。そう、私が欲しいのは、〈幸せの星〉だけ……。

　だから、私は食いさがった。墓地の管理人になれば、踏切番より、たくさんお金がもらえる。列車の面倒を見るより、死者の世話をするほうがずっとお金になるのよ。家だって、管理人専用のきれいなところに入れる。雨洩りのする、こんなあばら屋ではなく、本物の家に住めるの。しかも、家賃なしで……。ここは冬になったら雨ばかりで、真夏でも寒いくらいだけど、あちらの気候はもっと穏やかよ。新しい生活を始めるには、素晴らしいところじゃない！　そう、私たちは新しく出発するの！

お墓の十字架や花を供えにくる未亡人たちを見るのが嫌なら、窓に素敵なカーテンをつければいい。愛する人たちを奪われた悲しみが直接、私たちの生活に入ってこないように……。そのカーテンが他人の悲しみと私たちの生活を隔てる境界になってくれるのよ!

いいえ、ほんとうは、「そのカーテンが他人の悲しみと私の悲しみを隔てる境界になる」と言いたかったけれど、それは口には出さなかった。余計なことを言ってはいけない。こうするのがいちばんいいと夫に信じこませること——それが大切だった。そのためには、私がそう思っていると夫に見せる必要があった。どうしても、夫にうなずいてもらわなければいけなかったのだ。

夫を説き伏せるために、最後には「あなたは何もしなくていいから」と言った。墓掘りの仕事はすでに三人の墓掘り人がいるし、その人たちが墓地の手入れもしてくれる。だから、あなたにしてもらうことと言ったら、せいぜい門を開けたり、閉めたりするくらいで、ほかには何もない。あなたはただ墓地で暮らしてくれればいいの。踏切番のように、毎日、時刻表を眺めて暮らす必要もない。週休もあるし、バカンスだって、長めにとれる。ヴァルスリーヌ川にかかる鉄橋と同じくらいの長さは……。だから、あなたは何もしなくていいの。もし何かやらなければならないことがあったら、私が全部するから。全部……!

テレビの画面では、マリオが駆けまわるのをやめていた。ピーチ姫は助からなかった。

寝室に行く前に、夫は採用通知書をじっと見つめていた。《フィリップ・トゥーサンとヴィオレット・トゥーサンを墓地の管理人として採用する》と書かれた通知書を……。

私たちが番をしていた踏切は、フランス北部のナンシーの近郊にあるマルグランジュという町にあった。その頃、私は〈生きて〉いなかった。だから、その当時のことを言うなら、〈私が死んでいた頃〉と表現したほうが正確かもしれない。毎日、機械的に起きて、着替えて、仕事をして、買い物をして、眠るだけ……。もっとも、眠る時には睡眠薬が必要だった。一錠か二錠、あるいはもっとたくさん……。そうして、朦朧《もうろう》とした意識で、私のことを「頭がおかしくなったんじゃないか」という目で見ている夫を眺めていた。

踏切番の仕事は大変だった。一日に十五回ほど遮断機を上げ下げするだけだが、時間がきつかった。始発列車の通過が朝四時五〇分、最終列車は二三時〇四分だ。その間、ずっと起きていなくてはいけないし、何よりも列車の通過に合わせて、遮断機を上げたり下げたりしなくてはならない。その作業を繰り返しているうちに、時間が近づいてくると、実際に踏切の警報を鳴らす前に、頭のなかで自動的に警報が鳴るようになった。交代で仕事をまわしていけば、休む時間もできたのだが、夫はほとんど遮断機には触れなかった。フィリップ・トゥーサンに触れることができたのは、バイクのハンドルと愛人たちの身体だけだったのだ。

遮断機を操作しながら、私は目の前を通過していく列車の乗客たちが羨ましくてしかたがなかった。鉄道自体は地域の住民の足として、ナンシーとエピナルの間の十ほどの集落を結ぶ短い路線にすぎなかったが、それでもあの列車に乗っていれば、どこかに行くことができる。毎日、毎日、一日中踏切にしばりつけられている私からすれば、夢のような存在だった。あの列車に乗っている男たちや女たちには会う約束した人たちがいて、そこに向かっているのだ。私にもそんな約束があったら、どんなにいいだろう？　そう思った。

結局、夫が墓地の管理人になることを承諾して、私たちはブルゴーニュに向かった。新聞に記事が載ってから三カ月後のことだ。風景は灰色から緑に変わった。地面はアスファルトから草地に。匂いは鉄道のタール臭から田園の香りになった。

ブランシオンの墓地に着いたのは一九九七年八月十五日。フランス中がバカンスの季節なので、この町の住民たちも町を離れていた。住民だけではない。灼熱の太陽に、十字架の上を飛びまわる小鳥たちの姿も見えない。鉢植えの花の間で伸びをする猫たちもいない。大理石の墓碑が熱く灼けているせいで、その上を這うアリたちやトカゲたちもどこかに隠れていた。墓掘り人たちは休暇中で、新しい死者たちもバカンスに行っていた。夫はそのままバイクに乗って、どこかに出かけてしまったので、私はひとりで墓地の通路を歩きまわった。墓碑に刻まれた人々の名前を読みながら……。名前を知っても、この人たちとは決して知り合いなることはできない。でも、それでよかった。

ここは私の居場所だ——そう思った。

4

人生はつかの間だが、存在は永遠だ。ここにその生きた証を永遠に留めん
（墓碑に使われる言葉）

私は決められた時間どおりに、墓地の入口の門を開閉する。若い子たちがいたずらをして、鉄の扉の鍵穴に、嚙み終えたガムを詰めたりしていなければの話だが……。

墓地が開いている時間は季節で異なる。

三月一日から十月三十一日までは八時から十九時。

十一月二日から二月二十八日までは九時から十七時。

二月二十九日の時間は誰も決めていない。

十一月一日は七時から二十時までだ。

門の開閉は、最初は夫の仕事だったが、夫が出ていくと——より正確に言うなら、夫が失踪すると、私の仕事になった。そう、夫は失踪した。実際、フィリップ・トゥーサンの名前は憲兵隊（軍に属する、警察とは別の治安組織）の〈行方不明者リスト〉に載っている。

夫はいなくなったが、この墓地で私は何人かの男性に囲まれて暮らしている。三人の墓掘り人、ノノ、ガストン、エルヴィスと、町営葬儀店の職員、ピエール、ポール、ジャックのルッチーニ三兄弟、

そしてセドリック・デュラス神父だ。みんな日に何度も私の家に立ち寄って、お茶を飲んだり、ちょっとしたものをつまんだりしていく。菜園に培養土の袋を運ぶ手伝いもしてくれるし、水漏れの修理もしてくれる。もとはと言えば仕事上の知り合いだが、私はむしろ友だちだと思っていて、私が家にいなくても、自由に出入りしてもらっている。みんな、勝手に台所に入ってきて、コーヒーを淹れ、飲みおわったらカップを洗って仕事に戻っていくのだ。

墓掘り人と聞くと、人は陰気で不愛想な人間を思い浮かべるかもしれない。だが、ノノ、ガストン、エルヴィスは、私が知っているなかで、いちばん愉快で優しい男たちだ。

ノノは気持ちがまっすぐで、生きることを心から楽しんでいる。私が最も信頼している人間だ。なんでも面白がるし、頼まれると、絶対に嫌だと言わない。ただし、子供の埋葬だけは別だ。それだけは嫌だと言って、人に任せる。自分には「そんな勇気はない」と言うのだ。歌手のジョルジュ・ブラッサンスに似た顔で。「ジョルジュ・ブラッサンスに似ているね」と、私が言うと、ノノは笑う。そんなことを言うのは私だけだからだ。

ガストンは不器用だ。不器用という言葉は、ガストンのためにあるのだと思う。身体が頭の言うことを聞かず、思ったこととはちがう動きをするのだ。物をつかもうとすれば、落とす。落とさなくても、ひっくり返す。歩く時にも、きちんと歩けない。水しか飲んでいないのに、酔っているように見える。床に置いてあるものを踏みつぶす。まっすぐに立っていることもできず、いつも地震が起こっているみたいに、足が震えている。葬儀の時には、万が一バランスを崩しても困らないように、ノノとエルヴィスの間に立つようにしているくらいだ。ガストンが家に入ってくると、何かを壊して、怪我をしたりしないかと、すごく心配になる。けれども、心配するだけでは危険を避けることはできないから、結局、ガストンはコップやお皿を割って、怪我をすることになる。

エルヴィスはプレスリーの大ファンだ。だから、みんなからエルヴィスと呼ばれている。まったく読み書きができないけれど、プレスリーの曲は全部、そらで歌える。でも、発音が悪いから、英語で歌っているのか、フランス語で歌っているのか、わからなくなる。「ラブ・ミー・テンダー」を歌うと、「テンダー」のところが、「タンドゥール（ゴムロープ）」のように聞こえるのだ。ただ、心がこもっているのだけは伝わってくる。

ルッチーニ三兄弟は全員ひとつちがいで、上から四十歳、三十九歳、三十八歳だ。親子代々、何世代にもわたって町営葬儀店で働いている。都合のよいことに、店の隣にある町の遺体安置所の家主でもある。中の扉を使えば、いったん外に出なくても、店から直接、安置所に行けるとノノが教えてくれた。長男のピエールは悲しみに暮れる遺族の応対をする仕事、次男のポールは遺体の衛生保存をするエンバーマーの仕事をしている。エンバーミングは店の地下室でする。三男のジャックは霊柩車の運転手をしている。人を人生で最後の目的地に送りとどける案内人だ。ノノはこの三人の兄弟のことを「使徒たち」と呼んでいる。

そして、最後は、私たちの教会の司祭、セドリック・デュラス神父だ。世の中には美男とそうではない男がいて、神は決して公平ではない。でも、この人を神父の道に進ませたことからすると、神は趣味がよいと見える。セドリック神父がこの町に来てからというもの、どうやらたくさんの女性が信仰に目覚めたようで、毎週、日曜のミサに集まる女性信者の数はどんどん増えているらしい。

私は、絶対に教会には行かない。墓地の管理人が教会に行くのは、仕事仲間と寝るようなものだからだ。私たちは棲みわけている。といっても、墓地の管理人は墓参りに来た人たちから、いろいろな秘密を打ち明けられることがある。その数はたぶんセドリック神父が教会の告解室で聞く数より多いだろう。人々は墓地に来た時、帰る時、あるいはその両方で、墓地の通路で、時にはつつましい私の家のなかで、さまざまな言葉を吐きだしていく。死者たちもまた生前の秘密を私に教えてくれる。墓碑に刻まれた言葉や写真、墓参りに来た人の打ち明け話や、墓前でのふるまいを通じて……。毎月、花が飾られているか、墓参りに来る人もなく、いつも淋しくたたずんでいるか。そういったことで、どんな人生を送っていたのか、その一端が垣間見えるのだ。

墓地管理人の仕事で大切なのは、控えめなこと、人と接するのが好きなこと、そして同情しないことだ。けれども、最初のふたつはまだしも、私にとって、〈同情しない〉というのは難しい。というより、不可能だ。宇宙飛行士とか外科医とか火山学者とか遺伝学者になれというのと同じだ。悲しみに沈んだ遺族の前で、同情しないでいることなんてできない。そんなのは私ではない。といっても、墓地管理人はやっぱり感情を表に出してはいけないので、葬儀や埋葬の時には、決して泣いたりしないようにしている。葬儀の前や埋葬のあとで泣くことはあるけれど、遺族や参列者の前では決して涙を見せない。それが仕事だからだ。

私の墓地には三世紀の歴史がある。最初に埋葬されたのは女性で、名前はディアーヌ・ド・ヴィニュロン（一七五六―一七七三）。赤ん坊を産んだ時に、十七歳の若さで亡くなった。墓碑を指の先でなぞると、今でも石に刻まれた名前をかすかに判別することができる。墓地には埋葬場所が不足しているけれど、このディアーヌの墓を撤去して、場所を空けることはないだろう。歴代の町長たちも、最初に埋葬されたこの死者の眠りを邪魔しようとはしなかった。ディアーヌには古くから〈幽霊伝説〉があるからなおさらだ。ブランシオンの住民は、今でも〈白く光る服〉を着たディアーヌの姿をよく見るという。ディアーヌは墓地をさまよっているだけではなく、時には町の中心部まで来て、店のショーウィンドウに姿を映しているというのだ。今でさえそうなのだから、昔の人はディアーヌの幽霊を心から信じていたにちがいない。町のあちこちで開かれるガレッジセールに行くと、ディアーヌの幽霊が描かれた十八世紀の版画や絵はがきを目にすることがある。版画や絵はがきのディアーヌは、白い衣装を身につけ、いかにも幽霊らしい恰好をさせられている。ほんとうのディアーヌとはなんの関わりもない、偽物のディアーヌだ。

墓地には〈幽霊伝説〉がつきまとう。生きている人たちが死者たちの人生をつくりなおすのだ。〈幽霊伝説〉のふたつめは、もっと最近の話だ。ヒロインの名前はレーヌ・デュシャ（一九六一―一九八二）。〈ヒマラヤスギ区〉の十五番通路に埋葬されている。墓碑にはめこまれた写真には、褐色の髪をした笑顔のきれいな女性が写っている。レーヌは墓地の近くで起きた交通事故で亡くなったのだが、その事故現場で「白い服を着たレーヌを見た」と若者たちが言ったことで、伝説ができた。

こういった若い女性の幽霊の話は世界中に満ちている。人々は若い女性が事故で死ぬと、〈白く光る服〉を着た幽霊にさせて、墓地や城をさまよわせるのだ。

レーヌの場合、墓が動いたという噂が広まって、その〈幽霊伝説〉は揺るぎないものになった。だが、墓が動いたのは地面がゆるんだせいだと、ノノやルッチーニ兄弟は言う。地下に水がたまると、地面がゆるくなって、墓が動くことがよくあるというのだ。

この墓地の管理人になってから十九年になるが、私はまだ幽霊を見たことはない。一度などは、夜、墓の間でセックスをしている白い影を見てはっとしたが、それはもちろん幽霊ではなかった。そういった類《たぐい》のことなら、たくさん目にしている。

人々の記憶にずっと残るので、〈幽霊伝説〉は永遠だ。だが、そのほかに永遠であるものは何もない。墓の永代使用権でさえ、永遠ではないのだ。使用権には〈十五年〉〈三十年〉〈五十年〉〈永代〉の四種類があるが、実は〈永代〉には条件がついている。権利を取得してからかなりの年数がたって、誰にも手入れされないまま、荒れはてた状態になり、長い間、新しい埋葬者もない場合は、町が権利を無効にすることができるのだ。その場合、墓は取りこわされて、中の遺骨は墓地の奥にある共同納骨堂に納められる。

ここに来てから、私は使用権が失効した墓をたくさん見てきた。墓は掘りおこされて、きれいに整備される。遺骨は共同納骨堂に移され、その人が死んだ証はほとんど残らなくなる。だが、誰も文句を言う人はいない。いたら、そんなふうにはならないからだ。その墓にいた死者たちは、もう誰も探していない遺失物みたいなものなのだ。

死とはいつだってそういうものだ。時間がたてばたつほど、生きている者たちの記憶からこぼれていく。〈時〉は命をけずるが、死をもけずるのだ。

だから、せめてそうなることが少なくなるように、私はノノやガストン、エルヴィスの三人の墓掘り人たちとともに、誰も掃除に来ない墓を手入れする。長い間、放置されていると町の職員に見なされれば、たとえ墓碑がはっきりと読めたとしても、《この墓は町による撤去の対象になっています。権利を所有している方は至急、町役場にご連絡ください》と張り紙がされる。それを見るのに耐えられないからだ。

墓地にたくさんのメモリアルプレートが置いてあるのは、死者の思い出が風化しないようにするためだ。死者に対する思いを文字に刻んで、忘れないようにする。メモリアルプレートに刻まれた文字のなかで、私がいちばん好きなのは、《誰かがあなたの夢を見るかぎり、あなたはまだ生きている》というものだ。このプレートは一九一七年に亡くなった若い看護師、マリー・デュシャンの墓に供えられたもので、死の二年後の一九一九年にある兵士が設置したものだという。この前を通るたびに、いつも私は考える。彼は一生、彼女の夢を見たのだろうかと……。

プレートには有名な歌詞の一部を刻んだものも多い。よくあるのは、ジャン＝ジャック・ゴールドマンの《ぼくがどこにいて、何をしていようと、君が消えることはない。君のことを想っているから》と、フランシス・カブレルの《星たちは君のことしか話さない》だ。

私の墓地はとても美しい。通路には樹齢百年になる菩提樹が並んでいて、多くの墓が花で飾られている。

管理人用の小さな家の前で、私は墓に飾る鉢植えの花を売っている。盛りを迎えて、売り物にならなくなったものは、放置された墓を飾るのに使う。

私は松の木も植えた。松は夏になると、芳香を放ってくれる。私の好きな匂いだ。

松の木を植えたのは一九九七年——ここに来た最初の年のことだ、今ではすっかり大きくなって、私の墓地をとても美しく見せてくれている。これは大切なことだ。墓地の手入れをするというのは、そこに眠る死者たちの世話をするということだからだ。死者たちに敬意を払うことだと言ってもよい。生前に敬意を払われなかった人たちもいるだろうが、少なくとも死んだあとくらいは、大切に扱われてもよい。

もちろん、ここにはろくでなしもたくさん眠っているにちがいない。でも、死んだら善人も悪人も同じだ。それに、誰だって生きている間に一度くらいは、ろくでもないことをしているのではないだろうか？

私とは正反対に、フィリップ・トゥーサンはすぐにこの墓地が大嫌いになった。この小さな町も、ブルゴーニュも、田園風景も、古い城も、白い牛も、ここの人たちのことも……。

まだ引越しの荷ほどきも終わらないうちから、夫はオートバイで朝から晩まで出かけるようになった。やがて、その日のうちに帰ってこなくなり、時には何週間も出かけたままになることもあった。そして、ある日、家を出たきり、そのまま帰ってこなくなった。一ヵ月してから憲兵隊に失踪届けを出した時、係の人はなぜもっと早く届けなかったのかと驚いた顔をした。だが、私はその理由を口にしなかった。届けを出さなかったのは、もう何年も前から夫はいないも同然で、たとえ同じテーブルで食事をしていても、どこかに行ってしまっていたからだなどと、どうして口にできよう。そう、気持ちの上では、夫はすでにいなくなっていたのだ。けれども、それからだいぶたって、もうほんとうに帰ってこないのだと思った時、私は捨てられた気がした。もう決して、遺族から掃除されることのない墓になったように……。すっかり朽ちはてて、まわりには雑草が生えるだけ……。あとは取りこわされて、なかの遺骨も共同納骨堂に移される、そんな墓のように……。

5

人生という書物は、絶対的な書物だ。勝手に閉じることも、閉じたあとで開くこともできない。好きなページに戻りたいと思っても、それもできない。そして――ページをめくった最後には、死が記されている

――アルフォンス・ド・ラマルティーヌ「サイン帳に書いた詩句」

フィリップ・トゥーサンと出会ったのは一九八五年。場所はアルデンヌ県のシャルルヴィル＝メジエールにあるナイトクラブ、《ティブラン》だ。

彼はカウンターに肘をついていた。私はそのナイトクラブでバーテンダーをしていた。まだ未成年で、施設で暮らしていたが、歳をごまかして、小さな仕事をいくつも掛けもちしていたのだ。書類は施設の仲間が偽造してくれた。

未成年でもそんな仕事ができたのは、外から見ると、私は年齢不詳だったからだ。十四歳にも二十五歳にも見えた。やせていて、着ているものはいつもジーンズにTシャツ。髪はベリーショートで、耳はもちろん、鼻やほかのところにもピアスをつけていた。パンク・ロックのニナ・ハーゲンにあこがれて、目のまわりにはぐるっと濃いアイシャドーを塗っていた。学校をやめたばかりで、読み書きはまともにできなかったけれど、計算はできた。それまでにいろいろな暮らしを経験していたから、

とにかくお金を稼いで、一日でも早く施設を出たかった。まずは働いてアパートを借りる、あとのことは、それから考えればいい。そう思っていた。

その当時、私のなかでまっとうだったのは歯並びだけだった。美しい歯を手に入れることは、幼い頃からの夢だった。雑誌に載っている女の子たちのきれいにそろった真っ白な歯を見て、私もそうなりたいと切に思ったのだ。施設に入る前にはいろいろな里親のところを転々としていたので、家には時々、児童福祉の先生がやってきて、何か必要なものはないかと尋ねたが、そんな時、私は必ず、歯医者に行かせてほしいと懇願した。歯並びをよくして、歯を真っ白にするために。まるで、自分の人生が、きれいな歯並びにかかっていると言わんばかりに……。

女の子の友だちはいなかった。里親の家では、姉妹として、その家の女の子と仲良くなったが、頻繁に里親が変わるため、せっかく仲良くなっても、すぐに別れなければならなくなる——そんな別れが繰り返されるたびに、心がズタズタになって、「もう女の子とは仲良くならない」と決めたのだ。だから、髪を短くして、男の子のようにした。そうすれば、男の子のように心が強くなって、別れにも耐えられるようになると思ったのだ。その結果、女の子たちはすぐに私を避けるようになった。

それでも、みんなと同じようにするために、男の子と寝たこともあった。けれども、一瞬にして世界が変わるようなことは何も起こらず、私はがっかりして、セックスに気持ちを惹かれなくなった。誰かと寝るのは、相手をたぶらかしたり、服やマリファナをもらったり、映画館やライブハウスに入場するためだ。あるいは、そっと誰かに手を握ってもらうため……。私はセックスなんかよりも、おとぎ話のような愛が欲しかった。《そして、ふたりは結婚して、幸せに、幸せに暮らしました》——そんなおとぎ話のような愛が……。といっても、小さい頃、誰も私におとぎ話をしてくれたことはなかったけれど……。

その夜、フィリップ・トゥーサンはカウンターに肘をついて、氷を入れないコークハイを飲みながら、フロアで踊る仲間たちを眺めていた。その顔はまるで天使のようだった。顔だちは歌手で作曲家のミシェル・ベルジェに似ているが、ベルジェは黒髪に黒い瞳なので、それに色をつけたと言ったら、わかるだろうか? ブロンドの長い巻き毛に、ブルーの瞳、透きとおるような白い肌に、輪郭のはっきりした形のよい鼻、唇はイチゴ色だ。それも、七月のよく熟れた、食べ頃のイチゴだ。それとは対照的に、着ているものはジーンズに白いTシャツ。そして、黒い革のジャンパー。背が高く、がっしりしていて、まさに完璧だった。ひと目、見た瞬間に、心臓が「ブン!」と爆発した。私が勝手に親戚の叔父さんだと思っているシャルル・トレネの歌のように……。その時から、フィリップ・トゥーサンは、望みさえすれば私からなんでも手に入れられるようになった。コークハイをただで飲むことも含めて。

フィリップ・トゥーサンは自分から何もしなくても、キスする相手に困らなかった。可愛いブロンドの女の子たちがまわりを取り巻いていたからだ。バーベキューの肉のまわりを飛びまわるハエの群れみたいに。でも、本人はどうでもよいという感じで、女の子たちの好きにさせていた。何か欲しいものを手にするのに、指一本、動かす必要もない。フィリップ・トゥーサンのすることと言ったら、絶え間ないキスの合間に、グラスを口に運ぶことだけだった。

フロアで踊っている仲間たちを見ているため、彼は私に背を向けていた。私に見えたのは、フロアライトの照明を受けて、緑から赤、赤から青へと色を変える、ブロンドの巻き毛だけだった。カウンターにほかに客がいなかったのを幸い、私はたっぷり一時間、その髪を眺めて過ごした。時々、取り巻きの女の子たちのひとりが隣に座って、何か耳もとで囁いては去っていくが、その女の子にキスをする時だけ、横顔が見えた。その完璧な横顔を、私は食い入るように見つめた。

そして、ある時、彼がこちらを向いて、目を離さなくなった。その瞬間から、私はフィリップ・トゥーサンのお気に入りのおもちゃになった。

それまでにもう何杯もただでコークハイを作っていたので、最初はお替わりが欲しいのだろうと思った。それでも、お替わりを差しだす時に、爪を噛んだみっともない指先を見られたくなかったので、きれいな歯並びが見えるように精いっぱいの笑顔を作った。フィリップ・トゥーサンは、私の目には良家の子息のように見えた。もっとも、私にとっては、施設にいる子たち以外は、みんな良家の子息や子女に見えていたのだけれど……。

彼のうしろは順番待ちの浮かれた女の子たちであふれていた。まるでバカンス初日の〈太陽高速〉（リヨンとマルセイユをつなぐ高速道路A7号線の別名）の料金所みたいに。だけど、彼はずっと私を見つめつづけていた。しかも、物欲しそうな目つきで……。私は彼の真ん前に行き、カウンターにもたれながら、彼のグラスにストローを差して、目を伏せた。そして、再び、目をあげると、彼はやはり私を見ていた。まちがいない。彼は私に興味を持っているのだ。

そう確信して、私は彼に言った。

「何かほかのものを飲みます？　欲しいものは？」

すると、彼が何か言った。でも、よく聞こえなかったので、顔を寄せて、「何を？」と訊くと、すぐさま耳もとで囁く声が聞こえた。

「君だ」と……。

自分の顔が赤くなるのがわかった。私はその場を離れ、マスターに背中を向けて、バーボンをグラスについだ。ひと口飲むと、動悸が静まり、ふた口で気分が落ち着いた。もうひと口飲んだところで、勇気がわいてきた。私は彼のところに戻って、耳もとに口を寄せた。

「仕事が終わったら……。そしたら、一緒に飲めるから……」

彼が笑った。歯が見えた。私と同じ、真っ白で、きれいな歯並びだった。

そのあとで、フィリップ・トゥーサンがカウンターごしに私の腕に触れた時、私はこれから自分の人生は変わるのだと思った。肌の触れられたところが、硬くなったような気がした。肌も予感したのだ。彼は十歳年上だった。その歳の差のせいで、とほうもなく高みにいるように思えた。私は自分が星を見あげる蝶になったような気がした。

6

墓のなかにいる者たちが皆、神の子の声を聞き、墓から出て、よみがえる時が来る

――『新約聖書』「ヨハネによる福音書」

朝、ラスクにバターとイチゴジャムをたっぷり塗って、お茶と一緒にゆっくりと味わっていると（ジャムは〈ヒマラヤスギ区〉に夫（一九三三―二〇〇七）が眠るスザンヌ・クレールからのプレゼントだ）、誰かが玄関のドアをノックする音がした。

私の住んでいる家には玄関がふたつある。墓地に面した玄関と、道路に向かった玄関だ。飼い犬のエリアーヌが、吠えながら道路側のドアに向かっていった。エリアーヌは、もとは〈マユミ区〉に眠るマリアンヌ・フェリー（一九五三―二〇〇七）の飼い犬だったが、主人が埋葬されたあと、数週間も墓から離れなかった。それで私が毎日、餌を運んでやったところ、家に住みつくようになったのだ。飼いエリアーヌという名前は、『殺意の夏』でイザベル・アジャーニが演じた役名からノノがつけた。飼い主が亡くなったのが夏だったし、イザベル・アジャーニと同じようにきれいな青い目をしていたからだ。

管理人になってからの十九年の間に、私は三匹の犬を飼った。どの犬も主人の埋葬の日に墓地にやってきて、そのまま私の犬になった。今はエリアーヌしか残っていない。

またドアがノックされた。どうしよう？　時刻はまだ七時だ。墓地の開門時間にはまだ一時間ある。墓地が閉まっている間、私はいつもラジオの音楽を聴いて、時間を過ごすことにしている。その時間を大切にしたい。それに、もう何年も、道路側の玄関から人が訪ねてくることはない。酔っ払いのいたずらでもないかぎり、こちらの側のドアがノックされることはないのだ、そう、私はもう長いこと、誰も待っていない……。

もう一度、ノックの音がした。私は立ちあがってラジオを消し、ドアのところに行って声をかけた。

「どなたですか？」

少し間をおいて、ためらうような男性の声が聞こえてきた。

「すみません。明かりが見えたので」

寒いのか、戸口の外に敷いてあるマットの上で、足踏みをしている気配がする。

「この墓地に埋葬されている人のことで、お聞きしたいことがあるんです」

開門時間になってからまた来てほしいと言うこともできたが、私は「すぐに開けるから、ちょっと待ってください」と声をかけた。

二階にある自分の部屋に行き、〈冬の洋服掛け〉からグレーのキルトのガウンを出して、ピンクのシルクのネグリジェの上にはおる。洋服掛けには〈冬〉と〈夏〉があって、〈冬の洋服掛け〉には、他人《ひと》に見せるための地味な色合いの服、〈夏の洋服掛け〉には自分のための明るい色の服が掛けてあった。〈夏〉の服の上に〈冬〉の服を着て人と会い、ひとりでいる時は〈夏〉の服だけになる——それが私の習慣だ。

階段を降りてドアを開けると、四十歳くらいの男性が立っていた。

「朝早くにお邪魔してすみません」

外はまだ暗くて寒かった。夜の間に雨が降ったのか、男性の背後には薄い霧の幕がおりている。吐く息が白い。まるで煙草の煙を吐いているようだ。白々とあたりが明るくなってくるなかで、彼からは煙草とシナモンとバニラの匂いがした。

ひと目見た瞬間から、私はこちらを見つめる黒い瞳に魅せられた。

言葉が何も出てこなかった。長い間、ずっと待ち望んでいた人がようやく目の前に現れた――そんな気がした。でも、来るのが遅すぎる！　もし、この人が十八年前に私の家のドアを叩いてくれていたら、すべては変わっていただろう。だが、そう思ったのは、もしかしたら、もう何年も、この道路側のドアをノックする人が、誰もいなかったからかもしれない。ドアをノックをするのは、墓地側から来る人だけなのだから……。

「どうぞ、お入りになって」

「ありがとうございます」

そう恥ずかしそうに礼を言うと、彼は家のなかに入ってきた。私はテーブルと椅子のある台所に案内し、コーヒーを入れたカップを渡した。

彼はこの町の住民ではなかった。ブランシオンに住んでいる人なら、私は全員、知っている。友人や家族の埋葬などで、誰でも一度はこの墓地を訪れているからだ。

けれども、彼は初めて見る顔だった。言葉には少し南仏訛りがある。濃いブラウンの髪に不ぞろいに生えた白髪が目立っている。鼻が大きく、唇が厚くて、目の下がたるんでいる。なんだか作曲家のセルジュ・ゲンズブールを思わせた。髭はあちこち剃りのこしていたが、あまり気にしていないみたいだった。でも、指は長く、きれいな手をしている。そのきれいな手で暖をとるようにカップを両側から包みながら、彼は熱いコーヒーに息を吹きかけ、少しずつ飲んでいた。

ここに来た理由はまだ訊いていなかった。それでも、家のなかに入れたのは、この台所のある部屋が、ほんとうの意味での私の家ではないからだ。ノノやガストンやエルヴィスの三人の墓掘り人、町営葬儀店のルッチーニ三兄弟、セドリック・デュラス神父、そしてこの墓地を訪れる参列者たちすべての人の部屋……。ここは、この墓地に来る人の待合室みたいなものなのだ。

いわば他人《ひと》のための部屋。だから、私はこの部屋をちょうど〈冬の洋服掛け〉に掛かった服のように、地味な感じにしていた。広さは二十五平方メートルだが、簡単なテーブルと椅子があるだけで、ガラスのローテーブルもブルーのソファもない。カラフルなテーブルクロスもない。壁も床も合板で、絵画や置物などの飾りもない。あるのはカウンターの上の、いつでも淹れる準備ができているコーヒーマシーンに白いカップ。それから、大切な人を失って憔悴する人々のために気付けとして飲ませる強い酒の瓶だけだ。人々はここで悲しみに浸り、時には故人に対する怒りを吐きだし、死にまつわる秘密を打ち明ける。また、墓地で働く人々は、仕事の合間にほんのひととき、くつろいで、笑い声をあげる。ここは墓地にいる人たちのために開かれた場所なのだ。

これに対して、二階にある自分の部屋は、私のためだけの部屋だ。私だけの秘密の裏庭みたいなものので、そこが私のほんとうの家だ。ちょうど〈冬の洋服掛け〉と〈夏の洋服掛け〉のようなもので、台所のある部屋が〈秋の部屋〉なら、二階の部屋は〈春の部屋〉だ。実際、私は二階を春のイメージで内装した。寝室と浴室の壁はパステルカラーのお菓子入れみたいな色をしている。パウダーピンクと明るい薄緑と空色を使って、〈春〉をデザインしたのだ。日が差したら窓を大きく開ける。下は墓地なので、外から見えることはない。

壁は私がペンキを買ってきて、塗りなおした。フィリップ・トゥーサンが失踪したあとのことだ。全部、塗りなおして、カーテンをつけ、レースを飾り、白い家具と大きなベッドを入れた。私の体形にぴったり合うスイス製のマットレスと一緒に。フィリップ・トゥーサンの身体の跡が残るマットレスで、それ以上眠らずにすむように……。それ以来、私の部屋に入った人はいない。

そんなことをぼんやり考えていると、ようやく訪問者が口を開いた。

「実はマルセイユから来たのですが……。マルセイユにいらしたことは?」

「毎年、バカンスでソルミウに行きます」

「入り江のある?」

「そう」

「すごい偶然ですね」

「でも、そこに意味があるとは思いません」

「合理的なんですね」

そう言うと、彼はズボンのポケットに手をやった。ズボンはジーンズだ。私の仲間たちはジーンズを穿かない。ノノとエルヴィスとガストンはいつもブルーの作業衣だし、ルッチーニ兄弟とセドリック神父はしわにならないポリエステルのズボンを穿いている。

身体が温まってきたのか、彼はマフラーをはずした。それから、空になったカップをテーブルに置いて、こう続けた。

「ぼくもあなたと同じです。どちらかと言うと、合理的な考えをします。なにしろ、警視なんでね」

「警視? コロンボみたいな?」

「いや、コロンボは刑事です」

そう言うと、彼は初めて笑顔を見せた。テーブルに散らばっていた砂糖の粒を人差し指で押さえてきれいにしながら続ける。

「実は、母が亡くなりまして……。その母がこの墓地に埋葬してほしいと遺言を残していたんです。でも、その理由がわからなくて……」

「お母様は、この地域にお住まいだったの？」

「いえ、マルセイユです。亡くなったのは二ヵ月前でしたが、遺言のひとつに、この墓地に埋葬してほしいというのがあったんです」

「お母様のこと、まずはお悔やみ申しあげます。もう一杯、コーヒーはいかが？　少しアルコールを入れて……」

「この墓地では、朝から人を酔っ払いにさせるんですか？」

「必要な時には、そうすることもあります。お母様のお名前は？」

「イレーヌ・ファヨール。火葬が希望だったのでそうしたのですが、遺灰は、この墓地にあるガブリエル・プリュダンっていう人の墓に、入れてほしいというのです」

「ガブリエル・プリュダンさんですね。生年は一九三一年。没年は二〇〇九年。〈ヒマラヤスギ区〉の十九番通路に埋葬されている方です」

「誰がどこに埋葬されているか、すべて覚えていらっしゃるんですか？」

「ええ、ほとんど……」

「生年や没年まで？」

「ほとんど……」

「誰なんです？　そのガブリエル・プリュダンという人は……」

「弁護士をなさっていた方です。たぶん、お嬢さんだと思いますが、女性がたまにお墓参りにいらっしゃいます。墓石は黒い大理石で、メモリアルプレートに写真はありません。埋葬の日のことは思い出せないけれど、お知りになりたければ、記録簿を見てみましょうか？」

「記録簿？」

「埋葬した時の様子や、お墓を掘りおこした時の様子は、すべて記録しているんです」

「墓地の管理人というのは、そんなことまでするんですか？」

「普通は日付と名前だけだけど……。でも、与えられた仕事だけやっているんじゃ、人生ってつまらないでしょう？」

「墓地の管理人さん──で、いいんですよね？　あなたのお仕事の呼び名は……。墓地の管理人さんからそういう言葉が出てくるとは思わなかったな」

「人生に対して、前向きだから？　墓地の管理人というのは、朝から晩まで泣いて暮らしていると思っていらした？　泣き女のように……」

と、彼が唐突に尋ねた。

「ここにはひとりでお住まいですか？」

私はその質問には答えなかった。だが、私がコーヒーのお替わりを注いでいる間に、彼はその質問を二度、繰り返した。

しかたなく、私はそうだと答えた。

それから、記録簿が入っている引き出しを開けて、二〇〇九年のノートを取り出した。、ガブリエル・プリュダンの名前はすぐに見つかった。私は記録を読みあげた。そこにはこう記してあった。

二〇〇九年二月十八日。ガブリエル・プリュダンの埋葬。豪雨。参列者は元妻、ふたりの娘（マルタ・デュブルイユとクロエ・プリュダン）。ほか百二十五名。故人の遺志により、献花も花輪もなし。

遺族が刻んだメモリアルプレートの言葉は次のとおり。
《勇気ある弁護士、ガブリエル・プリュダンに捧げる。
弁護士にとって最も重要なのは、勇気である。勇気なくして、ほかのことは何も意味をなさない。もちろん、弁護士には才能や教養も必要であるし、法律の知識もなくてはならない。だが、いくら才能や教養や法律の知識があっても、勇気がなければ、最後の最後で、それはただの言葉にすぎなくなる。ただの言葉は口にされた瞬間だけは輝きを放つが、すぐに消えてしまうだろう（ロベール・バダンテール）》
やはり、故人の遺志により、司祭による聖書の朗読も、十字架を立てることもない。激しく雨が降っていたこともあり、埋葬に要した時間はわずか三十分。葬儀店の職員二名が棺を墓穴におろすと、すぐに全員が立ち去った。

読みおわって、記録簿を閉じると、彼は打ちのめされたような様子をしていた。それから、髪を手でかきあげながら、独り言のようにつぶやいた。

「どうして、母はその弁護士の墓に埋葬してほしいと思ったんだろう？」

私は何も答えなかった。彼はじっと壁を見つめていた。この部屋に入ってきた時もそうしていた。壁には何もないのに……。あるいは何もないからかもしれない。

と、しばらくして、記録簿のほうに目を向けて、彼が尋ねた。

「自分で読んでもいいですか？」

私は普段、家族以外に記録簿を見せることはしない。書いてあることを情報として伝えたり、今のように読みあげるだけだ。でも、今回は少しためらったのち、記録簿を渡した。彼はページを開いて、読みはじめた。けれども、どういうわけか、一ページめくるたびに私の顔を見た。まるで、記録簿を読みたいと言ったのは、私を見るための口実だったかのように……。

「つまり、こうやってすべての埋葬の記録をとっているんですね？」

「すべてじゃないけど、ほとんど……。こうしておけば、埋葬に参列できなかった人が来た時、記録簿を見て話してあげられるから……」

それから、突然、私は訊きたくなって、尋ねた。

「警視さんでしたね？　人を殺したことがありますか？　もちろん、仕事上の必要に迫られてということですけど……」

「いいえ」

「銃はいつも持ってらっしゃるの？」

「時々は……。でも、今朝は持っていません」

「お母様のご遺灰は？　今日は持っていらした？」

「いいえ。まだ火葬場に預けてあります。知らない人の墓に母の遺灰を入れることはできないから……」

「知らない人？　あなたにとってはそうかもしれないけど、お母様にとっては……」

「その人のお墓を見ることはできますか？」

「ええ。でも、着替えるまで待っていてくださる？　ご覧のとおり、部屋着のままなので……。部屋着で墓地に行くことは絶対にしないと決めているんです。だから、三十分ほど待ってください」

「わかりました。では、車で待っていることにします。墓地の門の前にとめてありますので……」

そう言うと、彼はまた笑った。今日、二回目の笑みだ。

部屋から彼の姿が消えると、私は反射的に天井の明かりをつけた。私はいつも、誰かが部屋にいる時ではなく、出ていったあとに明かりをつける。いなくなった淋しさを明かりで置きかえるために……。いつも誰かに置き去りにされる、孤児の悲しい習慣だ。

三十分後、墓地の門のところに行くと、彼は車のなかで待っていた。車には《ブーシュ＝デュ＝ローヌ13》と書かれたナンバープレートがついている。待っている間、マフラーに顔をうずめて居眠りしていたのだろう、頬にひと筋、マフラーの跡がついていた。

私は真っ赤な〈夏〉のワンピースの上に、〈冬〉の紺色のコートを着て、首までボタンを留めていた。〈冬〉が表面を覆っているので、〈夏〉は見えない。〈昼〉の上に〈夜〉を着ていると言ってもいいかもしれない。もしコートの前を開けたら、彼は目をパチパチさせただろう。

私たちは並んで通路を歩いた。私は彼に、この墓地には、〈ゲッケイジュ区〉〈マユミ区〉〈ヒマラヤスギ区〉〈セイヨウイチイ区〉という具合に樹木の名前のついた区画が四つ、納骨堂がふたつ、ジャルダン・ド・スーヴニール（共同で遺灰を納めるモニュメントが設置された小さな庭園）がふたつあると説明した。

それを聞くと、彼は、墓地の管理人の仕事はもう長いんですかと尋ねてきた。そこで、私は十九年だと答えた。その前は踏切の管理人をしていたんです。すると、彼はいったいどうして、列車から霊柩車に乗り換えることになったのかと尋ねた。私はどう答えていいかわからなかった。踏切番をしていた時から墓地の管理人になるまでの間には、あまりにも多くの出来事があったからだ。何か特別なことがひとつあったせいで、踏切番から墓地の管理人になったわけではない。だから、質問には答えず、そのまま歩を進めた。ただ、自分で合理的だと言うわりには、おかしなことを訊く人だと思っていた。

やがて、私たちはガブリエル・プリュダンの墓の前に着いた。ところが、その瞬間、彼の顔が蒼白になった。おそらく、実際に墓を見た瞬間に、それまでは名前を聞かされただけだった見も知らぬ人間が、この世界に実在したことを感じたのだろう。そして、その人間がもしかしたら、自分の父親だったり、叔父さんだったりした可能性に思いいたったのにちがいない。それから長い間、私たちは墓の前でじっとしていた。あまりに寒かったので、私は自分の手に息を吹きかけた。

お墓に誰かを案内したあと、普通だったら、すぐにその場を離れるのに、その時はそうしなかった。彼をひとりにすることができなかったのだ。

永遠に続くかと思われた時間が過ぎたあと、彼は急に帰ると言った。マルセイユに戻ると……。では、お母様のご遺灰は、いつ頃、プリュダンさんのお墓に入れるおつもりでしょう？　私は尋ねた。けれども、彼は答えなかった。

7

いなくなったら、淋しくて、私から笑顔を奪ってしまう人——それはあなた

（愛の言葉）

今日はダンコワン夫妻の墓に飾っている鉢植えの花を替えた。夫のモーリス・レネ・ダンコワン（一九一一—一九九七）と妻のジャクリーヌ・ヴィクトール・ダンコワン（一九二八—二〇〇八）の墓の前に置いてある植木鉢をヒースの花が群生した植木鉢に替えるのだ。白く、かわいらしいヒースの花が密生した植木鉢は、イギリスの海沿いの崖の奥に広がる原野を少しだけ切り取ったように見える。今は十一月なので、この時期に咲く花は少ない。ヒースはキクと同じく、その数少ない花のひとつだ。

妻のジャクリーヌさんは白い花が好きだった。夫のモーリスさんが亡くなったあと、毎週、白い花を持って、夫のお墓参りに来ていた。私たちはよくおしゃべりをした。といっても、話をするようになったのは、ジャクリーヌさんが夫の死を少しだけ受け入れるようになったあとだ。最初の数年はすっかり落ちこんでしまっていて、おしゃべりをするどころではなかったからだ。不幸は、言葉を失わせる。あるいは、思ってもいないことを口にさせる。そのうちに、ジャクリーヌさんは少しずつ口を開くようになり、簡単な会話が交わせるようになった。そして、ほかの人のことを——生きている人

のことを話題にできるようになった。

　そして、モーリスさんが亡くなってから十一年後、ジャクリーヌさんはあっけなく夫のもとへと旅立った。月曜日には夫の墓石を磨いていたのに、翌週の木曜日には、私がジャクリーヌさんの墓に花を供えていたのだ。以来、年に一度、墓参りに来る夫妻の子供たちから頼まれて、普段の墓の世話は私がしている。

　私はヒースを植えた土に手を入れるのが好きだ。土は冷たくて、たとえお昼時でも、十一月の弱い日差しでは、中まで温もりを与えることはできない。指を入れると、凍ってしまいそうな気がする。でも、気持ちがいいのだ。何かの機会に、墓地の土に指を入れる時と同じように……。

　数メートル離れたところで、ガストンとノノが昨夜の出来事を話しながら墓穴《はかあな》を掘っていた。風の向きによって、会話の断片が聞こえてくる。「……女房が言ったんだ……テレビで……痒みは……しちゃいけねえ……シェフがな……ヴィオレットのオムレツ……知り合ったんだ……いい奴でよぉ……縮れ毛のやつだろ?……うん、おれらと同じくらいの年だな……まったく親切で……そいつの女房が……鼻持ちならねえ女……ブレルの歌……銭がねえ時に、金持ちのふりしちゃいけねえよ……一度、小便したいと思った時によ……ビクビクだ……前立腺……店が閉まる前に買い物しとかないといけねえ……ヴィオレットに卵を……そりゃひでえ……」

　墓穴は明日の十六時から行われる埋葬のためだ。私の墓地に新しい住民が来る。五十六歳の男性で、死因は肺癌。医者によると、煙草の吸いすぎが原因だという。だが、それは医者の言うことだ。五十六歳の男性が誰かに愛されなかったせいで死んだとは、医者は言わないからだ。話を聞いてくれる人がいなかったせいだとか、請求書が多すぎたせいだとか、借金がたまっていたせいだとかは。あるいは、苦労して育てた子供たちが、さよならも言わずに出ていってしまったせいだとかは……。けれども、そういった辛いことがたくさんあったせいで、その五十六歳の男性は煙草を吸いすぎたのかもしれない。心の憂さを晴らすために……。

でも、医者がそんなふうに書くことはない。「ほんとうの原因は、うんざりすることが多すぎたせいだ」とは、決して言わないものなのだ。

ノノたちから少し離れたところでは、小柄なピントさんとドグランジュさんが、それぞれ夫の墓を掃除していた。ふたりは毎日やってきて、とにかくどこか掃除をするところを見つけている。だから、墓のまわりはホームセンターの床用タイルの売り場のようにいつもきれいになっていた。

毎日墓参りに来る人たちは、幽霊に似ている。生と死の間にいるからだ。

ピントさんとドグランジュさんはふたりともかなり痩せている。ちょうど冬眠から覚めたばかりの蛙のように。まるで、夫が生きている間にたっぷりと栄養をとって、あとはその栄養で生きているように……。私はこの仕事についた時からふたりを知っている。だから、もう十九年もふたりがお墓を掃除に来るのを見ていることになる。ふたりとも、朝の買い物をしたあとで、そうしなければならないと決めているかのように、ここに寄るのだ。まだ夫を愛しているからか、未亡人の務めだと考えているせいか。愛情からか、世間体からか……。おそらくその両方からだろう。

ピントさんはポルトガル人だ。ブランシオンに住んでいるほとんどのポルトガル人と同じように、ピントさんも夏になるとポルトガルに帰省する。そして、九月になると、あいかわらず痩せたまま、でも、日焼けして帰ってくる。膝にひっかき傷をつくって……。ポルトガルでも先祖の墓を掃除するからだ。帰ってくれれば、帰省の間にたまった夫の墓の掃除が待っている。私はお墓は掃除しないものの、花の水やりだけはしている。そのお礼に、ピントさんはプラスチックの箱に入った民族衣装の人形をくれる。横にすると、目を閉じる不気味な人形だ（人形は箱に入ったままなので、埃を払うのに横にすると、棺に入れた死者のように見えるのだ)。私はこの人形をもらいたくなくて、毎年、ピントさんに言う。「ありがとう。ピントさん、いつもありがとう。でも、どうかもうこんなことはしないいで! お花の世話は、私が好きだからやっているの。だから、お礼なんていいのよ」と……。

でも、ピントさんの話によると、ポルトガルには何百もの民族衣装があるという。つまり、もしピントさんと私があと三十年元気だとしたら、私はあと三十体はこのぞっとするような人形をもらわなければいけないことになる。

どこかにしまうことができれば問題はないが、ピントさんは墓を掃除したあとに、私の家に立ち寄ることがあるから、それはできない。もちろん、私の部屋に置くのは絶対に嫌だ。かといって、みんなの共有スペースになっている、台所のある部屋にも置きたくない。その部屋は仕事仲間がくつろいだり、遺族が悲しみに浸るための場所なのだ。そんな部屋にあの不気味な人形はそぐわない。

考えた末、私は二階にあがる階段に並べて、人形を展示することにした。階段はガラス戸のうしろにあり、台所からも見えるから。ピントさんが来ても飾ってあるのを見ることができる。実際、ピントさんはコーヒーを飲みに私の家に立ち寄ると、その場所に人形が飾ってあるかどうか、必ず確かめた。いっぽう、私は階段に人形が飾ってあるせいで時々、怖い思いをした。仕事が終わって二階にあがる時——特に冬になって、夕方の五時に暗くなっていると、人形たちが箱から出てきて、私を階段から突きおとそうとするのではないかという妄想に駆られるのだ。人形たちの黒く光る目とひらひらした衣裳を見ると、その妄想は強まるばかりだった。

ピントさんとドクランジュさんは、あいかわらず黙々と、墓の掃除をしている。お墓参りにやってきた人が墓碑に向かって話しかけることはよく目にする光景だが、ふたりがそうしているところは一度も見たことがない。たぶん、夫が生きていた時から、もう話しかけることはなくなっていたのだろう。ふたりが涙を見せたことも一度もない。瞳はずっと前から乾いたままだ。ただ、今日のようにお墓に来るタイミングが一緒になると、掃除が終わったあとに、ふたりで言葉を交わすこともあった。話題はお天気と、子供と孫のこと。もうすぐ、曾孫の話題もそこに加わるはずだ。

　ふたりが一緒に笑っているところを、一度だけ見たことがある。世間話のなかのほんの短い笑いだった。ピントさんがドグランジュさんに、十一月一日の〈諸聖人の祝日《トゥーサン》〉の日に、孫からこんな質問をされたと話していたのだ。その質問とはこうだ。

「トゥーサンってなあに？　お休みってこと？」

8

あなたの心が優しかったように、あなたの眠りが穏やかでありますように
（墓碑に使われる言葉）

今日の埋葬の記録をつける。

二〇一六年十一月二十二日。十六時。ティエリー・テシエ（享年五十六）の埋葬。晴天。気温十度。棺はマホガニー。大理石なし。地面に掘った穴に直接、棺を入れる墓。納められる棺はひとつ。

参列者は二十四名。遺族のほか、故人が勤務していたアンダーウェア会社《ＤＩＭ》の工場の同僚十五人や、マコンにある癌センターの職員（名前はクレールだと言った）も列席。こちらからはノノ、エルヴィス、ルッチーニ兄弟、そして私。

工場の同僚からユリの花束の献花。花束には《大切な仲間へ》という献辞がついていた。癌センターの職員は白いバラの花束を手にしていた。

メモリアルプレートはふたつ。ひとつは妻からのもので、《私の夫へ》と刻まれている。「夫」の文字の上に、小鳥が描かれていた。もうひとつはふたりの子供（三十歳の息子と二十六歳の娘）からのもので、こちらには《私たちの父へ》と刻まれている。どちらのプレートにも故人の写真は焼きつ

けていない。二枚のメモリアルプレートのうしろには、大きな十字架が直接、地面に立てられている。工場の三人の同僚がジャック・プレヴェールの詩「猫と小鳥」を代わるがわる朗読した。

村人たちは　悲しい思いで　耳にした
村にいる　唯一の小鳥が　唯一の猫に襲われて
悲痛な声を　あげるのを
猫は小鳥を半分食べた
小鳥は声をあげなくなった
猫はごろごろ言わなくなった
自分の顔も舐めなくなった
小鳥のために　村人たちは
小さな棺を藁で編み　立派な葬式　準備した
猫も葬儀に参加して　棺のうしろを　静かに歩いた
墓地に向かう葬列の　いちばん前は　棺を手にした　ひとりの少女
少女はずっと　泣いていた
その声聞いて　棺のうしろの猫が言った
そんなに君が　悲しむのなら
半分残さず　全部食べれば　よかったよ
そしたら君に　こう言えたのに
小鳥はどこかに　飛んでいって　しまったよ

どこか遠くの　世界の果てに
二度と戻って　来られぬところに
そしたら君は　悲しまなくて　すんだのに
ちょっぴり淋しい　ただそれだけで　すんだのに
なにごとも　中途半端は　いけないね

棺が穴のなかにおろされる前に、セドリック神父が言った。

「ラザロが死んだ時、イエスがラザロの妹に告げた言葉を思い出しましょう。『私は復活であり、命である。私を信じる者は、死んでも生きる』」

癌センターのクレールが白いバラの花束を十字架の近くに置いた。それを合図に、参列者がいっせいにその場を離れた。


亡くなった男性のことを、私は知らない。でも、何人かが墓に向けるまなざしを見て、きっとよい人だったのだろうと思った。

9

あの人は若く、美しく、未来に微笑みかけていた。けれども、突然、あの人の手から人生という名の書物が落ちた。あの人はその先を読むことができなくなった

(後半はアルフレッド・ド・ミュッセの詩「彼女の死に」の人称を変えた引用)

墓地のメモリアルプレートには故人の写真を焼きつけているものがある。私の墓地には千枚以上の写真があるだろう。白黒やセピア色の写真からカラー写真まで、写真は墓地のあちこちに点在している。カラー写真は鮮やかなものもあれば、かなり色あせたものもあった。

写真を見ると、男性も女性も、そして子供も、みんなカメラの前で無邪気にポーズをとっている。この写真が撮られた日には、それが墓地に飾られることになるだろうとは、誰も思わなかったはずだ。誕生日や家族での食事会、日曜日の公園、結婚式、ダンスパーティや新年のお祝い。みんなで集まった日や、いつもよりも少しおめかしをした何か特別な日の写真。たいていは、まだいくらか若くて美しかった頃のものだ。軍服姿や、洗礼式や聖体拝領の時の写真もある。自分の墓で笑っている人々の顔を見ると、そのまなざしがことさら無垢に思える。

お墓に写真を飾るのは大切なことだ。さもないと、名前しか残らなくなる。埋葬の前日には地方の新聞に訃報が載るが、そのほとんどは名前と、わずか数行で簡潔にまとめられた故人の人生だけだ。

亡くなったのが経営者か医者かサッカーのコーチだったりすると、記事は少しだけ大きくなるが、それでも写真は載らない。人々は死んだ人の顔を忘れてしまう。死は顔を持ち去ってしまうのだ。

メモリアルプレートの写真を見るかぎり、私の墓地でいちばん美しいカップルは、バンジャマン・ダアン（一九一二―一九九二）とアンナ・レイヴ・ダアン（一九一四―一九八七）のダアン夫妻だ。一九三〇年代に撮られたらしい結婚式の彩色写真には、笑顔を浮かべた美しいふたつの顔が写っている。陽光のような金髪に透きとおるような肌のアンナと、彫刻のように端整な細面のバンジャマン。ふたりとも瞳がスターサファイアのように輝いている。こうして、ふたりの笑顔は永遠に残るのだ。

けれども、墓地にある写真のなかには、墓そのものが放置されていたり、定期的にお墓参りをする人がいないため、メモリアルプレートが汚れて、写真が見えなくなっているものもある。そこで、私は毎年、年が明けると、そういった写真を掃除することにしている。アルコール燃料を一滴、水にたらして、その水を含ませた布でふくと、写真はたちまちきれいになる。そのついでに、メモリアルプレート自体の掃除もするが、そちらにはアルコール燃料の代わりにホワイトビネガーを使う。

汚れている写真は結構、数が多いので、全部、掃除するにはだいたい六週間くらいかかる。以前、ノノとガストンとエルヴィスが手伝ってやろうと言ってくれたことがあるが、私は断った。三人はほかの仕事をするだけで、もう手一杯だからだ。

その時、私は飼い犬のエリアーヌを連れて、メモリアルプレートに焼きつけられたエム家の九人の人々の写真をきれいにしているところだった。年が明けたばかりで、さっそく写真の掃除に取りかかっていたのだ。エティエンヌ（一八七六―一九一五）、ローラン（一八八七―一九二八）、フランソワーズ（一九四九―二〇〇〇）、ジル（一九四七―二〇〇二）、ナタリー（一九五九―一九七〇）、テオ

（一九六一―一九九三）、イザベル（一九六九―二〇〇一）、ファブリス（一九七二―二〇〇三）、そしてセバスチャン（一九七四―二〇一一）。

その時だ。彼が現れたのは……。

近づいてきたのには、気がつかなかった。私にしては珍しいことだ。誰かが通路の砂利道を歩いてくると、足音でわかるのが普通だからだ。男性か女性か、大人か子供かも聞きわけることができた。よく来る人か、初めての人かも。でも、彼は音をたてずにやってきた。背中に視線を感じて振りむいた時も、逆光のせいで、すぐに誰だかはわからなかった。

「こんにちは」と声をかけられ、それを聞いて、初めてわかった。そのあと、数秒遅れて、煙草とシナモンとバニラの匂いがした。あれからもう二カ月以上たっていたので、彼がまたこの墓地に来るとは思っていなかった。

心臓の鼓動が少しだけ早くなった。それは私に「用心しろ」と言っているように聞こえた。フィリップ・トゥーサンが失踪したあとも、私の心臓の鼓動を早めるような男性は、ひとりも現れていなかった。私の心臓は、惰性で時を刻む大きな古い時計のように、いつもなげやりに同じリズムを刻んでいた。

もっとも、十一月一日の〈諸聖人の祝日《トゥーサン》〉の日だけは別で、心臓のリズムはいつもより早まった。その日が〈トゥーサン〉だからではない。〈諸聖人の祝日《トゥーサン》〉は翌十一月二日の〈死者の日《ジュール・デ・モール》〉とともに、死者を祀《まつ》る日なので、たくさんの人が墓参りに押し寄せるからだ。墓に供えるキクの植木鉢を百個近く売らなくてはいけないし、不慣れな墓地で迷子になった人々の道案内もしなくてはならない。結局、あちらからこちらへと一日中、走りまわるせいで、心臓の鼓動が早まるのだ。でも、今日は〈諸聖人の祝日《トゥーサン》〉ではない。だから、これは彼のせいだ。フィリップ・トゥーサンがいなくなって以来、私は他人《ひと》の感情ばかりにつきあってきた。でも、これは私の感情だ。

私は写真を拭く布を手にしたまま、固まっていた。彼はメモリアルプレートの顔写真を見て、遠慮がちな笑みを浮かべると、私に言った。

「ご家族ですか?」

「いいえ。お墓の掃除をしているだけです」

いったい何をどう言えばいいのかわからなくなって、私は頭に浮かんだ言葉をそのまま口にした。

「エム家の人たちは、みんな短命なんです。人生にアレルギーがあるか、反対に人生のほうから拒否されているみたいに……」

だが、彼は驚いた様子もなく、着ていたコートの襟を合わせると、微笑みながら、言葉を続けた。

「この辺は、ほんとうに冷えますね」

「ええ、マルセイユよりはずっと寒いと思います」

「今年の夏もマルセイユにいらっしゃるんですか?」

「ええ、いつもどおりに……。娘に会いにいくんです……」

「娘さんはマルセイユに住んでいらっしゃるんですか?」

「いいえ、あちこち旅しているんですけど、夏はマルセイユに寄るんです」

「何をしていらっしゃる方なんですか?」

「手品師です。ええ、プロの……」

と、その時、ツグミの若鳥が、私たちの会話に割りこむかのように、エム家の墓にとまって、さえずりはじめた。私はもうエム家の写真を磨く気が失せて、バケツの水を砂利道に捨てると、腰をかがめて、バケツに布とアルコール燃料の瓶を入れた。と、その瞬間、〈冬〉の灰色のコートの裾が割れて、中に着ていた〈夏〉の真っ赤なワンピースが顔をのぞかせた。花柄の可愛いワンピースだ。彼もそれを見たのがわかった。けれども、彼はこういう時にほかの人たちがするような、びっくりした顔で私を見るようなことはしなかった。地味なコートの下にこんな派手な服を着ていたのかという顔で……。彼はほかの人たちとはちがうのだ。

それでも、彼の注意をそらすために、私はお母様の遺灰をガブリエル・プリュダンのお墓に入れるなら、プリュダンさんのご家族の許可を取る必要がありますよ、と言った。

「いえ、それは大丈夫です。ガブリエル・プリュダン氏は、死ぬ前に母が自分と一緒に眠れるように、市役所で手続きをすませていたみたいなので……。ふたりともすべて準備していたんです」

そう言うと、彼はなんだか気まずそうに、髭の剃りのこしの目立つ頬を撫でた。手袋をしているから、手は見えない。それから、ちょっと長すぎると思うくらい、じっと私のことを見つめた。

「母の遺灰を入れる時に、何かちょっとした儀式のようなことをしたいのですが……。別に特別なことじゃなくてよいのですが……。お手伝いいただけませんか?」

と、その時、エリアーヌが小さく吠えたので、墓の上にいたツグミが飛び去った。エリアーヌは撫でてほしくて、身体をすりよせながら、私を見あげている。

「儀式のようなことですか?」私は答えた。「そういうのはしないんです。管理人の仕事ではありませんので……。レピュブリック通りにある《ル・トゥールヌール・デュ・ヴァル》という葬儀店に相談してください。ピエール・ルッチーニという人を訪ねれば、わかりますから……」

「いいえ、葬儀をしたいわけではないので、葬儀店は必要ありません。ぼくはただ、母の遺灰をその人の墓に入れる時に、何か短い弔辞のようなものを読みたいんです。それを作るのをあなたに手伝ってもらえないかと思って……。誰かほかの人を呼ぶつもりもありません。母とぼくだけの儀式です。何か母に、母とぼくだけのための言葉をかけたいんですよ」

そう自分の希望を述べると、彼はしゃがんで、エリアーヌを撫ではじめた。そのまま、私に話しつづける。

「あなたの、あの記録簿……埋葬ノートのようなものがあったでしょう？　あれを見せてもらった時、弔辞が書きとめられているものがあることに気づいたんです。それを参考にできないかと思って……。ほかの人たちの書いたものから少しずつ言葉を借りて、母の弔辞を書いてみようと思ったんです」

そう口にすると、彼は片手で髪をかきあげた。この間よりも、白髪が増えているような気がする。たぶん、光の具合のせいだろう。今日の空は青くて、光は白い。初めてこの人を見た時、空は低かった。

ピントさんが私たちの近くを通った。私に「こんにちは、ヴィオレット」と言いながら、彼のことを不審そうな顔で見ている。知らない人がいると、警戒する――ここはそんな土地柄なのだ。

「四時から埋葬があるので、七時すぎに管理人の家に来てくれませんか？　何か私にできることがあるか一緒に考えましょう」

私がそう言うと、彼はほっとした顔をした。ポケットから煙草を出して口にくわえる。でも、火はつけずに、いちばん近いホテルはどこかと訊いてきた。

「ホテルでしたら、ここから二十五キロ離れたところまで行かないとありません。でも、教会のすぐ裏にゲストハウスがありますよ。赤い鎧戸がついた小さな家で、ブレアンさんというご婦人がやっています。貸しているのは一室だけだけど、いつでも空いてますよ」

彼はうなずいた。それから、急に何かに気をとられたように、考えこむような顔をした。

「ここはブランシオンですね。この町の名前は聞いたことがある。以前、このあたりで何か惨劇がありませんでしたか？」

「惨劇なら、毎日、起きています。今、あなたのいるこの場所が何よりの証拠です。誰かの死は、家族や友人にとって、惨劇にほかなりませんから……」

だが、その言葉には答えず、彼は必死に記憶をたどっているようだった。それから、どうしても思い出せないという顔で、手に息を吹きかけながら言った。

「じゃあ、のちほど……。いろいろとありがとう。感謝します」

そうして、メインの通路を門に向かって歩いていった。やはり足音はしなかった。

私はしばらく、その場に立ちつくしていた。

その時、ピントさんがじょうろに水を入れに水道のほうに向かっていった。つられて、そちらのほうを見ると、向こうからマコンの癌センターのクレールがやってくるのが見えた。赤いバラの植木鉢を手に持って、ティエリー・テシエの墓に向かっている。私はクレールのほうに行った。

「こんにちは、クレールさん」

「こんにちは。テシエさんのお墓にこのバラを植えたいんですけど。直接、地面に……」

「それでは、係の者を呼んできましょう」

そう言うと、私は休憩室にいるノノを呼びにいった。墓堀り人たちは自分たちの休憩室を持っている。そこで着替えをしたり、正午と夕方の二回、シャワーを浴びたり、作業衣を洗ったりするためだ。ノノによると、作業衣を洗濯するのは汚れをきれいにするためで、死臭を落とすためではないという。死の臭いは服にはこびりつかない。その代わり、頭のなかにこびりつく。そして、それを落としてくれる洗剤は、この世のどこを探してもないという。

ティエリー・テシエの墓にはエルヴィスもついてきた。そして、クレールがバラを植えたいと言った場所をノノが掘っている間、エルヴィスはずっと、「オールウェイズ・オン・マイ・マインド」を歌っていた。ノノは土に泥炭を少し混ぜて、バラがまっすぐに育つように支柱を添えると、クレールに言った。「ティエリーのことは知ってるよ。いい奴だった」と……。

作業が終わると、クレールはお金を払おうとした。これで時々、ティエリーのバラに水をやってくれませんかと言って……。私はすぐに断った。

「水やりはしますけど、個人的にお金を受け取ることはしないんです。もし、どうしてもとおっしゃるなら、墓地に来る動物の餌用に寄付を集めているので、台所にある貯金箱にお金を入れてくれませんか？　冷蔵庫の上にテントウムシの貯金箱が置いてありますから……」

「じゃあ、そうします」

そう言うと、クレールは自分の話をしてくれた。

「患者の埋葬に立ち会うなんて、普段はこんなこと、絶対にしないんです。今回が初めて。テシエさんはとってもいい人だったから……。あんないい人が、ただ土のなかに埋められて、まわりには何もないなんて、悲しすぎます。それに、ここにやってきて、この赤いバラが咲いているのを見れば、テシエさんがまだ生きていて、一緒にいてくれるような気がして……。赤いバラを選んだのは、テシエさんを表すには、これがふさわしいと思ったからです」

その話を聞いて、私はクレールをジュリエット・モントラシェ（一八九八―一九六二）の墓に連れていった。この墓地で、最も美しい墓のひとつだ。といって、意図して作られたものではない。最初に植えられた灌木《かんぼく》のまわりにさまざまな草花が自然に生えてきて、美しい調和を奏でているのだ。偶然が作りだした小さな庭園のような墓だ。

「これって、天国の入口みたい。見せてくれてありがとう」

そう言うと、クレールは家に寄って、一杯、水を飲み、それからテントウムシの貯金箱に何枚かお札を入れて、帰っていった。

10

あなたのことは話しつづける　あなたのことを忘れないように
話すのをやめたら、あなたは存在しなくなってしまうから

（墓碑に使われる言葉）

「仕事が終わったら……。そしたら、一緒に飲めるから……」

あの夜、バーテンダーをしていたナイトクラブ《ティブラン》で、フィリップ・トゥーサンの誘いに応じると、彼はこう言った。

「じゃあ、おれの家に来るかい？」

私はすぐに、「うん」と答えた。一九八五年の七月二十八日のことだ。その日は、『地下室のメロディー』のセリフを書いた偉大な脚本家ミシェル・オディアールが亡くなった日だった。私たちの会話《セリフ》がつまらなかったのは、きっとそのせいだろう。私たちの会話《かいわ》は、ツタンカーメンのミイラを脳波測定器にかけたように平板だった。

仕事が終わって、店を閉める準備をしていると、フィリップ・トゥーサンにキスをしてもらうために、席のうしろに並んでいた女の子たちから、強烈な視線を受けた。フィリップ・トゥーサンはもうだいぶ前からキスをやめ、カウンターの反対側にいる私のほうばかり眺めていたのだが、それでも女

の子たちは行列をつくって、順番を待っていたのだ。その視線は彼と一緒に《ティブラン》を出る時には、ますます敵意のこもったものになった。アイシャドーとマスカラをたっぷり塗った何十もの目が、「殺してやる！」「呪ってやる！」「おまえなんか死んじゃえ！」と伝えてくるのだ。

店を出ると、私はすぐに彼のオートバイの後部座席にまたがった。彼は私の頭にヘルメットをかぶせると、左の膝に手を置いた。私は目を閉じた。ヘルメットは大きすぎた。雨が降りはじめて、顔に雨粒があたるのを感じた。

フィリップ・トゥーサンの両親は、息子のためにシャルルヴィル＝メジエールの中心地にワンルームの部屋を借りていた。爪を噛んだ、みっともない指先が気になって、階段をのぼる間も、私は服の袖で指先を隠しつづけていた。

部屋に入ったとたん、フィリップ・トゥーサンは、私に覆いかぶさってきた。何も言わずに……。私も何も言わなかった。というより、言えなかった。フィリップ・トゥーサンがあまりに美しいので、言葉を失ってしまったのだ。十歳の時に小学校でピカソの〈青の時代〉の絵を見た時と同じだ。画集に載っている絵を女教師が次々と定規で差していくのを見ながら、私はやっぱり言葉を失い、もうこれからは一生、青だけを使おうと決心したものだ。

その日は、そのまま彼の家に泊まった。フィリップ・トゥーサンに与えられた快楽に酔いしれたまま……。生まれて初めて、セックスを楽しいと思った。何かと交換しないで、セックスをするのは初めてだった。一回目が終わった時、もう一回できないかと、ひそかに期待したくらいだ。その期待どおり、私たちは二回目のセックスをした。私はそのまま、彼の家に泊まりつづけた。一日、二日、三日、そのあとは何日たったかわからなくなった。日々は切れ目なく続いていた。列車の車両が切れ目なく続いているように……。どの車両にいるかはどうでもいい。旅をしたという思い出が残るだけだ。

フィリップ・トゥーサンと一緒にいると、私は空想好きの少女とまったく同じになった。雑誌に載っているハンサムな男性のブロンドの髪とブルーの瞳に魅せられて、「この人は私のもの。だから、大事にしまっておこう」と言って、写真をポケットに入れる少女と同じに……。そして、フィリップ・トゥーサンは写真ではなく、実際に目の前にいた。私はいつも彼に触れていた。私の手が彼の身体のどこかに置かれていない時はなかった。〈外見が美しいからと言って、サラダにして食べられるわけじゃない〉という言い方があるけれど、私にとってフィリップ・トゥーサンの外見はサラダにして食べられるものだった。それだけではなく、前菜にしてもメインディッシュにしてもデザートにしても食べられた。食べきれなくて余りが出たら、それも持ってかえって食べてしまっただろう。私が彼にまとわりついて、ずっと身体に触っていても、彼は好きにさせてくれていた。私のことが気に入ったのだ。私のことも、私のすることも……。私は彼の持ち物だった。彼にとっては、それが唯一、大切なことだった。

私は恋に落ちた。家族に捨てられていたのは幸いだった。そうでなければ、私が家族を捨てていただろうから……。私にとっては、フィリップ・トゥーサンがすべてだった。私は自分自身も、自分の持っているものも、すべて彼に捧げた。私という存在は、彼のためだけにあった。もし彼のなかで――彼の内部で生きることができたら、私はためらいなくそうしていただろう。

そして、ある朝、彼は私に「ここに住めよ」と言った。そのほかには何も言わなかった。ただ、そう言ったのだ。「ここに住めよ」と……。そこで、私はスーツケースに持ち物を詰め、黙って施設を抜けだした。黙って出たのは、未成年だったからだ。持ち物は多くなかった。洋服が何着かに人形のカロリーヌ。学校のクラス写真が何枚かと、三十三回転のレコードが四枚。タンタンの漫画が五冊。学校で使っていた持ち物袋――それだけだ。

人形のカロリーヌはもらった時はおしゃべりをしていた。「ボンジュール、ママ。私はカロリーヌ。私と遊ぼう」と言って笑うのだ。けれども、いろいろあって、そのうちに言葉を奪われていった。私と同じに……。私の場合、いろいろというのは、〈たくさんの里親やソーシャルワーカーや特別教育指導者たちからひどい扱いを受けているうちに〉ということだが、カロリーヌの場合は、〈電池が切れたり、身体が水に浸かってしまったり、何度も引っ越しする間にがたがた揺さぶられたりしているうちに〉ということだ。

レコードのタイトルは、エティエンヌ・ダオの「虚言癖」と「ラ・ノッテ、ラ・ノッテ」、アンドシーヌの「3」、そしてシャルル・トレネの「ラ・メール」。タンタンの漫画は、『青い蓮』『カスタフィオーレ夫人の宝石』『オトカル王の杖』『タンタンとピカロたち』『太陽の神殿』だ。持ち物袋には、ビックのボールペンで、前に施設にいた、この袋の歴代の持ち主の名前〈ロロ〉〈シカ〉〈ソー〉〈ステフ〉〈マノン〉〈イザ〉〈アンジェロ〉が書いてあった。

フィリップ・トゥーサンは自分の物を端に寄せて、私の荷物を置くスペースを作ると、不思議そうな顔をして言った。

「おまえって、ほんとうにおもしろい奴だな」

私は答えた。

「ねえ、セックスしよう」

会話をする気はなかった。彼と会話をしたいと思ったことは、一度もなかった。

11

優しい子守歌で、死者に安らかな眠りを

（墓碑に使われる言葉）

四時からの埋葬は無事に終わった。私は墓地に誰もいなくなったのを確かめると、門に鍵をかけ、家に入った。まもなく彼がやってくる。母親の墓の前で読む短い弔辞を一緒に考えるために……。彼が来るのを待つ間、私はいつものように、ラジオをかけながら、ポートワインを飲むことにした。と、グラスの中にハエが落ちた。私はハエをすくいあげ、道路側の窓のところに行って、外枠に置いた。その時、街灯に照らされた彼のコートが見えた。急ぎ足で墓地に続く坂道をのぼってくる。その道は両側に街路樹が続いていて、坂をおりた突きあたりには、セドリック神父の教会がある。教会のうしろには、灯火が点々ときらめく、町の中心街が見えた。

私は彼に家に来るように言ったことを後悔した。いつもなら、もうとっくに鎧戸を閉めて、〈夏〉の服だけになっている時間なのに、私はまだ〈夏〉の服の上に〈冬〉の服を着ている。

本来なら、門を閉めたあとは、私だけの時間だ。私はひとりだから、自分の時間を自分のためだけに使える。それはとても贅沢なことだと思う。人が自分にしてやれる最大の贅沢のひとつだ。その贅沢を、私は今、諦めなければならないのだ。

私はひとりでいたかった。いつものように、誰とも話さず、ラジオの音楽を聴きながら、静かに本を読んで過ごしたかった。ゆっくりお風呂に入り、ピンクのシルクの着物ガウンを身にまとって、リラックスしたい……。

だが、その時、ドアがノックされた。初めて彼がこの家に来た時と同じように、静かなノックだ。けれども、あの時とちがって、エリアーヌは吠えなかった。毛布を何枚も入れた籠の中で、丸くなって眠っている。

ドアを開けると、彼は私に微笑みかけて、こんばんはと言った。冷気が部屋に入ってくる。私は彼を中に入れると、すぐにドアを閉めて、椅子を勧めた。彼はコートを脱がなかった。どうやら長居をするつもりはないらしい。私はほっとした。

それでも、何か飲み物くらいは出すべきだと思って、私は何も訊かずに戸棚を開け、ジョゼ＝ルイ・フェルナンデスからもらった一九八三年産の高級ポートワインを取り出した。戸棚の中には数百本の酒瓶が並んでいる。甘口ワイン、モルトウィスキー、リキュール、ブランデー、度数の高い蒸留酒……。ワインのグラスを受け取りながら、彼がびっくりしたように戸棚を見つめているのがわかった。私は説明した。

「別にアルコールの密売をしているわけではありません。お墓の世話をした時のお礼なんです。私はお金を受け取りませんので……。それで、みんなお酒か手作りのジャムをくれるんです。ピントさんだけは民族衣装を着た人形をくれますけど……。お酒は墓掘り人たちにも分けてあげるんですけど、それでもこんなにたまってしまって……。お花でもくれればいいんですけどね、私がここで花の鉢を売っているから、誰も私に花をプレゼントしようとは思わないんですよ。ほら、花屋に花を贈る人はいないでしょう？」

彼はうなずくと手袋を取り、ポートワインをひと口飲んだ。私は言った。

「この棚のなかで、いちばんいいワインです」

「素晴らしい！　神の恵みのようだ」

その言葉を聞いて、ちょっとびっくりした。この人の口から、そんな独創的な言葉が出るとは思っていなかったからだ。独創的なのは不ぞろいに生えた白髪くらいで、あとは目立つところのない人だと思っていた。コートだって地味な色合いのありきたりなものだし、顔の表情もコートと同じくらい精彩がない。

「じゃあ、お母様のことを話してくれますか？」

彼はしばらく考えこんでいたが、やがてひとつ息を吸って言った。

「母はブロンドでした。染めたわけではなく、自然のブロンドです」

けれども、そこでまた黙りこんでしまった。最初にこの部屋に来た時と同じように、何もない壁を見つめはじめる。まるでそこに巨匠の絵画でも飾られているかのように……。

彼がワインを口に運んだ。じっくり味わっているのがわかる。そのうちに、だんだんリラックスしてきたのだろう。ようやく言葉を続けた。

「昔から、スピーチって、どうしたらいいのか全然わからないんですよ。ましてや、弔辞なんて……。ある人について述べようとすると、警察で調書を取っているみたいになってしまうんです。身長は百何十センチ、体重は何十キロ。頬に傷跡があり、首にほくろがあるというふうに……。そういった身体的な特徴ならひと目見ただけでわかるし、すぐに表現できます。でも、その人が何を考えて、どんな感情を抱いていたかということになると……。まったくお手上げです。こいつは何か隠しているといったことなら、ピンとくるんですが……」

彼のグラスが空になったので、私はすぐにお替わりを注ぎ、ついでにコンテチーズを何枚かスライスして陶器の皿にのせて出した。

「ええ、何かを隠そうとして怪しげな態度を取れば、すぐに気がつきます。そういったことには鼻がきくんです。それこそ、犬なみにね……。といっても、母がこんな願いを抱いていたことには気がつきませんでしたが……。ぼくの知らない男の墓に入りたいなんて……。結局、母は死ぬまで隠しとおしたんです」

きっとワインのせいだろう。彼は口が軽くなっていた。私のポートワインは自白剤のようなものなのだ。これを飲めば、誰もが心の内を明かしはじめる。

「あなたは飲まないんですか？」彼が尋ねた。

私はほんの少しだけ自分のグラスに注ぎ、彼と乾杯した。

「それだけですか？」

「私は墓地の管理人ですからね、飲むのは、死者を悼んで、その日流した涙くらいで十分なんです。それで、弔辞のことですが、お母様が好きだったものについて、話してくださいませんか？　お芝居とか、音楽とか、映画とか……。何も特別なものでなくていいんです。好きだった色でも、お気に入りの散歩コースでも、飼っていた犬や猫でも、雨が好きとか、風が好きとか、お日様が好きとか、そんなのでもいいんです。好きな季節でも……」

彼はまた黙りこんだ。迷子になった小さな子供のように見える。それから、グッとワインを飲みほすと言った。

「母は、雪とバラが好きでした」

出てきた言葉はそれだけだった。もうそれ以上は、何も思いつかなかったらしい。恥ずかしそうな、やるせないような表情をしている。まるで、〈身近な人のことをどう話していいのかわからない〉というのが恥ずかしいことでもあるように……。

私は立ちあがって、記録簿をしまっている戸棚から二〇一五年のノートを取り出した。最初のページを開いて、彼に渡す。

「これは、二〇一五年一月一日に行われた、マリー・ジェアンさんの埋葬のために書かれた弔辞です。書いたのはお孫さんです。仕事で外国にいて参列できないので、埋葬の時に読んでほしいと私に送ってきました。参考になると思いますよ。どうぞ、お持ちください。必要ならメモを取ればよいと思います。返すのは、明日の朝でかまいません」

彼はノートを受け取ると、立ちあがって脇にはさんだ。記録簿が家から出るのは、これが初めてだ。

「ありがとうございます。ほんとうに、いろいろと」

「ブレアンさんのゲストハウスに泊まることにしたんですか？」

「ええ」

「お夕飯は召しあがりました？」

「ええ、ブレアンさんが用意してくれたので……」

「マルセイユには明日お帰りですか？」

「明け方に出発します。記録簿は帰る前にお返しにきます」

「窓枠のところに置いておいてくれればいいですよ。青い植木鉢のうしろに」

12

おやすみなさい、おばあちゃん。どうぞ安らかに
どうか私たちの笑い声が、お空まで届きますように

祖母マリー・ジェアンへの弔辞

大好きなおばあちゃん。おばあちゃんはいつも忙しそうに動きまわっていたね。どこかに行く時も歩くんじゃなくて、小走りになっていた。用事をたくさん片づけて、もう休む間《ま》もないくらいに……。〈休む間もない〉って言葉を聞くと、おばあちゃんの顔が思い浮かぶくらいに……。

でも、そのおばあちゃんがとうとう休むことになってしまった。それも永遠に……。

おばあちゃんは早寝早起きだった。朝は五時に起きて、市場に出かけていた。行列が嫌いだって言って、市場が開くと同時に中に入って、朝の九時には買い物をすませていた。

亡くなったのは大晦日から元日にかけて。つまり、お休みの日だ。まったく、休みの日に死ぬなんて、一生、働きづめだったおばあちゃんらしいよ。ああ、でも、大晦日から元旦にかけては、新年のお祝いで羽目をはずしすぎて、死んだ人も多かったかもしれない。天国に入るのに、おばあちゃんが行列に並ばずにすんだのならいいんだけど。

おばあちゃん。子供の頃、夏休みにおばあちゃんのところに行くと、編み棒と毛糸玉を用意してく

れていたね。私がそうしてって頼んだんだけど、いつも十列以上、編めたためしはなかった。毎年、十列だから、全部足したら、マフラー一本分くらいにはなったかもしれない。いつか私が天国に行ったら、おばあちゃんは私の首に、そのできたかもしれないマフラーをかけてくれるかな。といっても、私が天国に行けたらの話だけど……。

電話をかけてくると、いつも「もしもし、ばあばですよ」ってふざけて言ってた。もう私はとっくに大きくなっていたのに……。孫だけじゃない。とっくに大人になった子供たち——パパや叔父さんや叔母さんのことだけど——に手紙を書いていた。毎週欠かさず。思いついたことをしゃべるみたいに……。おばあちゃんにとって、子供や孫たちは大きくなっても「おちびちゃん」だったんだ。だから、大人になってからも、誕生日やクリスマスにはプレゼントをくれた。孫たちが欲しがるので、いつも可愛いイラストのついたマスタードの瓶を買って、使いおわると、きれいに洗ってプレゼントしてくれた。私もずいぶんもらったよ。

おばあちゃん。おばあちゃんにならって、思いついたことをしゃべるよ。おばあちゃんはビールとワインが好きだったね。パンを切る時は、まずパンの上で十字を切った。敬虔なキリスト教徒だったんだ。日曜日には欠かさずミサに言っていたし。口癖は「イエス様」か「マリア様」。話の最後は必ずそのどちらかの言葉で締めくくるんだ。「おばあちゃんはそう思うよ。マリア様」っていうふうに……。

おばあちゃんは通販で物を買うのも好きだったね。それをきちんと並べて戸棚に閉まっておくものだから、私は戸棚を開けるのが楽しみだった。祈禱書、《イブ・ロッシェ》のクリーム、シーツ、鉛の兵隊、毛糸玉、ワンピース、スカーフ、ブローチ、陶器の人形。そこにはなんでもあった。ナイロン製のスリップもあって、私はおばあちゃんのスリップを着るのが好きだった。

それから、おばあちゃんは毎朝、ラジオを聞いていたね。食器棚の上に大きなラジオがあって、男の人が司会する番組を聞いていた。私はまだ小さかったのに生意気だったから、おじいちゃんが早くに死んじゃったから、おばあちゃんはラジオから聞こえる男の人の声をおじいちゃんの代わりにしているんだ、って思ってた。

おばあちゃんはテレビも好きだった。ラジオを消すと、今度はテレビ。きっと家の中が静かになるのが嫌だったんだね。テレビをつけるのはお昼すぎ。クイズ番組をいくつか見て、アメリカの連続ドラマが始まる頃には居眠りをしていた。居眠りをしていない時には、登場人物のセリフにツッコミを入れたりして、テレビとおしゃべりしていたね。

お料理は上手だったけど、一度作ると、少しずつ、何回にも分けて食べていた。鶏を煮こむと、お昼には鶏肉だけ取り出してライスを添えて、夜はパンと煮こんだスープで食べるっていう具合に。それで一週間はもたせていた。鍋にはいつもタマネギが二、三個入ったブイヨンか、おいしいソースが入っていたね。

そうだよ。おばあちゃんは物を捨てるってことができなかったんだ。特に食べ物は絶対に捨てなかった。食べ残しもとっておいて、温めなおして食べていた。だから時々、食べた物でお腹をこわしていたけれど、それでも、全部なくなるまで食べつづけていた。カビの生えたパンをゴミ箱に捨てるよりは、お腹をこわすことを選んでいた。戦争中は何も食べるものがなくて、辛かったって言ってたから……。きっと、そのせいだよね。

お水だって大切にした。お皿を洗う時に、蛇口を開きっぱなしにすることはなかった。私が流しっぱなしにしてると、そっと閉めてくれたね。

住んでいたのはアパートだった。おばあちゃんは一生、借家住まいだった。自分の家なんか持ったことがなかった。持っていたのは、一家のお墓だけだ。これから永遠に住むことになるお墓。おばあちゃん、これで借家住まいは卒業だね。

おばあちゃんのアパート、なつかしいな。小さい頃はクリスマスに遊びにいって、電飾やオーナメントが飾られたツリーの下で、プレゼント、もらったね。だけど、あの電飾とオーナメントは、盗まれちゃったんだ。アパートの共同地下室にしまっておいたのに、誰かに持っていかれちゃったって、おばあちゃん、泣きながら、私に電話してきた。おまえたち孫と一緒に過ごしたクリスマスの思い出も、全部、持っていかれちゃったよって、電話の向こうで泣いていた。

なつかしいおばあちゃんのアパート。私たちがバカンスで来るのがわかっていると、おばあちゃんは台所の窓のところで待っていてくれたね。下の小さな駐車場に着くと、いつも窓からこっちを見ているおばあちゃんの白髪が見えた。それで、中に入ると、今、来たばかりなのに、「今度はいつ、ばあばに会いにきてくれるんだい？」って訊いてきた。その頃から、少し認知症が始まっていたんだね。頭がぼけてきて、身体もきかなくなっていた。だから、思い出の詰まったアパートから出て、老人ホームに入らざるをえなくなっちゃったんだ。

老人ホームに行ってからは、もう窓のところで私たちを待つことはなかった。私たちのことは忘れちゃったんだ。一緒にレストランに行こうと約束して迎えにいっても、ちょっと約束の時間に遅れたりすると、ホームの食堂でごはんを食べはじめていた。

おばあちゃんのこと、いろいろ思い出すよ。歌が好きでよく歌っていたね。老人ホームに行って、うまく歌えなくなってからも、「歌いたい」と言っていた。それから、「死にたい」とも言っていた。

寝る時は髪のセットが乱れないように、ヘアネットをかぶっていたね。それでも、乱れたりしてると、私がセットを直してあげた。

毎朝、お湯にレモンを搾って飲んでいたね。

ベッドカバーは赤だった。

おばあちゃんはおじいちゃんの戦時代母だったって言ってたね。「戦時代母って？」って、私が訊いたら、前線の兵士に見舞品を送る女の人のことだよって、教えてくれた。前線から戻ってきた時に何度か会って、それが縁で結婚したんだって……。戦争が終わって、おじいちゃんがナチスの収容所から戻ってきた時には、あまりの変わりように、誰だかわからなかったとも言ってた。そのあとで結婚したんだけど、何人か子供が生まれたあと、おじいちゃんは亡くなってしまった。枕もとにはいつもおじいちゃんの写真が置いてあったね。老人ホームに入る時も、その写真は持っていった。写真に向かって、よく「リュシアン」って呼びかけていたね。それから、「こんなところに入れられるなんて、いったい私が神様に何をしたっていうの？」とも言っていた。

おばあちゃんの手はざらざらしていた。でも、それは働き者の手だった。

おばあちゃんは、いつも働いていた。十七歳の時、叔母さんの家に行って、偶然、おばあちゃんに会ったことがあったね。私はその頃、おばあちゃんの家より、叔母さんのマンションに行くことのほうが多かったんだけど。だって、叔母さんのマンションの下には映画館やカフェバーが入っていて、高校生にはそっちのほうが楽しかったから……。

それで、叔母さんの家に寄ったら、おばあちゃんが部屋に掃除機をかけていたんだ。フェーブさんて、家政婦さんの代わりに。その時、初めて知ったんだ。フェーブさんが休んだ日や病気の時には、おばあちゃんが掃除をしていたんだって……。

もちろん、私はびっくりした。おばあちゃんも、ちょっと困ったような顔をしていた。働き者のおばあちゃんのことだから、「何かすることはないかい？」って叔母さんに訊いて、「それなら、フェーブさんがお休みの時に家事を手伝ってくれない？　もちろん、その分は払うから……」ということになったんだと思うけど……。

おばあちゃんが亡くなったって聞いた時、なぜだか、あの時のことを思い出した。おかしいね。それまではすっかり忘れていたのに……。私がいとこと楽しく遊んできて、部屋のドアを開けた時、いきなり腰を曲げて、掃除機をかけているおばあちゃんの姿が目に入って、私はなんて言えばいいかわからなくなった。何か言葉をかわしたのは覚えているけど……。ねえ、おばあちゃん、私たち、あの時、何を話したんだっけ？　ずっと考えているんだけど、思い出せないんだ。ただ、頭のなかで掃除機の音がするだけ……。

「あの時、私たち、何を話したの？　おばあちゃんは覚えてる？」今度、おばあちゃんに会ったら、私は訊いてみようと思う。でも、おばあちゃんは肩をすくめて、こう言うだろう。

「それより、おちびちゃん。みんなはどうしてる？　元気にしてるかね」って……。

13

記憶に残る故人の思い出は、死よりもずっと強い

（墓碑に使われる言葉）

翌朝、青い植木鉢の後ろの窓枠を見ると、彼に預けた記録簿が置いてあった。記録簿にはマルセイユ八区にあるスポーツクラブのチラシが挟んであり、裏に《ほんとうにありがとう。電話します》と、殴り書きがしてあった。チラシは半分にちぎってあったので、にっこり笑うモデルの女の子には膝から下がなかった。

ほかには何も書かれていなかった。マリー・ジェアンへの弔辞に対する感想も、彼の母親についてのことも……。彼は今頃、どの辺にいるのだろう？　私は考えた。出発したのは、何時だろう？　もうマルセイユには着いたのかしら？　それとも、まだ途中なのか……。住まいはどこだろう？　海の近くだろうか？　時々、海は眺めるかしら？　でも、いつでも海が近くにあるなら、意識して眺めることもないかもしれない。ちょうど長いこと近くにいすぎて、お互いに対する関心をなくした夫婦が、もう相手を見ることもないのと同じで……。

そんなことを考えながら墓地の門を開けていたら、ノノとエルヴィスがやってきた。「おはよう、ヴィオレット！」そう私に挨拶すると、ふたりは町役場のトラックをメインの通路にとめて、自分た

ちの小屋へ制服に着替えに行った。私は、夜の間に何か問題が起きていないか、脇の通路の見まわりを始めた。ノノたちの笑い声が聞こえてくる。誰もが自分の持ち場についていた。

通路を歩いていると、墓地に住み着いている猫たちが集まってきて、私の脚に身体をすり寄せてきた。今、墓地には十一匹の猫がいる。そのうち五匹は、たぶん、故人が飼っていた猫だと思う。故人が埋葬された日に、この墓地に現れたからだ。シャルロット・ボワヴァン（一九五四―二〇一〇）、オリヴィエ・フェージュ（一九六五―二〇一二）、ヴィルジニー・ティサンディエ（一九二八―二〇〇四）、ベルトラン・ウィトマン（一九四七―二〇〇三）、そしてフローランス・ルルー（一九三一―二〇〇九）が埋葬された日に……。だから、その五匹のことは、それぞれの元の飼い主の名前で呼んでいる。シャルロットは白猫で、オリヴィエは黒猫。ヴィルジニーは縞模様。ベルトランはグレーで、フローランス（雄だけど）は白と黒と茶のぶち模様だ。

そのほかの六匹はいつの間にかここに住みついていた。みんな、自由に墓地を出たり入ったりしている。どれも捨て猫だ。街の住人たちは、墓地なら餌もくれるし、不妊処置も施してもらえると知っているので、ここに猫を捨てていくのだ。文字どおり、塀の上から投げ捨てられた猫もいた。たいてい、エルヴィスが見つけて名前をつけるので、プレスリーの曲名にちなんだ名前を与えられる。今いる六匹の名前は、スパニッシュ・アイ、ケンタッキー・レイン、ムーディ・ブルー、ラブ・ミー、トゥッティ・フルッティ、そしてマイ・ウェイだ。マイ・ウェイはサイズ43（約二十八センチメートル）の紳士靴の箱の中に入れられて、私の家の玄関マットの上に置かれていた。

新しい猫が墓地にやってくると、私は必ず不妊・去勢手術を施した。だからノノはいつも雄猫をつかまえては、ふざけて「いいか、先に忠告しておくぞ！　ここの女主人は、金玉を切りとっちまうのがお得意なんだ。覚悟しろよ！」と言い聞かせていた。もちろん、そんなふうに脅されても、猫たちが私のそばを離れることはなかった。動物が好きな人のことはわかるらしい。私は物心ついた時から動物が大好きだった。といっても、犬や猫を飼って、かわいがるといった素敵な環境ではなかったけれど……。

猫が自由に家に入れるように、ノノは家のドアに猫用の出入口を取りつけてくれた。でも、ほとんどの猫は墓で暮らしていた。猫にも習慣と好みがあるのだろう。マイ・ウェイとフローランスだけはいつも私の部屋のどこかで丸くなっているけれど、ほかの猫たちは、家の中にはめったに入らない。せいぜい玄関までついてくるくらいだ。まるで、今でもフィリップ・トゥーサンが家の中にいるかのように……。私とは真逆で、夫は動物が大嫌いだった。だから彼がまだこの家にいた頃、猫たちは決して中に入ろうとはしなかった。

もしかしたら、猫たちには今でも夫の魂が見えているのかもしれない。生きているのか、死んでいるのかわからないけれど、ここにはいない夫の魂が……。猫は魂と会話することができるというから……。

猫は死者と交流できる――たぶん、そう考えるせいだろう。墓地に来る人たちはたいてい、猫が足もとにまとわりつくのを好んだ。故人からの挨拶だと思うらしい。ミッシェリーヌ・クレモン（一九五七―二〇一三）の墓には《もし天国があるとしたら、きっと私の犬や猫たちが迎えてくれるだろう》と刻まれているが、死者と動物は強い結びつきがあり、故人が動物を使ってメッセージを送ろうとしているのだと考えている人は多かった。

脇道の点検を終えて家へと戻りはじめると、ムーディ・ブルーとヴィルジニーが私についてきた。ドアを開けると、台所ではちょうどノノがセドリック神父にガストンのことを話しているところだった。ガストンがいかに不器用で、いつでもどこでも騒ぎを起こすという話だ。ガストンの不器用さについては、もはや伝説となっていて、それについては掃いて捨てるほどの逸話があった。

「古い墓を掘りおこしていた日のこった。ガストンは骸骨をいっぱい載せた手押し車を押していたんだが、そいつを墓地の真ん中でひっくり返しちまったんだ。頭蓋骨がひとつ、ころころ転がってな。ベンチの下に入っちまった。だが、ガストンは気がつかなかった。それで、おれは声をかけたんだ。『おい！　〈ビリヤードの球〉をひとつ、ベンチの下に忘れてるぞ！』ってね」

セドリック神父が笑い声をあげた。前任の神父たちとちがって、セドリック神父は毎朝、私の家にやってくる。そして、ノノの話を聞きながら、いつも「おお神よ《モン・デュー》、まさかそんな！　おお神よ《モン・デュー》、まさかそんな！」と繰り返す。神父は毎朝やってきてはノノに話をせがみ、ノノはつきることなくそれに応えた。ノノがひと息入れるたびに神父は大きな笑い声をあげる。エルヴィスや私も……。今日はまだガストンは来ていないが、ここにいたら本人も笑ったことだろう。

ノノの話を聞いて誰よりも先に笑いだすのは、私だった。私は死を冗談にして、笑いとばすのが好きだ。それが死を打ち砕く、私なりのやり方だった。笑いに変えることで死を軽くすれば、生をより大切な物にして、力を与えることができるからだ。

みんなの笑い声が収まるのを待って、ノノが話を続けた。ノノはセドリック神父のことを「神父様」と呼ぶが、話す時はため口だった。

「別の日のことだけど、掘りだした遺体がほとんどそのままだったことがあったんだ。七十年もたってたのに、そのままだったんだぜ、神父様！　そんだけ時間がたっちまえば、たいてい骨だけになってるんだがな。だから、古い骨を共同納骨堂に入れる穴は、すごく小さいんだよ。それが問題の発端さ。

ガストンとエルヴィスがその遺体を納骨堂に持っていったんだが、しばらくしたら、エルヴィスがあわてておれを探しにきたんだ。いつも鼻を垂らしてるエルヴィスが、口から泡まで飛ばしておれに言うんだよ。『ノノ！　早く来てくれ、早く！』って。『いったいどうしたんだよ？』って聞いたら、『ガストンが、あれを詰まらせちゃったんだよ！』ってわめくんだ。あれってなんだ？　おれはわけがわからないまま、エルヴィスについて納骨堂まで走っていった。そしたらなんとガストンのやつ、遺体を納骨堂に入れようとして、一生懸命、小さな穴に押しこんでるじゃないか。それで穴に詰まらせちゃったんだよ！　おれはふたりに言ったんだ。『おい、おまえら！　ここは戦争中のドイツじゃないんだぞ！』ってな。

それから、こんな話もある。こいつは、とっておきの話だ。いつも町役場で話すやつなんだが、毎回、町長が大笑いする。ほら、雑草を焼き払うために、端にバーナーがついたガスボンベがあるだろう？　車輪が四つついたカートに載ってて、移動できるようになってるやつだ。で、ある日、エルヴィスがバーナーに火をつけたんだが、ガス栓を開いたのはガストンだったんだ。それで、ここが肝心な点なんだけどね、神父様。ガス栓を開く時は、ゆっくり開かないといけないんだよ。ところがだ、ガストンのやつ、エルヴィスがライターに火をつけた時に、一気に栓を開けちまいやがったんだ！とたんに、**バーン！**って、すっげえ音が墓地中に響きわたった！　いやまったく、戦争でも始まったのかと思ったよ！　おれはあわてて駆けつけた。さあ、面白いのはここからなんだ！　よく聞いといてくれよ、神父様。やつらな……」

その先を思い出して我慢できなくなったのか、ノノは自分で笑いはじめた。涙をぬぐいながら話を続ける。

「……その近くで、小柄なばあさんが墓の掃除をしていたんだがね、自分のハンドバッグを墓の上に置いてたんだ。やつら、そのバッグに火をつけちゃったんだよ。そんでさ、エルヴィスのやつ、火を消すために、とっさに両足でそのバッグの上に飛びのったんだ。両足そろえて、バッグの上で、ぴょんぴょんぴょんぴょん、跳びはねたんだぜ！　ホントだよ、神父様！　孫に誓ってほんとうのことさ。嘘だったらこの場で死んでもいいよ」

　マイ・ウェイを膝に乗せて窓に寄りかかっていたエルヴィスが、静かにプレスリーの「バーニング・ラブ」を歌いはじめた。《熱があがっていくのを感じるぜ《アイ・フィール・マイ・テンパーチャー・ライジング》、高く《ハイヤー》、高く《ハイヤー》、おれの魂まで燃え尽くしそうだ《イッツ・バーニング・スルー・トゥ・マイ・ソール》》

「おい、エルヴィス、神父様に話してやれよ。バッグの中には、ばあさんの眼鏡が入ってて、おまえがそれを粉々にしちまったってことをさ！　いやまったく、見物だったぜ、神父様！　エルヴィスは『ガストンがバッグに火をつけちまった！』って叫びながらぴょんぴょんぴょんバッグの上で飛びはねてるし、その横でばあさんは『この人、あたしの眼鏡を壊しちまう！　あたしの眼鏡を壊しちまう！』ってわめきつづけてたんだから！」

　セドリック神父は大笑いしながら、「おお神よ《モン・デュー》、まさかそんな！　おお神よ《モン・デュー》、まさかそんな！」と繰り返していた。持っていたマグカップに涙が落ちそうなほど笑っている。

　その時、窓の外を見て、ノノが急に立ちあがった。町役場から上司がやってきたことに気づいたのだ。エルヴィスもそれにならった。

「おおっと、お目付役のお出ましだ。失礼するよ、神父様！　あいつにサボってると思われちゃまずいんでね。神様もお許しくださいますように！　まあ、神様はきっと許してくださるだろうがね。そんじゃ、みなさん、またな！」

　そう言うと、ノノはエルヴィスと一緒に私の家を出て、上司のところへ歩いていった。墓掘り人たちは、町役場の墓地管理主任のジャン＝ルイ・ダルモンヴィルの配下にいる。今も昔も、たくさんの愛人がいるという噂のある人だ。今の愛人たちはブランシオンのメインストリートにいて、昔の愛人たちは私の墓地に埋葬されているらしい。とはいえ、本人はちっともイケメンではない。時々墓地にやってきては、人目に立たないように通路を歩いているが、物思いにふけっているところは見たことがない。その姿を見て、私はいつも考えていた。この人は自分が抱いた女のことを全員覚えているのだろうか？　一回でも抱いた女のことを……。それとも、覚えているのは自分のモノをしゃぶった女だけ？　メモリアルプレートの写真を見て、思い出に浸ることはあるのだろうか？　つきあった女の名前はすべて覚えているのか？　顔は？　声は？　笑い方は？　匂いは？　そんな不毛な恋愛をして、この人には何が残ったのだろう？　いや、そもそも、この人はなぜここに来るのか？　死んでなお愛人たちが自分との関係を世間にばらしたりしないか、確かめにくるのだろうか？　だが、もちろん、私はそんな質問をしたりはしない。ジャン＝ルイ・ダルモンヴィルは私の上司ではないからだ。

私には上司がいない。私の雇い主は町長で、二十年前から同じ人だ。町長に会うのは町の有力者か町役場の職員の葬儀の時だけだ。葬儀に参列するのは、町長にとっては仕事の一環だと言ってよい。一度、町長の幼なじみが埋葬されたことがあったが、その時だけは、誰だかわからないほど悲しみで顔をゆがめていた。

ノノとエルヴィスが上司のもとに行くのを見とどけると、セドリック神父も立ちあがった。

「私も教会に戻らなければ……。よい一日を！　ヴィオレット。おいしいコーヒーと楽しい時間をありがとう。とても元気が出たよ」

「どういたしまして、神父様。どうぞよい一日を！」

神父はドアのほうに歩いていった。が、取っ手に手をかけたところで、思い直したように、また私の方を向いた。

「ヴィオレット。自分の人生がこれでいいのかと疑ったことはあるかい?」

これは慎重に考える必要がある。質問に答える時には、私はいつも言葉を選ぶようにしていた。うかつに答えると、何があるかわからないからだ。相手が神父のような神のしもべなら、なおさらだ。

「そうですね……今はそれほどありません。ここが自分の居場所だと信じているからですけど……」

すると、しばらく間をおいてから、神父がつぶやいた。

「私はね……自分の役割をきちんと果たせているのか、自信がないのだよ。私は人々の告白を聴き、結婚させ、洗礼を施し、説教を行い、カトリック教理を教えている。とても重い責任が伴う仕事だ。その任を負う資格が私にあるのかと……。私は時々、私を信頼してくれている人たちを、裏切っているような気持ちになるのだ。第一に、神をね」

そこまで率直に話してくれるなら、こちらも言葉を選ぶ必要はない。私は言った。

「でもいちばんに人間を裏切っているのは、神様だとは思いませんか?」

神父は私の言葉にショックを受けたようだった。

「神は愛そのものだよ!」

「もし神様が愛そのものなのだとしたら、裏切るのはあたりまえです。愛の本質は、裏切りですもの」

「ヴィオレット、ほんとうにそう思っているのかい?」

「私はいつだって思ったことを言っていますよ、神父様。神様は自分の姿に似せて人間を創ったのでしょう? それはつまり、神様は私たちと同じように、嘘をつくってことではありませんか? 神様は、与えては取りあげ、愛しては裏切るのです」

「神は普遍の愛だよ。ご自身が創造された万物を愛し、生きとし生けるものすべての生を生き、それを糧とされて、より美しく完璧な世界を創ろうと、願っていらっしゃる。そう、神は進化を続けられているのだ。あなたたち信者や、私たち聖職者、あらゆる階級の天使たちのおかげでね。私が疑っているのは神ではない。自分の生き方だ」

「なぜ疑っていらっしゃるんです?」

セドリック神父は口を開かなかった。どこか打ちひしがれた様子で私を見ている。

「お話しになっても大丈夫ですよ、神父様。ブランシオンには告解室がふたつあるんです。神父様の教会と、この部屋です。ここで、みんないろいろなことを私に打ち明けていきます。秘密は決して外には洩れません」

神父は悲しそうに微笑んだ。

「父親になりたいという思いが、どんどん強くなるのだよ……。夜の眠りを妨げるほどに……。どうして子供を持ちたいと考えたのか……。最初は見栄とかプライドのせいかと思ったのだが、しかし……」

神父はテーブルに近づくと、どこか上の空で、そこに置いてあった砂糖入れを開けたり閉めたりした。マイ・ウェイがその脚に身体をこすりつけた。神父は猫を撫でるために身をかがめた。

「養子を迎えようとは思わないのですか、神父様?」

「私にはその権利がないのだよ、ヴィオレット。法で禁止されているのだ。地上の法でも、天上の法でも……」

神父はそう言うと身体の向きを変え、今度はぼんやりと窓の外に目をやった。顔に一筋の影がかかった。

「神父様、こんなことを聞いてごめんなさい。でも、今まで誰かを愛したことはありますか?」

「愛しているのは神だけだ」

14

誰かに愛されている日は、とても天気がいい

——ジャン・ギャバン「今にしてわかる」

一九八五年、フィリップ・トゥーサンに「ここに住めよ」と言われて、私はシャルルヴィル＝メジエールの彼のアパートで暮らしはじめた。最初の数カ月間、私は毎日、心の中のカレンダーに赤いフェルトペンで《大恋愛!!》って書いていた。毎日パーティしているみたいに浮かれていた。今あの頃のことを思い返してみると、お祭りで大はしゃぎしている子供のイメージが浮かんでくる。それは、その年の十二月三十一日まで続いた。

私が仕事に出ているとき以外、ふたりはいつも一緒だった。フィリップ・トゥーサンはひたすら私を求め、身体をむさぼった。信じられないくらい官能的な男で、その口の中で、私はキャラメルか粉砂糖のようにとろけた。あの人は女の身体を知りつくしていた。どこに手を置き、唇を這わせ、キスをすればよいのか、いつだって知っていて迷うことなど決してなかった。まるで私の身体の地図を持っていて、頂点に達するための、いろいろなルートを完璧に把握しているみたいだった。それまで私が存在すら知らなかったルートまで知っていた。

私たちはいつも激しく愛しあった。お互いを燃えつくしてしまいそうなほどに。セックスが終わる

と、ふたりとも同じように脚と唇が震えていた。フィリップ・トゥーサンは私を抱きながら、いつも譫言《うわごと》のように言っていた。「ヴィオレット、ちくしょう、なんてこった！　ヴィオレット、こんなの初めてだ！　おまえは魔女だ。絶対そうだ！　おまえは魔女だよ！」

　けれども、それはフィリップ・トゥーサンが浮気をしないということではなかった。口では熱い言葉を囁きながら、彼の浮気は、私たちがつきあいはじめた最初の年から、もう始まっていた。たぶん、私に背を向けたとたん、ほかの女のところに行っていたはずだ。フィリップ・トゥーサンは浮気性で、嘘つきだった。それは失踪するまで続いていたはずだ。

　フィリップ・トゥーサンは白鳥のような男だった。泳いでいる時は優雅で美しいのに、地面にあがった瞬間、みっともない歩き方をする。愛しあっている時は官能的で、ベッドを天国に変えるが、ベッドからおりると、まったく精彩を欠いた、つまらない男になってしまうのだ。興味があるのはオートバイとビデオゲームだけだ。私たちの間に会話はひとつもなかった。

　彼は、私が《ティブラン》でバーテンダーの仕事を続けるのを嫌がった。私に近づくほかの男たちに嫉妬したのだ。すぐに私はバーを辞めざるをえなくなり、パブで昼の仕事を始めた。十時から十八時までウェイトレスとして働くことにしたのだ。

　朝、十時からのランチの準備のために家を出る時、フィリップ・トゥーサンはいつもまだ暖かいベッドの中で眠っていた。ひとりで快適な愛の巣を離れて、寒い外に出るのはとても辛かった。私が仕事に行っている間、彼が何をしていたかはわからない。ひとりでバイクに乗って、あちこち回っていたと言っていたが、夕方、仕事を終えて家に戻ると、いつもテレビの前で寝そべってゲームをしていた。それを見ると、私は一目散に彼のところに行って自分の身体を重ねた。一日の仕事終わりに、太陽をたっぷり浴びた大きな温かいプールに飛びこむような気分だった。学校でピカソの〈青の時代〉

を習った時、一生青で包まれたいと思った私の願いが叶ったような気がしていた。私は十七歳で、遅くはなったけれど、きっと今からたくさん幸せを取り戻せるのだと考えて、幸せに満ちていた。

フィリップ・トゥーサンに触れてもらうためなら、私はなんでもした。彼が私に触れる——重要なのはそれだけだった。身も心も彼のものだと感じていたし、自分がまるごと彼のものだということが、嬉しくてしかたなかった。もしあの時、彼に捨てられていたら、きっとショックに耐えられなかっただろう。母から捨てられた最初の別離を私は生き延びた。でも、あの時そんなことになっていたら、私は完全に壊れていたと思う。

彼のためならなんでもした。フィリップ・トゥーサンはごくたまにしか働かなかったから、私はふたりの生活のために働いた。彼が働くのは、両親が怒って、仕事を見つけてきた時だけだった。父親は、息子を雇ってくれるという友人をいつでも見つけてきた。建物の塗装、整備士、商品の配達、夜間ガードマンに、メンテナンス作業員。いろいろな仕事をしていたけれど、いつも長続きしなかった。初日だけは時間どおり仕事に行くのだが、たいてい一週間もたたないうちに、何かしら辞める口実を見つけてきた。私たちは、彼の口座に振り込まれる私の給料で暮らしていた。彼の口座に振りこんでいたのは、私が未成年だったから、その方が手続きが簡単だったからだ。給料は彼が管理していたので、ウェイトレスのチップだけが自分の自由になるお金だった。

彼の両親は部屋の合鍵を持っていて、時々、予告もなく乗りこんできた。二十七歳になる無職のひとり息子にお説教をするため、そして冷蔵庫を食料でいっぱいにするために……。両親が来るのはいつも昼間だったので、働いている私と会うことはなかった。

初めて顔を合わせたのは大晦日の日だった。その日も、彼らは突然現れた。仕事が休みだったので、私たちは昼間からセックスをしていた。終わってから、フィリップ・トゥーサンはシャワーを浴びにいき、私は裸のままでソファに横たわっていた。大声でリオの「孤独な恋人たち」を歌っていたので、彼の両親が家に入ってきたことにまったく気づかなかった。《ねえ、愛してるって言ってよ！　嘘でもいいから！　嘘ついてるの、知ってるから！　人生ってなんて悲しいの！　愛してるって言ってよ！　毎日おなじことの繰り返し！　私には必要なの、ロマァァァァンスが！》

その時、突然目の前に現れたふたりを見て私が思ったのは、これがフィリップ・トゥーサンの両親か……。全然、似てないんだな、ってことだった。

彼の母親が私を初めて見た時の引きつった笑いと冷たい目を、私は一生忘れることはないだろう。あの軽蔑しきった視線は、忘れたくても忘れられない。私はきちんとした言葉遣いもできなかったし、ろくに文字も読めなかったけれど、その視線が意味していることははっきり理解できた。〈不潔で惨めな、ふしだらな娘〉〈ろくでもない下働きの女〉〈人間の屑《くず》〉――母親の視線はそう告げていた。まるで悪意しかない鏡を見ているようだった。

母親は、一度も太陽を浴びたことのなさそうな真っ白な肌をしていた。赤みを帯びた栗色の髪をシニョンにしていたが、あまりにきつくひっつめているので、こめかみの下の血管が薄い肌を通して見えていた。絶滅危惧種の鳥のくちばしみたいな鼻、誰かを非難するように一文字に結ばれた唇。青い瞳に緑のアイシャドーを塗りたくったまぶた（なんという趣味の悪い色の取り合わせだろう。私は会うたびに呪いでもかけられているのかと思った）。

その視線がゆっくりおりてきて、私のお腹に気づいた時、母親はショックのあまり、二、三歩よろけて、そのまま台所の椅子に腰をおろした（そう、私はこの時、妊娠していて、わずかにふくらみが目立ちはじめていたのだ）。

いっぽう、父親は猫背で、すっかり母親の尻に敷かれているようだった。どうやら生まれつき人に隷属するタイプのようだった。母親から私の妊娠のことを聞くと、父親は私に説教を始めた。それはまるで道徳の授業を聞いているみたいだった。「無責任」とか「軽率」とか言われたことを覚えている。確か、イエス・キリストについても何か話していたと思う。私はいったいイエス様が何をしにこのアパートへ来るんだろうと考えていた。彼の両親は怒りのあまり、今にも息が詰まりそうな顔をしているし、私のほうは摩天楼の写真と《ニューヨーク・シティ》という赤い文字が印刷された毛布を素っ裸に巻きつけている。その光景を見たら、イエス様はなんて言うだろうか、と……。

その時、フィリップ・トゥーサンが、腰にタオルを巻いて浴室から出てきた。彼は、まっすぐ母親だけを見つめた。まるで部屋には母親しかいないみたいに……。私のことはチラリとも見なかった。そもそも私など、存在すらしていないかのようだった。私はそれまでよりも惨めな気分になった。自分がただの犬っころとか、取るに足らないものになった気がした（それは父親も同じだったろう）。

母と息子は私のことで口論を始めた。私が聞いていることなどおかまいなしに……。母親は容赦がなかった。

「妊娠しているの？　おまえがお腹の子の父親なの？　ほんとうに？　騙されているんじゃないのかい？　こんな娘、どこで見つけたの？　心臓が止まりそうだわ。おまえ、私たちを殺したいの？　そうなのね？　中絶させたらいいじゃないの！　いいこと、中絶っていうのはね、犬のためにあるんじゃないのよ！　かわいそうな坊や！　いったい何を考えているの！」

父親のほうは、あいかわらず説教を続けていた。誰も聞いてはいなかったが……。

「できることはある。不可能なことなどないのだから。変えることはできるのだよ。大事なのは信じることだ。決して諦めてはいけない……」

私は、他人が自分の話をするのを聞くのには慣れていた。ソーシャル・アシスタントや特別教育指導士たちは、いつも、私の目の前で遠慮なく私のことを話していたからだ。彼らはいつも、私の現状や過去や将来について、私とはまったく関係のないことのように話していた。ちょうど、その時のように。ひとりの人間のことではなく、解決すべき問題を議論するような調子で……。だからなんとも思わなくなっていたのに、この時だけは、私は笑いたいような、泣きたいような気持ちで目の前のやりとりを聞いていた。まるでイタリア喜劇の登場人物になったような気分だった。といっても、舞台衣裳は素っ裸に摩天楼の写真が印刷された毛布だったけれど。

私はトゥーサンの両親を眺めていた。ふたりは、これから結婚式にでも行くみたいに、髪をきれいにセットして、上等な靴を履いていた。時々、母親が私を見た。ほんの一秒だ。たぶん、それ以上見たら、目が潰れるとでも思っていたのだろう。

しばらくして両親は帰っていった。私には声もかけなかった。フィリップ・トゥーサンは、「くそっ！　うんざりだ！」と怒鳴りながら、壁を激しく蹴りはじめた。そして、私に「おれの気持ちが落ち着くまで、外に出ていてくれ」と言った。でないと、「しまいには、おまえを殴ってしまいそうだから」と……。彼は自分が暴力をふるってしまうかもしれないということに怯えているように見えた。でも、それなら怯えるのはこっちではないかと、かなり冷静な気持ちで彼を見ながら思った。暴力には免疫があったので、怖くはなかった。実際に暴力をふるわれたことはなかったけれど、もう少しで殴られそうになったり、誰かが殴られるのはよく見ていたからだ。

私は服を着て外に出た。すごく寒かったので、早く身体が温まるように、早足で歩いた。なんだかんだ言って、ふたりでのんびり暮らしていたのに……。そんな日常は彼の両親がアパートのドアを開けただけで、あっけなく砕け散ってしまった。一時間後にアパートに戻ってみると、フィリップ・トゥーサンはもう寝ていた。私は彼を起こさなかった。

その翌日、私は十八歳になった。誕生日プレゼントをくれる代わりに、フィリップ・トゥーサンは私に言った。父親が私たちふたりに仕事を見つけてきた。ポストが空くまで少し待たないといけないが、ナンシーの近くで踏切遮断機の管理人になるのだ、と……。

15

親切な蝶々さん、その素敵な羽を広げて彼の墓に行き
私が愛していると伝えてちょうだい

（墓碑に使われる言葉）

　ガストンがまた穴に落ちた。これで何回目だろう？　私はとっくに数えるのをやめていた。ともかく、そこに穴があれば落ちる。埋葬中の墓穴でもなんでも。まるで穴のまわりに目に見えないロープが張りめぐらされているかのようだ。二年前には、墓の掘りおこしをしていて、蓋を開けた棺の中に落ちたこともあった。その時の姿と言ったら……。頭から突っこんで、中にあった白骨の上に四つん這いに覆いかぶさったのだ。
　今回落ちたのは、水の貯まった穴の中だった。ノノがその場を離れた、ほんの数分間の出来事だったらしい。ノノが土を入れた手押し車を四十メートルほど先の場所に持っていって戻ってきたら、穴の横でダリュー伯爵夫人と話をしていたはずのガストンの姿が消えていた。足もとの土が崩れて、穴に落ちたのだ。この時期は土がもろくなっているから気をつけろと、ノノが忠告していたというのに……。水の中でもがきながら、「ヴィオレットを呼んでくれ！」とわめくガストンを、ノノは「ヴィオレットは水泳のコーチじゃねえぞ！」と言いながら救いだしたそうだ。その間、エルヴィスはとい

えば、プレスリーの「イン・ザ・ゲットー」を静かに歌っていたらしい——《地面にうつ伏せで《フェイス・ダウン・オン》倒れている《ザ・ストリート》、ゲットーで《イン・ザ・ゲットー》、ゲットーで《イン・ザ・ゲットー》……》。時々、ノノたちと一緒にいると、私は一九〇〇年代前半にアメリカで一世を風靡したドタバタ喜劇のコメディアン、マルクス兄弟を見ているような気分になる。いや、マルクス兄弟は映画だけど、私が見ているのは現実なのだ。

突然目の前でガストンが穴に落ちるのを見たダリュー伯爵夫人は、すっかり気が動転してしまったので、私の家に寄って、プラム酒をすすることになった（プラム酒はブリュリエさんからもらったものだ。ブリュリエさんのご両親は〈ヒマラヤスギ区〉に眠っている）。それでようやく落ち着きを取り戻すと、伯爵夫人はいたずらっ子のような笑みを浮かべて、「水泳の世界チャンピオンを見ているのかと思ったわ」と言った。私はこの女性が大好きだ。墓地の訪問者の中には、会えるのが嬉しい人たちがいるが、ダリュー伯爵夫人はそのひとりだった。

私の墓地には伯爵夫人の夫が眠っている。それだけではなく、伯爵夫人の愛人も眠っている。春から秋にかけて、伯爵夫人は夫と愛人のふたりの墓に花を供える。夫の墓には肉厚の葉のついた鉢植えを置き、彼女が〈真実の愛〉と呼んでいる愛人の墓の花瓶には、ひまわりの花束を入れる。問題は、彼女の〈真実の愛〉は既婚者だったということで、〈真実の愛〉の正当な未亡人は、一家の墓の花瓶に伯爵夫人が入れたひまわりを見つけると、そっくりゴミ箱に捨てていた。それでは花がかわいそうだと、私は一度、ほかの墓に供えようと、ゴミ箱からひまわりを取り出してみたことがあった。でも、使いものにはならなかった。花びらがすべてむしり取られていたからだ。ちょうど少女たちが「少し。たくさん。すごく。狂おしいほど。全然」と言いながら花びらをむしって花占いをする時のように、きれいに丸裸になっていた。でも、未亡人が花びらをむしりながらつぶやいていたのは、きっとそんな可愛いらしい言葉じゃなかったはずだ。

まったく、未亡人もいろいろだ。管理人になってから二十年の間に、私は、夫の埋葬の日にはひどい悲嘆に暮れていたのに、その後は一度も墓に来なかった未亡人を何人も見てきた。同じように、妻が亡くなって間もないのに再婚した男やもめにも、たくさん会ってきた（再婚すると、彼らは最初だけ、前妻の墓に花を供えて欲しいと言って台所のテントウムシの貯金箱にわずかな硬貨を入れていく）。

このブランシオンの町の墓地には、男やもめを狙って近づく女性たちもいる。彼女たちはいつも黒衣を着て墓の通路を歩きまわり、妻の墓で花に水をあげている男性を探していた。そんなひとり、クロティルド・Cという女性の手口を、私は長いこと観察していたことがある。彼女は毎週、私の墓地にやってきて、愛妻を亡くしたばかりで悲しそうな男性を見つけては話しかけていた。まずは天気の話題から始まり、これからも続く人生について話しこむ。そして相手から「近いうちに、家に一杯飲みに来ませんか」と誘わせるように仕向けていた。そうやってついに彼女は、アルマン・ベルニガルに結婚を申し込ませるのに成功した。ちなみに《ベルニガルの妻　マリー＝ピエール・ヴェルニエ（一九六七―二〇〇二）》と記された墓は〈セイヨウイチイ区〉にある。

そして、ダリュー伯爵夫人のように、愛人の墓にお参りに来る人たち……。私は相手が生きている間（たぶん、死んでからも）、関係を公にできなかった人たちがこっそり墓参りに訪れるのを毎日、目にしている。特に女性の愛人が多い。女性たちは愛人が亡くなったあと、墓地に足繁く通う。もっとも、女性のほうが男性よりも長生きだから、それはあたりまえなのかもしれない。

そのなかにはダリュー伯爵夫人のように墓前に花を供える人もいるし、大胆にもメモリアルプレートを設置してしまう人もいる。《永遠に愛する人へ》と書かれた真新しいプレートを、私は何十枚も回収してきた。怒った家族がゴミ箱に捨てたり、茂みに隠したりするからだ。

愛人たちは、週末や、誰かに会いそうな時間帯には絶対に来ない。いつも開門してすぐか、閉門まぎわにやってくる。墓前にうずくまっている姿に気がつかないで、門を閉めてしまったことも一度や二度ではない。今までに何人くらい外に出られなくしてしまっただろう。門が閉まってしまったら、私の家に来て、道路に面した玄関から出るしかなかった。

墓地に足繁く通ってきていた愛人で思い出すのは、エミリー・Bのことだ。不倫相手だったローラン・Dが天に召されてから、エミリーは毎朝、開門の三十分前に墓地にやってきた。門の前で待っている姿に気づくと、私はネグリジェの上に黒いコートを着て、室内履きのままで門を開けにいったものだ。そんなことをしてあげたのは、あとにも先にもエミリーだけだった。その姿が、あまりに痛ましかったからだ。エミリーはいつもローランの墓前にうずくまって話しかけていた。ローランの妻や子供たちや両親が同じ時間に墓参りに来ると、エミリーはそっとちがう墓に行き、人目につかない場所でやりすごしていた。そして誰もいなくなってから、またローランの墓前に戻ってうずくまっていた。

私は毎朝、エミリーが帰る前にミルクを少し足した甘いコーヒーを入れてあげた。私たちはほんの少しだけ言葉を交わした。エミリーは私に、ローランへの狂おしいほどの愛について語った。まるで、ローランが今でも生きているかのようだった。「思い出は、死よりも強烈よ。今でも、彼の手が私に触れているのを感じるの……。今、彼がいる場所から、私を見ているのがわかるのよ……」そう、エミリーは話していた。そしていつも、空になったカップを窓枠の上に置いて帰っていった。

ある朝、エミリーはやってこなかった。私は、やっと諦めがついたのだろうと思った。たいてい誰でも、いつかは悲しみが癒えて諦めがつくからだ。子供を亡くした母親や父親の悲しみだけは決して癒えることはないが、そのほかは、どんなに大きな悲しみでも時間が解決してくれるものだ。

だけど、私のその考えはまちがっていた。エミリーの悲しみは、決して癒えることはなかったのだ。エミリーは棺に入って私の墓地に戻ってきた。自分の家族に囲まれて。もちろん、エミリーがローランのそばに埋葬されることはなかった。ふたりが愛しあっていたことは、誰も知らなかったと思う。

エミリーが埋葬された日、参列者が誰もいなくなってから、私はローランの墓に植えられていたラベンダーの枝で挿し木をすることにした。そのラベンダーはエミリーが植えたものだった。私は長い枝を一本切り取って、根づきやすくするために、元のほうに小さな切り傷をたくさんつけた。それから、底に穴を開けた鉢に土と肥料少々を入れて、傷をつけた枝を挿した。一カ月後、枝は無事に根をつけた。やがて新芽が出てきたので冬の間、大切に育て、春になってから土ごとエミリーの墓に植えなおした。誰かが生まれた時に、記念に植樹するみたいに……。こうしてローランのラベンダーは、エミリーのラベンダーにもなった。墓は離れていても、一本の母木から生まれたラベンダーを、ふたりはこの先、何年も共有するのだ。

バルバラが歌っているように、《春は愛を語るのがとても楽しい季節》だ。今でも、春になるとローランとエミリーのラベンダーは愛を語るように美しく咲きほこり、周囲によい香りを放っている。

明日はギャノ医師の埋葬だ。医者だって死からは逃れることはできない。でもギャノ先生は九十三歳で、自分のベッドで老衰で亡くなった。先生は五十年もの間、ブランシオン＝アン＝シャロンとその周辺の人々を診てきた。葬儀にはたくさんの人が集まるだろう。

16

人の出会いは偶然ではなく運命だ。道が交差するのには理由がある
（墓碑に使われる言葉）

妊娠がわかった頃、フィリップ・トゥーサンと一緒に子どもの名前を考えていたことがあった。私には、女の子につけたい名前があった。

「レオニーヌ」

「なんだって？」

「レオニーヌ」

「おまえ、どうかしちゃったのか？　なんだよ、その名前？　洗剤のマークかよ？」

「あたし、この名前、大好き。それに、レオニーヌって名前にしたら、みんなこの子のこと、レオって愛称で呼ぶよ。男の子の名前がついた女の子って、あたし、好きなんだよね」

「じゃあ、いっそのことアンリとでもつけろよ」

「レオニーヌ・トゥーサン……すっごくカワイイ！」

「なあ、今は一九八六年だぜ。そんな名前、古くさいよ。もっと今っぽい名前にしたらどうだ？　ジェニファーとか、ジェシカとかさ」

「だめ。お願い。レオニーヌがいい」

「ふん、まあ好きにしたらいいさ。子供が女なら、おまえが名前をつけるんだから……。でも息子だったら、おれがつけるんだからな」

「男の子だったら、なんて名前つけるの？」

「ジェイソン」

「あたし、女の子がいいな」

「おれはやだね」

「ねえ、セックスしようよ？」

17

世の中のあらゆる音の中に、あなたの声が聞こえる

――ポール・エリュアール『沈黙の欠如に』「黄金の唇を持つ君の口」

今日はギャノ先生の葬儀だった。私はいつもどおり、埋葬の記録をつけた。

二〇一七年一月十九日。十五時。フィリップ・ギャノ医師（享年九十三）の埋葬。曇り、気温八度。棺はオーク。墓石は黒い大理石。墓碑にはメダル型の写真がはめこまれ、小さな金色の十字架が彫られている。

棺の上には黄色と白のバラの花束が置かれ、墓のまわりは献花で埋めつくされていた。花束、花輪、弔花に花の鉢植え（ユリ・バラ・シクラメン・キク・ラン）が、全部で五十ほどはあっただろう。

弔花につけた葬儀用のリボンには、《愛する夫へ》《私たちの愛する父へ》《大好きなおじいちゃんへ》《同級生より、思い出とともに》《ブランシオン＝アン＝シャロン商人一同より》などの献辞が書かれていた。いちばん多いのは、《私たちの友へ》だった。

メモリアルプレートも多数。さまざまなメッセージが刻まれていた。《愛する夫へ》《私たちの父へ》《私たちの祖父へ》《私たちの大叔父へ》《私たちの名付け親へ》《時が過ぎても、思い出は残

る》《友人一同より。君のことを決して忘れはしない》《こうして、すべてのものが地上を通りぬけていくのだ。精神、美、愛そして才能も。風に倒れた一輪のはかない花のように》

こちらからはノノ、ガストン、エルヴィス、町営葬儀店のピエール・ルッチーニ、そして私が列席した。墓のまわりには百人ほどが集まっていた。

そこまで書いたところで、私はふと手を止めて、埋葬前に教会で行われた葬儀のことを思い出した。四百人以上が集まったので、セドリック神父の小さな教会に全員入ることなど、とうていできなかった。そこで、年配者たちだけを椅子にぎゅうぎゅう詰めに座らせ、あとはみんな立ったまま参列した。ほとんどの人は、教会の外にある小さな広場で先生のために祈った。

葬儀の後で、ダリュー伯爵夫人が私に言った。みんなそれぞれ、先生とのことを思い出していたはずだと……。おたふく風邪にかかったり、狭心症の発作を起こしたり、風邪をこじらせたりした時のこと。ギャノ先生が診察を始めた頃は、まだ病院ではなく自宅のベッドで亡くなるのが普通だったから、看取りをすませたあと、先生が台所で死亡診断書を書いていた姿を思い出した人たちもいただろう。伯爵夫人は続けた。

「私は、末の息子が熱を出した時のことを思い出したわ。先生は朝、往診に来て、手当てをしてくださったあと、真夜中にも様子を見にきてくださったの。熱が下がったかどうか、心配になったとおっしゃって……。村中の往診を終えたあとだから、シャツはもうしわくちゃでね。ほんとうに患者思いのいい先生だった……」

その言葉に、墓碑にはめこまれた先生の写真が思い浮かんだ。遺族が選んだのは、先生が五十歳ごろに休暇先で撮られたものだった。きっとうしろには海が広がっているのだろう、きれいに日に焼けて、にっこりと歯を見せて笑っている写真だ。その夏、先生は初めて代診の医者を頼んで、休暇を取ったそうだ。自分の咳の発作を治療するため、暖かい場所で太陽を浴びて静養せざるをえなかったらしい。いつでも患者第一で、自分のことはあとまわしだった先生らしいエピソードだ。

フィリップ・ギャノは、素晴らしい軌跡を残して逝ったのだ。私は記録の続きを書いた。

パリに住んでいる息子が弔辞を読んだ。「父は誠実な男でした。一日に何度も同じ家を往診したり、その家の家族全員に聴診器を当てて診察したりしても、診察代は一回分しか請求しませんでした。それに父は、患者の目を見るか、質問を三つしただけで正しい診断を下せるような、優秀な医師でした。まだ総合診療医などという言葉さえなかった時代にです」

棺に祝福を与える前に、セドリック神父が最後の言葉をかけた。

「フィリップ・ギャノよ、父がイエスを愛したように、イエスもまたあなたを愛しました。愛する者たちへ捧げる人生ほど、大きな愛はないでしょう」

埋葬後、町役場の一室で故人を偲ぶ会が設けられ、参列者は全員そちらに向かった。ピエール・ルッチーニと私は墓に残り、墓石業者の作業を見守った。

故人を偲んで杯《さかずき》を交わす会があるといつも誘われるが、私は一度も参加したことはなかった。墓石業者が一家の墓の扉を閉めている間、ピエールが、先生と奥さんのなれそめを話してくれた。ふたりの出会いは、なんと奥さんの結婚式の日だったという。

「先生の奥さんはほかの男と結婚式を挙げたんだけど、披露宴のダンスが始まってすぐに足首をくじいちゃったんだ。急いで医者が呼ばれて、それが先生だった。先生は、足首を氷水に浸しているウェディングドレス姿の新婦を見て、ひと目惚れしたんだって。それで未来の妻を抱き上げてレントゲンを撮るために病院に連れて行って、そのまま、旦那のところには返さなかったんだ。まあ旦那って言ったって、新郎が夫だったのは、ごく短い間だけだったけどね」

ピエールは微笑みながら話を締めくくった。

「先生は、足首を治療しながら奥さんにプロポーズしたんだって」

墓地の門が閉まる前に、ギャノ先生のふたりの子供が墓に戻ってきた。ふたりは墓石業者の仕事を確認し、花束に添えられていた献辞のリボンをはずした。そして私に手を振ってから車に乗りこみ、パリへと帰っていった。

18

枯葉がシャベルで集められる、思い出と後悔も一緒に

——ジャック・プレヴェール「枯葉」

私は、型にはまらない人間だ。型にはまったことは一度もなかった。

たとえば、よく女性誌に載っている《自分のことを知っていますか？》とか《もっと自分のことを知りましょう》なんていうテストをしたとしよう。いつも複数の答えにたどりついてしまって、ひとつのタイプに当てはまったためしがなかった。だから、他人から見たら、つかみにくい人間なのかもしれない。

その上、私には独り言をいう癖があった。しかも、相手が何であれ、いつも声に出して話しかけてしまう。猫はもちろんのこと、トカゲや花、死者や神様にも（ちなみに神様には、いつも優しく話しかけるわけじゃない）。自分自身にも、声に出して問いかけたり、何か言い聞かせたりする。自分を罵ったり、発破をかけることもある。

そんな私の言動も奇妙に映るのだろう。ブランシオンには、私のことが嫌いだったり、不信感を抱いている人たちがいた。怖がってさえいる人たちもいた。いつも暗い色の服を着ているから、常に喪に服しているように見えるのかもしれない。そういう人たちは、私が〈冬〉の下に〈夏〉を着ている

ことを知ったら、地味な外見の下で人の死を喜ぶ魔女だと思ったかもしれない。世が世なら、きっと私を火あぶりにしただろう。

そもそも死を扱う職業というのは、どれも胡散くさく見えるものなのだ。そのうえ私には、夫が突然失踪したというオマケがついていた。私のことを嫌いな人たちは、こんなふうに言っていた。

「やっぱりおかしいと思うじゃない？　あの人の旦那さん、バイクで出かけて、それっきりだもの。誰もそれから見てないのよ。あんなにハンサムな男性だったんだから、どこかにいたら、すぐに人目をひきそうなものだわ。だとしたら、何か不幸があったとしか……。だけど、憲兵隊は何もしないのよね。あの人のことを尋問したって話も聞かないし……。でも、やっぱり怪しい。第一、あの人、悲しんでいるようには見えないもの。泣いているとこなんて見たことがない。私はね、あの人、何か隠していると思う。いつだって黒い服を着て、すましこんじゃってさ。不気味よ、あの女《ひと》。なんとなく信用できないのよね。墓掘り人たちなんて、いつも彼女の家に入りびたっているじゃない。きっと、人に言えないようなことをしているのよ。それに、見てごらんなさいよ、いつも何かひとりでブツブツ言っているから。そりゃあ、誰だって独り言をいうけど……。それにしてもね」

もちろん、私に好意的な人たちもいる。その人たちの言い分はこうだった。

「真面目な女性よ。とても親切な人。献身的で、いつも笑顔で、控えめで。ほんとうに難しい仕事だというのに、よくやっているわ。あの仕事をしたい人なんて、もういないわよ。しかもひとりで……。旦那さんに捨てられたのよ。かわいそうに……。それなのに彼女、立派だわ。いつも悲しんでいる人のために、なにか用意してくれているのよ。いつだって優しい言葉をかけてくれるの。それに、いつ見てもきちんとした服装で、とってもエレガント。丁寧で、笑顔を絶やさず、思いやりのある態度で……。非難することなんて何ひとつないわ。ほんとうに働き者だしねえ。墓地はいつも完璧に保たれているじゃない。謙虚で、何か騒ぎを起こすようなことは決してしない女性《ひと》よ。時々、ぼんやりしていることはあるけど、でも、ぼんやりしていて、誰か死なせることなんてないでしょ！」

どこの町にも〈論争の種〉はあるものだが、この町のテーマのひとつは私だった。

一度など、町長が私の解雇を求める手紙を受け取ったこともあった。だが町長は丁寧に、私は一度もミスをしたことはないと返事をしてくれたらしい。

こうして、私の知らないところで町の大人たちが論争を繰りひろげるいっぽう、逆に十代の若者たちは、私をからかうことに情熱を燃やしていた。私を怖がらせようとして、寝室の鎧戸に小石を投げつけてきたり、夜中にものすごい勢いで家のドアを叩いたりしてくるのだ。私はもうとっくにベッドに入っているが、鎧戸に小石のぶつかる音やドアを叩く音が聞こえたあとで、若者たちのふざけた笑い声がするのを耳にしたものだ。もっとも、エリアーヌが吠えはじめるか、私がものすごい音がする鐘を鳴らすと、若者たちは一目散に逃げていったが……。

でも、どんなにうるさくて我慢ならなくても、酔っぱらって悪ふざけをしても、若者は生きている姿で見るほうがずっといい。棺に入った姿は見たくない。若い人の葬列につきしたがう人々は、誰もが悲嘆に暮れている。それを見るのは辛かった。

とは言っても、墓地に入って悪さをするのは勘弁してほしい。外で騒ぐだけならともかく、若者たちの中には、塀をよじのぼって、墓地に忍びこんでくる者がいるのだ。死者の安らかな眠りを邪魔することになるのだから、これは絶対に許せない。

若者たちが墓地に侵入するのは夏の夜だ。真夜中に塀を乗りこえ、中に入ってくると、墓石のうしろに隠れて、おどろおどろしい声を出したり、礼拝堂のドアをわざと大きな音を立てて閉めたりする。降霊術を行う子たちもいた。「霊魂よ、そこにいるのか？」とわざと芝居がかったセリフを吐いては、ガールフレンドを怖がらせたり、逆に気をひいたりするのだ。子供だと言えばそれまでだが、死者たちには迷惑だ。若者たちを追い払うために、私は家の明かりをつけたり、鐘を鳴らしたりした。でも、効果がなかった。

このままでは墓地の静寂が保てなくなる。私はどうしたらいいかと思案した。そして、あることを思いついた。男の子と一緒に墓地に来る女の子たちは、〈超常現象〉を恐れていた。といっても、それは墓地にいる猫たちが蛾を捕まえようとして墓石に飛びかかったり、ハリネズミがキャットフードの入ったエサ入れをひっくり返したりしたとか、そんなたわいのないものだったが、夜の墓場でそんなことが起きると恐ろしいらしく、女の子たちは悲鳴をあげて、逃げだしていた。そこで、私はわざと〈超常現象〉を起こしてやることにした。赤い染料を入れた水鉄砲で、墓石のうしろから子供たち——特に女の子たちを狙うことにしたのだ。逃げだしても、あとを追って、また水鉄砲で赤い水を噴きかけてやる。墓地は真っ暗だったが、私のほうは墓地の通路を完璧に覚えていたので、簡単にあとを追うことができた。これはかなり効果があった。

セックスをするために、夜中に墓地に入ってくる若者たちもいる。それから、ちょっと変わったものでは、パソコンでホラー映画を見るために、夜中の墓地に来るグループもいた。場所はこの墓地に最初に埋葬されたディアーヌ・ド・ヴィニュロンの墓だ。ディアーヌは幽霊になって出てくるという噂もあるので、そこならいっそう恐怖が高まると思ったのだろう。私は足音を忍ばせて、その子たちのうしろに回りこむと、持っていったホイッスルを思いっきり吹いてやった。効果はてきめん。その子たちはパソコンを放りだして、クモの子を散らすように逃げていった。

でも、こんなふうにうまく追い払えたことばかりではない。二〇〇七年の夏にパリからバックパッカーたちがやってきて、この墓地を宿泊場所にした時には、ほんとうに頭を抱えた。その年の七月一日から三十日まで、バックパッカーたちは毎晩、墓地の塀を乗りこえてきては墓で野宿をした。ノノがお尻を蹴とばして叩きおこし、墓地は寝る場所じゃないんだと説教しても無駄だった。憲兵隊を呼んでもだめだった。次の夜になると、また性懲りもなく戻ってくるのだ。家の前の明かりをつけようが、鐘を鳴らそうが、染料を入れた水鉄砲で狙おうが、まったく動じないようで、どうしても追い払うことができなかった。

ただ、ありがたいことに、そのバックパッカーたちは七月にバカンスをとる人たちだったらしく、七月三十一日の朝になると、自分の街へと帰っていった。といっても、それは根本的な問題の解決にはならなかった。翌年の七月になると、また戻ってきたからだ。

二〇〇八年の七月一日のことだ。真夜中に誰かが墓地で騒いでいる物音を耳にして、急いで様子を見にいくと、セシール・デュラセルブ（一九五六―二〇〇三）の墓にいるバックパッカーのグループを見つけた。しかも、今度は大量の酒やドラッグまで持ちこんでいるではないか。それから毎朝、私は墓地のあちこちに放置された空き瓶や、花の鉢の中に捨てられた煙草の吸い殻を集めることになった。バックパッカーたちはしぶとくて、何をしても追い払うことができない。私は我慢の限界を超えていた。

だが、再び墓地に現れてから八日後の七月九日の朝、バックパッカーたちは墓地から姿を消していた。その前の晩、つまり七月八日から九日にかけての深夜に耳をつんざくような悲鳴とともに、「幽霊だ！」という声を発していたので、原因はそのせいだ。恐怖に満ちた叫び声――あの声を、私は決して忘れないだろう。

この幽霊の正体について、ノノはドラッグのせいで幻覚を見たのではないかと推測している。納骨堂の近くで青い錠剤が見つかったからだ。その後、墓地に〈白いドレスの幽霊〉が出るという話が広まったおかげで、翌年から私はバックパッカーたちに悩まされることはなくなった。ただ、町の人々はほんとうに幽霊が現れたのだと信じて、「いったい誰の幽霊だったのだろう？　ディアーヌ・ド・ヴィニュロンかレーヌ・デュシャだろうか？」と噂した。

はたして、幽霊の正体は幻覚なのだろうか？　それともディアーヌ・ド・ヴィニュロンかレーヌ・デュシャなのだろうか？　私はその正体を知っているが、そんなことはもうどうでもいい。大切なのは、あの馬鹿者どもが二度と墓地にやってこなくなったことだ。私は〈白いドレスの幽霊〉のおかげで、この墓地の静寂が破られなくなったことに、心から満足している。

19

もしあなたへの想いが花になって咲いたら、巨大な花園ができるだろう

（墓碑に使われる言葉）

一九八六年の春。明日はいよいよ踏切の管理人になるためにナンシーに引っ越すという日のことだった。フィリップ・トゥーサンのアパートの入口にある大きな門を開けようとして、隣の本屋のショーウィンドウに赤いリンゴを見つけた。本物のリンゴではなく、ジョン・アーヴィングの長篇小説『サイダーハウス・ルール』の仏訳本の表紙に描かれているリンゴだ。フランス語のタイトルは、『神の作品、悪魔のパート』だったが、その時の私にはなんのことやら、さっぱりわからなかった。英語のタイトルや、その話が孤児院出身の若者と、その孤児院の経営者の話だと知ったのは、ずっとあとのことだった。

そう、当時、私は十八歳だったが、ろくに学校に行かなかったから、六歳児レベルの学習能力しかなかったのだ。だから文字を読むのはたどたどしく、「せ・ん・せ・い、がっ・こ・う、わたし・は、あなた・の、い・え・に・かえ・る、こん・にち・わ・マ・ダ・ム」といった具合で、すらすら読めるのは、食べ物や洗剤のマークだけだった（パスタのパンザーニ、チーズのベビーベルにブルサン、洗濯洗剤のスキップにオアシス、それにお酒のバランタインとか）。

それなのに、私は、その八百二十一ページもある本を買うことにした。一行読んで意味を理解するのに、数時間はかかるだろうと思われたのに……。ウエストは五十インチなのに、三十六インチのジーンズを買うようなものだ。でも、私は買った。なぜなら、表紙のリンゴを見た時、口のなかに〈渇き〉を覚えたからだ。この〈渇き〉はいったいなんなのだろう？　その時の私は思った。同じようにうずうずするが、性欲とはちがう。

実を言うと、私はその数カ月前から性欲を失っていた。それを最初に自覚したのは、フィリップ・トゥーサンにうなじに吐息をかけられた時だった。その吐息は、今すぐ私が欲しいというサインだったが、私は動かなかった。とっさに大きな寝息を立てて、寝ているふりをした。私は気づいてしまったのだ。フィリップ・トゥーサンはいつも私の身体を求めたけれど、それは決して、私自身が欲しいということではないのだということに……。

私の身体が彼の求めに応じなかったのは、それが初めてだった。そんなことが二、三度続いたあとで、性欲は徐々に戻ってきたが、それは屋根に積もった雪を、たまにおろすような感じで、それまでの情熱的な欲望にはほど遠いものだった。

私は変わった。それはフィリップ・トゥーサンのせいだった。

それまで、私は、辛い生い立ちにあっても、いつでも人生の美しい面だけを見て、折りあいをつけて生きてきた。ちょうど、船の上から川岸に建っている家を眺めるような感じだ。船からは、太陽を浴びて輝く家の正面しか見えない。目に映るのは、きれいに塗られた壁や、真っ白な柵に囲まれた青々とした庭だけで、家の裏側が見えることはめったにない。わざわざ反対側の道路を通らないかぎり、陰にあるゴミ箱や浄化槽を見ることはしないですむ。見なければ、幻滅することはない。

フィリップ・トゥーサンと出会うまで、私はたくさんの里親のもとをたらいまわしにされて、みっともなく噛んだ爪をしていた。それでも、いつも家の正面を照らす太陽を見て、うしろにある陰の部分にはめったに目をやらなかった。だから、失望することもなかった。それがフィリップ・トゥーサンに出会って、失望とは何かを知ったのだ。

子供を欲しがったのは、彼だった。たくさん子供を作ろうって言ったのは、彼だった。それなのに、その同じ男が――私より十も年上のその男が、母親に対して私のことを「汚らしい小娘だけど、路頭に迷っていたから、拾ったんだ。それだけだよ」と言い訳をして、「ごめんなさい」と謝ったのだ。そして、その舌の根も乾かないうちに、今度は母親が背を向けて何枚目かの小切手を書いている間に、私の首筋にキスしながらこっそり囁いたのだ。「本気じゃない。おいぼれを厄介払いするためだ」と……。その時は、私もなんでもないふりをした。にっこり笑って、「うん、そうだよね。わかってる」って答えた。

だけど、一度口から出てしまった言葉は、もう決して元には戻らないのだ。

フィリップ・トゥーサンの美しい肖像画には傷がついた。私は、身体の相性がいいだけでは、その男を愛することはできないのだということを知った。フィリップ・トゥーサンの怠惰な生き方、両親に頭のあがらない弱気な物腰、潜在的な暴力性、そして彼の指先から漂ってくる、ほかの女の子たちの匂いは、私から何かを奪ってしまった。

生まれて初めて愛した男に与えられた失望で、私の中に何かが生まれた。何か、とても強いものが……。そして、大きくなってくる自分のお腹を見ているうちに、「もう一度、学びたい」という気持ちが芽生えてきた。本の表紙に描かれた赤いリンゴを見て口のなかに渇きを覚えた時、この〈渇き〉はなんだろうと思った。だが、心の奥底ではわかっていた。この〈渇き〉はセックスを通じて満たされるものではない。言葉を通じて満たされるものだと……。本にある言葉を通じて……。触れるのが怖くて、それまでは逃げていた言葉というものを通じて……。

『サイダーハウス・ルール』を買って家に戻ると、私は、フィリップ・トゥーサンがバイクで出かけるのを待って、裏表紙の文を読みはじめた。声に出して……。音で聴かなければ、言葉が理解できなかったからだ。私は自分自身に物語を読みきかせるように、声に出して読んだ。そこにはふたりの私がいた。学びたかった私と、これから学ぼうとしている私……。今の私と未来の私が、同じ本をのぞいていた。

こうして、私は表紙に惹かれて、その本を読みはじめた。本に惹かれるのは、人に惹かれるのと似ている。ある人の目や声に惹かれて、その声がなつかしく、どこかで聞いたことがあるように思えて、その人とつきあいはじめるように、人は表紙に惹かれて、本を読みはじめるのだ。本の表紙は私たちの注意を引きつけ、私たちに目をあげさせ、私たちの行く道を変え、人生を変えてしまうことさえある。ふと惹かれて、つきあいはじめた人の声がそうするように……。

私は二時間以上かけて、ようやく最初の十ページを読みとおした。わかった単語は五個にひとつだ。それでも私は声に出して、同じ文章を繰り返し読んだ。特にこの文章を……。

《孤児というのは、毎日、決まった時間に、同じことが行われることを好む。その意味では、ほかの子供たちより、さらに子供らしい。物事がそのままであったり、ずっと続くことを〈渇望〉しているのだ》

物事がそのままであったり、ずっと続くことを〈渇望〉する……。でも、この〈渇望〉って、どんな意味だろう？ 私は思った。言葉の意味を理解したいと思ったのは、初めてだった。それまでに私が知っていた言葉と言えるものは、持っていたレコードの歌詞くらいだった。レコードを聴きながら歌詞ノートを読もうとしたこともあったけれど、内容は理解していなかった。私は辞書を買ってきて、その使い方を学ぶことした。

その時、初めて、お腹の中でレオニーヌが動いた。辞書を買おうと、決心した時に……。『サイダーハウス・ルール』の裏表紙を声に出して読んでいたせいで、目を覚ましたのかもしれない。レオニーヌは静かに私のお腹を蹴った。その動きは、まるで私へエールを送っているようだった。

その翌日、私たちは踏切の管理人になるために、マルグランジュ＝シュル＝ナンシーに引っ越した。出発前、私は下の本屋で辞書を買い、〈渇望〉という言葉を探した。そこには、《喉が渇いた人が水を欲しがるように、心から望むこと》と書いてあった。

20

人生は一瞬だとしても、私たちが生きているかぎり、あなたの姿を思い出すでしょう
（墓碑に使われる言葉）

私は階段に座りこんで、ピントさんにもらったポルトガル人形の箱を布きれでぬぐっていた。箱はいつも横にして置いてある。縦にすると人形のまぶたが開いて、針の頭のような小さい黒い目が見えて気味が悪いからだ。埃をぬぐいながら、私はなんとかしてこの人形を処分することはできないだろうかと考えていた。そういえば誰かが、庭に置いてあったノーム人形を盗まれたと話していた。ポルトガル人形は全部盗まれてしまったと言って、ピントさんが信じてくれたらいいけど……。そんなことができるだろうか？　まあ、無理だろうけど……。

台所では、ノノとセドリック神父が話に花を咲かせていた。とはいえ、おもにしゃべっているのはノノだったが。エルヴィスは台所の窓に寄りかかって、小さな声でプレスリーの「トゥッティ・フルッティ」を歌いながら、外を通る人たちを見ている。ノノの声が歌声をかき消した。

「もともと、おれは塗装工《パーントル》だったんだ。ピカソみたいな画家《パーントル》じゃないよ。建物を塗ってたんだ。だけど、勤めていた建築会社の経営が苦しくなってね。クビを切られちまった。その前には、まだ小さかった男の子を三人残して、女房に死なれてるし……。踏んだり蹴ったりってのは、このことだ。それ

で、一九八二年にこの仕事を始めたんだ。町に雇われてな」

「奥さんに、先立たれたとは！　それはまた気の毒に……」セドリック神父が訊いた。「お子さんたちはいくつだったんだね？」

「上が七歳と五歳で、いちばんチビはやっと六カ月だった。三人ともおれがひとりで育てたんだよ。ずっとあとになって、次の女房との間には、女の子がひとりいるが……。次の女房も死んじまったがね。そうそう、おれはこのすぐ近くで生まれたんだよ、教会のすぐ隣の区画でね。産婆がやってきて、家で取りあげてもらった。あの頃は、それがあたりまえだったからな。ところで、神父様はどこで生まれたんだい？」

「ブルターニュ地方だよ」

「へえ、だけど、あっちはいつも雨が降ってるんだろ？」

「よくそう言われるが、雨が降っていたって、子供は生まれるだろう。いや、実を言うと、あちらのことはよく知らないんだよ。それほど長いこと住んでいなかったからね。私の父は軍人だったから、いつも異動ばかりしていたんだ」

「軍人の子供が神父になったのかい？　そりゃあんまり聞かない話だなあ！」

セドリック神父の笑い声が部屋の中に響いた。エルヴィスは相変わらずプレスリーの歌を口ずさんでいる。そういえばエルヴィスは毎日ラブソングばかり歌っているけど、本人が恋をしたというのは、一度も聞いたことがない。そんなことを考えていたら、突然、ノノに呼びかけられた。

「ヴィオレット！　人形の世話はおしまいだ。誰かがドアをノックしてるよ」

私は布きれを階段の上に放りだして、墓地に面したドアのほうに向かった。きっと墓の場所を探している訪問者だろう。

ところが、ドアの前に立っていたのは、彼だった。こちら側のドアに来たのは初めてだ。骨壺は持っていない。不ぞろいに生えた白髪はあいかわらずで、やはりシナモンとバニラの匂いがした。まるでさっきまで泣いていたかのように目が赤いが、たぶん、マルセイユから長時間運転をしてきた疲れのせいだろう。潤んだ目で、恥ずかしそうに私に微笑みかけていた。「こんにちは」と言った私の声は、ちょうどエルヴィスが窓を閉めた音でかき消されてしまった。

台所に座っていたノノとセドリック神父に気づくと、彼は私に尋ねた。

「お邪魔ですか？　またあとで来ましょうか？」

「いいえ。どうぞお入りください。二時間後に埋葬があるので、むしろ今しか時間がありませんから……」

その言葉に家の中に入ってくると、彼は気さくな感じでノノたち三人に「こんにちは」と言って、握手を交わした。私は三人を紹介した。

「私の同僚のノルベールとエルヴィス。そして、私たちの教会のセドリック・デュラス神父様です」

ノルベールというのは、ノノの本名だ。

「初めまして。ジュリアン・スールと言います」

そう言えば、彼が名乗ったのは、それが初めてだった。Ｓｅｕｌ《スール》——「ひとりきりの」とか「ひとりぼっちの」という形容詞と同じＳｅｕｌ《スール》だ。つまり、〈ひとりぼっちのジュリアン〉？　すると、その名前に恐れをなしたかのように、ノノたちがいっせいに腰をあげた。ノノが「またあとでな、ヴィオレット！」と言って、みんな仕事に戻っていった。

ふたりきりになると、私も自己紹介をした。

「私の名前はヴィオレット。ヴィオレット・トゥーサンです」

「知っています」

「ご存じだったんですか？」

「ええ。最初に聞いた時は、あだ名だろうと思いました。何かの冗談なんだろうって」

「冗談ですって？」

「だって、墓地の管理人の名字が死者を祀る〈諸聖人の祝日《トゥーサン》〉と同じだなんて、できすぎているでしょう？」

「確かにそうですね。ほんとうは、トレネと言うんです。ヴィオレット・トレネ」

「トレネか。トゥーサンよりもあなたにはしっくりきますね」

「トゥーサンは夫の名字だったんです」

「だったって、なぜ過去形なんです？」

「いなくなってしまったから……。夫は突然消えてしまったんです。ああ、でも、突然っていうのは、ちょっとちがいますね。もともと家に居つかなかった人だから……。帰ってこない時間が長くなっているだけだって、言うべきかもしれません」

それを聞くと、彼は少し恥ずかしそうに打ち明けた。

「実は、それも知っていました」

「知ってたですって？」

「ゲストハウスをしているブレアンさんから聞いたんです。ほら、赤い鎧戸の……。あの人、すごいおしゃべりですよね？」

私はそこで会話を中断すると、流しに行って、大好きなバラの香りの液体ソープで手を洗った。私の家にあるものは、すべてバラの香りがしている。ろうそく、香水、洋服、紅茶、それに、コーヒーに浸して食べるプチフールまで……。手を洗ったあとは、バラの香りのハンドクリームをしっかりと塗りこむ。庭仕事で何時間も土いじりをするので、手を保護する習慣がついていた。私はきれいな手が好きだ。爪を嚙むのをやめてから、もう何年もたつ。

その間、ジュリアン・スールは立ったまま、また台所の何もない壁を見つめていた。今日はなんとなく居心地が悪そうにしている。だが、エリアーヌが寄ってくるのを見ると、その鼻づらを撫でながら、やっと笑みを浮かべた。

彼のためにコーヒーを淹れながら、ブレアンさんはいったい何を話したのだろうと、私は考えていた。すると、

「母への弔辞を書いてきました」

彼がそう言って、服の内ポケットから封筒を取り出した。冷蔵庫の上に置いてあるテントウムシの貯金箱に立てかける。私はびっくりして言った。

「お母様の弔辞を届けるために、四百キロも車を走らせていらしたのですか？　郵送してくだされば よかったのに」

「いや……実を言うと、そのために来たんじゃないんです」

「遺灰を持っていらしたのですか？」

「いや……それもちがいます」

そう言うと、彼はそのまま黙りこんでしまった。さっきよりもさらに居心地が悪そうにしている。

「窓のところで煙草を吸ってもいいですか？」

「どうぞ」

彼はポケットから潰れた箱を取り出し、煙草を一本抜き取った。

「ほかのことで、お伝えしたいことがあって……」

そのまま窓のところに行くと、マッチを擦って、煙草に火をつける。それから、窓ガラスを少しだけ開け、ひと口吸うと、隙間から外に煙を吐きだした。

だが、隙間はそれほど広くなかったので、煙は窓のあたりに残った。白い煙に包まれながら、彼が言った。

「旦那さんを見つけました」

「なんですって？」

いったい。何を言いだすのだろう。この人は……。

だが、彼はすぐには答えず、窓の隙間から煙草を外に出して、壁にこすりつけて火を消した。吸い殻はポケットにしまった。それから、こちらを向くと、私の目を見て、意を決したように繰り返した。

「旦那さんを見つけました」

「誰のことを言っているの？」

私は不愉快な気分になった。彼が言ったこと、言おうとしたことを理解したくなかった。そんなことを言うなんて、まるで私がいいとも言わないのに、勝手に部屋にあがりこまれた気分だった。部屋にあがりこまれて、引き出しという引き出しをすべて開け、こちらが止めることもできないまま、中にあるものをひとつずつ調べられているような……。

彼は目を伏せると、ほとんど聞こえるか聞こえないかぐらいの小声でつぶやいた。

「フィリップ・トゥーサンです……。どこにいるか、知っています」

21

夜は完全な闇ではない。悲しみの果てには、いつでも開いた窓があるから

——ポール・エリュアール『最後の愛の詩』「夜は完全な闇ではない」

私は、幽霊は信じていない。信じているとしたら、それは〈思い出〉という名の幽霊だけだ。現実の思い出でも、作られた思い出でも、〈思い出〉は皆、幽霊だ。幽霊だけではなく、お化けも霊魂も、そういった超自然的なものは、すべて生者の頭の中にしか存在しない。私はそう思っている。

世の中には、死者とコミュニケーションが取れるという人たちがいる。たぶん、ほんとうだろう。そのことを、私は否定しない。でも、死者は死者だ。死者が戻ってくるとしたら、生者の頭の中で、生者が思い出しているにすぎない。死者が言葉を話すとしたら、生者の声を借りているだけだ。死者が姿を現したのだとしたら、生者の心に浮かんだ姿がホログラムのように外部の空間に映しだされたのにすぎない。

人は大切な人を失った淋しさや苦痛に耐えることができず、幻覚を見たり、幻聴を聞いたりするのだ。逝ってしまった人は、もう決して戻ってはこない。だが、残された人々の心の中にはとどまる。そして、ひとりの人間の心というのは、現実の世界よりもずっと大きく豊かなのだ。

だが、世の中には、ほんとうに幽霊がいると信じている者もいる。幽霊を信じ、そして怖がる。だ

からこそ、私はバックパッカーたちを追い払うために、幽霊を利用することにしたのだ。白状しよう。あの〈白いドレスの幽霊〉の正体は、私だったのだ。

あの夏、私はバックパッカーたちに墓地から出ていってもらうために、脅したりすかしたり、あらゆることをやってみた。だが、何をやっても効果がなく、どうしたらいいのか、一日中そればかり考えていた。そんな時、以前、ディアーヌ・ド・ヴィニュロンの墓でホラー映画を見ていた若者たちをホイッスルの音で撃退したことを思い出した。そこで、そのホラー映画に出てきた幽霊の恰好をして、襲いかかったらどうだろうと思いついた。ホラー映画を見ていた子供たちはパソコンを放りだして逃げていった。だったら、バックパッカーたちにも効果があるのではないかと考えたのだ。私はさっそく計画を立てた。

幽霊はただ現れるだけではなく、あとから追ってこられたほうが恐ろしい（幽霊の私には面白い）。そこで、すばやく動けるように、追いかけるのには自転車を使うことにした。クライマックスでは両手を広げて襲いかかりたかったので、手放しで運転したほうがいい。いや、どうせなら、いつでも手放しで運転する一輪車にしよう。

ということで、私はまず一輪車に乗る練習を始めた。一輪車だろうが自転車だろうが、手放しで運転するなら同じことだ。要はバランスの問題だからだ。いや、操作性を考えるなら、むしろ一輪車のほうがよい。だけど、墓地の管理人が墓の間を一輪車で走っている姿なんて誰にも見られるわけにはいかなかったから、練習は毎晩、墓地の門を閉めてから、暗くなるのを待って行った。もちろん、バックパッカーたちからは離れた場所で。

本番でころぶことは許されない。墓地の砂利道をできるかぎりゆっくり走ったり、急にスピードをあげたり、ともかく自由自在に一輪車を操れるようになるまで、私は幾晩も、必死になって練習をした。

練習を始める前、最大の難関は一輪車を乗りこなすことだろうと思っていた。だが、ちがった。真っ暗な中で一輪車を操る恐怖心を克服することが、いちばん難しかった。心臓がドキドキするのを抑え、震えたり、怖じ気づいたりしないようにするのは容易ではなかった。だがとにかく、目をつぶってでも突き進むしかない。なにしろ、どんなことがあっても問題を解決しないといけないのだ。さもなければ、この先も毎年ずっと悩まされることになる……。

いちばんうんざりするような時間と手間がかかったのは、死装束の縫製だった。モスリン、シルク、綿シーツにチュールなど、様々な素材の白い生地を何メートル分もかき集めて縫いあわせ、ぱっと見た時に現実的にも非現実的にも見えるようにと工夫しながら、何時間もかけて〈ドレス〉を縫った。最初は面倒だったが、そのうちに、なんだか自分のウェディング・ドレスを縫っているような気分になった。フィリップ・トゥーサンと結婚した日にはウェディング・ドレスは着なかったので、私にとっては初めてまとう花嫁衣装になる。フィリップ・トゥーサンは行方不明だが、私にとっては死んでいる。もしそうなら、私は〈死者の花嫁〉だ。「まさに今の私におあつらえ向きじゃないの」そんなふうに考えると、なんだか楽しくなってきた。そう、何事も笑いとばすのがいちばんだ。辛いことはたくさんあったが、私は信じていた。きっといつか、すべてを笑いとばせる日が来るだろう。まあ、笑いとばすまでいかなくても、微笑むくらいはできるだろう。たぶん、すべて微笑ましく思う日がくるはずだと……。

できあがったドレスは洗濯機で洗った。五百グラムの重曹を足した水で洗うと、生地が発光するようになるのだ。裏地にも蓄光テープを何本も貼りつけておいた。たまたま道路整備のトラックが墓地に来ていたので、数メートル分いただいたのだ。外の標識に使用されるテープで、あらかじめ光に当てておくと、光を蓄電して暗いところで強い蛍光色を発する。昼間太陽にさらしておくか、少し長めにランプの光を当てておけば、本番の時、暗闇でドレスがよく光ってくれるはずだった。

ドレスの次は頭の部分だ。顔と髪は完全に覆いかくす必要があった。墓掘り人の小屋にノノの黒いニットキャップがいくつか置いてあったので、私はそれをひとつ拝借することにした。頭からすっぽりかぶって目のところに穴を開け、その上から花嫁のベールをつける。口には天使の形をしたキーホルダーをくわえた。このキーホルダーは緊急用の懐中電灯にもなっていて、端の部分を押すと、強い光を放つようになっていた。以前、ここで一時期、納棺人をしていた人からもらったものだ。

衣装ができあがると、私はそれを身につけて、鏡に映してみた。上出来だった！　あのホラー映画に出てくる幽霊そっくりに見えたのだ。これなら見た人は怖がるだろう。私は満足した。我ながら実に恐ろしい、奇妙な姿だった。白いドレスは燐光を放つように、怪しく輝いている。花嫁のベールで隠れた真っ黒な顔。口にくわえたキーホルダーの端を噛むと、光がついて、まるで口から光線を放っているように見えた。静まりかえった夜の墓地でこんな姿を見たら、心臓発作を起こす人だっているかもしれない。そう思えるくらいの出来だった。

こうして見た目が満足いくものになると、あとは音響効果だ。だが、これは簡単だった。もともと夜の墓地にいたら、遠くで人の足音がしたり、納骨堂の扉がきしんだり、風の音がしただけで、人は怖がる。だから、それに加えて、なんだかわからない不気味な音を聞かせてやればいい。人のうめき声とか動物のうなり声、延びたテープで演奏される音楽なんかを……。そう考えると、結局、私は周波数の合わないラジオの音を使うことにして、ちょうどいいタイミングでスイッチを入れられるよう、小型ラジオをドレスに作ったポケットに入れた。

すべての準備が整うと、七月八日の夜十時頃、私は一輪車を持って、礼拝堂の中に隠れた。奇妙な仮装とはうらはらに、心臓は今にも飛びだしそうだった。

待つ時間はそれほど長くならずにすんだ。バックパッカーたちは、礼拝堂の近くにある、墓地の東側の塀を乗りこえてくる。そのあたりで、人の話し声がしたと思ったら、すぐに足音が聞こえてきたのだ。と同時に、塀から飛びおりる音がした。やってくる人数は、その時々でまちまちだったが、その晩は五人だった。男の子が三人に女の子がふたりいた。

私は夜目がきくので、そっと様子をうかがいながら、バックパッカーたちがパーティの準備を終えるのを待った。缶ビールを開ける音がした。礼拝堂の扉の隙間からのぞくと、花の鉢植えを灰皿代わりにして煙草を吸っているようだ。寝そべっている者たちもいる。私は怒りを覚えた。この人たちが寝そべっているのは、セディーヨ家の墓だ。ここにはセディーヨ夫人と、早くして亡くなった娘さんが埋葬されている。セディーヨ夫人はとてもいい人で、生前、娘さんのために花を供えにきていた頃には、よく言葉を交わしたものだ。そんな母娘の眠りを妨げるのは許せない！　そう思うと、勇気がわいてきた。

礼拝堂を出ると、私は一輪車にまたがり、慎重にドレスの裾を整えた。こいでいる最中に車輪に巻きこまれないようにするためだ。ドレスはハロゲンランプに二時間当てておいたので、かなり遠くからでも見えるくらい発光していた。準備が整ったところで、できるだけ音を立てて礼拝堂の扉を開けて、外に出た。ギィーという乾いた音が墓地に響きわたり、一瞬、バックパッカーたちの話し声がやんだ。だが、すぐにまた大きな笑い声が聞こえてきた。礼拝堂からの距離は数百メートル。私はゆっくりとペダルをこぎはじめた。遠目には、おそらく風にふわりと漂っているように見えただろう。

それから百メートルほど行ったところで、男の子のひとりがこっちを見て、ビクッとしたのがわかった。相手に気づかれたと知って、私も急に怖くなった。ばれたらおしまいだ……。手が汗ばみ、足がガクガクして、頭に血がのぼった。男の子は驚きのあまり言葉を失っていたが、表情は恐怖に満ちていた。と、その時、女の子のひとりがくわえ煙草のまま私のほうを振りむいた。とたんに、大きな叫び声があがった。あまりにも大きな悲鳴で、私まで恐怖で口がカラカラになった。ほかの三人も飛びあがった。それまでの大きな笑い声は、ピタリと止まった。

五人とも私を凝視していた。恐ろしく長い時間のように感じたが、おそらくせいぜい二、三秒のことだったにちがいない。バックパッカーたちから二百メートルほどのところで、私は一輪車を止めた。口にくわえていたキーホルダーの端を噛む。すると、口から強い光線が放たれた。その光線を発したまま、私は両腕を横に大きく広げ、勢いよくペダルをこぎはじめた。今までよりもずっと早く、威嚇するようなスピードで！

その時の光景は、今でもスローモーションで頭に浮かんでくる。私は、妙に醒めた気持ちで状況を判断していた。もし失敗したら、逆に私は追いかけられることになる。そして、もし捕まって、正体がばれたら、大変なことになる。管理人の仕事もクビになるかもしれない。そんなことを冷静に考えていたのだ。だが、ありがたいことに、バックパッカーたちは幽霊の正体を確かめようとはしなかった。両腕を広げた幽霊が、ものすごい勢いでまっすぐこっちに飛んでくる！　そう悟るや、一目散に逃げだしたのだ。人間があんなにすばやく起きあがれるとは知らなかった。三人が叫び声をあげながら門のほうに、ふたりが墓地の奥へと走っていった。

私は門に向かった三人組を追いかけることにした。ひとりがころんだが、すぐに立ちあがった。門は高さが三メートル五十センチある。だが、三人はあっという間に、それを乗りこえた。どうして、そんなことができたのか、いまだに不思議だ。〈恐怖は翼を与える〉という表現があるが、あれはほんとうなのかもしれない。

その後、二度とその子たちの姿を見ることはなかった。おまけに、その五人が「墓地には幽霊が出る」とあちこちで触れまわってくれたおかげで、ほかのバックパッカーにも悩まされることがなくなった。私は五人が放りだしていった煙草の吸い殻とビールの空き缶を拾いあつめ、セディーヨ家の墓に熱い湯をかけて清めた。

その夜は、なかなか寝つけなかった。目を閉じると、脱兎《だっと》のごとく逃げていくバックパッカーたちの姿が浮かんできて、笑いが止まらなかったのだ。

翌朝、私は一輪車と幽霊の衣裳を物置にしまった。衣装のほうは、手に取って、お礼を言ってから、ウェディング・ドレスのように大切にたたんでトランクに入れた。世の花嫁たちは、あとから時々ドレスを引っ張りだして、まだサイズが入るか確かめるらしい。私もそうできるように、トランクはいつでも取り出せる場所に隠した。

22

人の命は小さな花だ。あまりに早く摘みとられてしまうが、その香りは永遠に残る
（墓碑に使われる言葉）

私はジュリアン・スールに言った。

「フィリップ・トゥーサンは死にました。あの人と、この墓地に埋葬されている死者とのちがいは、墓参りができるかできないかだけです」

「フィリップ・トゥーサンの名前は電話帳に載っています。厳密に言えば、載っているのは経営している修理工場の名前ですが……」

「修理工場ですって？」

もうかれこれ十八年以上、私の目の前でその名前を口にした人はいなかった。フィリップ・トゥーサンは、人々の話題からもとっくに消え去っていたのに……。

「ぼくは……あなたが知りたいだろうと思ったんです。ずっと旦那さんを探していたんだろうと思って……」

何も答えられなかった。私はフィリップ・トゥーサンを探したことはない。長いこと待っていただけだ。探すと待つでは、意味がまったくちがう。

「それで、とりあえずトゥーサンさんの銀行口座を調べました。そしたら、過去に動きがあったことが分かったんです」

「彼の銀行口座……」

「当座預金口座は一九九八年に全額引き出されて空になっていました。ぼくは実際に金が引き出された銀行にも行ってきました。もしかしたら詐欺とか、なりすまし犯罪に使用されたのかもしれないと思って……。それとも、フィリップ・トゥーサン本人が引き出したのかを、調べたんです」

全身に氷水をかけられたような気分だった。ジュリアン・スールがその名前を口にするたび、黙れ！　と叫びそうになった。もう二度と、この人には私の家に入ってきてほしくない……。

「旦那さんは生きています。ここから百キロメートルほどのところに住んでいます」

「百キロメートル……」

こんなの、おかしい……。私は思った。今日は、いい一日になるはずだったのに……。今朝は始まりがよかったのだ。ノノとセドリック神父がやってきて、楽しくおしゃべりしていた。エルヴィスは窓にもたれてラブソングを歌っていた。みんな上機嫌で、コーヒーのいい香りに包まれていた。ふたりの笑い声を聞きながら、私は不細工な人形の掃除をしていた。暖かい階段に座りこんで、人形が全部盗まれたと言ったら、ピントさんを騙せないかと、ふざけて考えながら、布きれで箱の埃をぬぐっていたのに……。

私はやっとのことでジュリアン・スールにたずねた。

「でも、どうして？　どうしてあなたが、フィリップ・トゥーサンを探そうと思ったんですか？」

「ブレアンさんから旦那さんが失踪したと聞いて、知りたくなったんです……あなたの助けになればと思って……」

私は冷たく言い放った。

「スールさん、なぜ戸棚には鍵がついているか、わかりますか？　勝手に開けられたくないからです」

23

人生はつかの間だとしても、せめてその思い出に花を植えよう

――ミシェル・ド・モンテーニュ『随想録』

一九八六年、フィリップ・トゥーサンと私は踏切の管理人になるためにマルグランジュ＝シュル＝ナンシーに引っ越した。春の終わりのことだった。季節は光にあふれ、あらゆる希望が叶うように思われた。春を争って、夏と冬が力比べをしているならば、すでに勝者は明らかだった。サイコロに細工がされて、あらかじめ勝者が決まっているようなものだ。たとえ雨が降っても、夏の勝ちは変わらない。

私は、七歳の時、孤児院の先生が三件目の里親に言っていたことを思い出していた。「ここの女の子たちは、ほんの少しのことで満足します」と、先生は私がすぐ横で聞いていることなど気にもかけずに話していた。まるで私など存在していないようだった。生まれた時に捨てられた子どもには、きっと孤児のほかに透明人間という身分も与えられていたのだろう。でも、「ほんの少し」というのは、いったいどのくらいなのだろう？

というのも、一九八六年に私が持っていたものは、「ほんの少し」ではなかった。私はすべてを手にしたような気分だった。まずは若さがあった。それから、『サイダーハウス・ルール』という本が

あって、その本を読みたいという意欲もあった。読むための道具である辞書も買ったし、何よりもお腹に子供がいた。家もあり、仕事もあった。そして、家族……。不完全なようにも思えたが、それでも家族であることに変わりはない。私にとっては初めての家族なのだ。私はなんとたくさんのものを手に入れたのだろう！　生まれてこのかた、自分の笑顔以外に持っていたのは、何枚かの洋服に人形のカロリーヌ、ダオとアンドシーヌとトレネの四枚のレコード、それにタンタンの絵本五冊だけだったのに……。十八歳になって、ちゃんと申告できる仕事、自分の銀行口座、そして家の鍵を手に入れたのだ。自分だけの鍵だ。鍵を持っていることを実感したくて、キーホルダーがじゃらじゃら音をたてるように、小さな装飾品をいっぱいつけた。

私たちの新しい家は、幼稚園児がお絵描きをするような真四角の平屋だった。瓦屋根にはコケが生えていた。壁は白く、赤い窓がついている。家の両脇にはレンギョウの木があり、ちょうど黄色い花が満開だったので、家はまるで金髪の巻き毛を両脇に垂らしているように見えた。家の裏側には線路が走っていて、家との境に、赤いつぼみをつけたバラの生け垣があった。玄関にはくたびれたマットが敷かれ、その二メートル先には車の通る広い道があった。その道は家の前で蛇行し、線路を横断していた。

到着の当日、家に入ると、前任者のレストリール夫妻が私たちを待っていた。夫妻はもう高齢で、その翌々日に引退することになっていた。そういうわけで、仕事の引き継ぎには二日取ってあったのだが、実際に仕事のやり方を聞くと、それほどの時間は必要なかった。要は、遮断機を上げ下げするだけなのだから……。その結果、夫妻は引き継ぎをすますと、次の日まで待たず、すぐに出発すると言った。

家の中には古ぼけた家具が残されていた。汚れたリノリウムの床に、黒ずんだ壁紙。長いこと壁に飾っていた額縁をはずしたばかりなのだろう、ところどころ色の薄くなった長方形が目立つ。そこに、もともとの花柄が少しだけ見えていた。台所の窓の近くにかけたモナリザの複製画だけはそのまま残されていた。

台所は、とても台所と呼べる代物ではなかった。脂で汚れた部屋に古いガスレンジが置かれているだけで、年季ものの調理器具が三つ、錆びた釘に引っかかっていた。ドアのうしろにまるで部屋の隅に捨てられたような小さな冷蔵庫が置いてあり、中にはきちんと包まれていなかったせいで黄色くなったバターの塊が入っていた。浴室には、黒ずんだ古い石けんも残されていた。

すごく古くて汚い家だったけれど、どうやってこの家をきれいにしようかと考えているうちに、何をすべきかがわかってきた。さっと魔法の刷毛《はけ》を振ったかのように、きれいになった部屋の様子が目に浮かんで、思わず笑みが浮かんだ。まずは、戦前に貼られたのかと思うくらい古い花柄の壁紙をはがして、その下の壁をきれいに塗ろう。それから家の中のものの修理だ。特に棚から始めよう。私たちの未来の人生を支えてくれるものなのだから……。フィリップ・トゥーサンも壁紙が気になったのか、レストリール夫妻が玄関を出たら、すぐに壁紙をはがして、新しいものに替えようと言った。

レストリール夫妻は家を発つ前に、遮断機が故障したらここに連絡しろと言って、緊急連絡先の電話番号が書かれたリストを渡してくれた。

「ボタンを押して遮断機を上げ下げするようになってから、回線がいかれちまうのか、途中で遮断機が止まることが年に何回もあるんだよ。昔、ハンドルを手で回して上げ下げしてた頃には、そんな馬鹿なこと、なかったんだがな！」

電車の時刻表も渡された。レストリールさんが言った。

「時刻表は夏時間と冬時間の二枚ある。ほかには、まあ、特につけくわえることはないね。日曜日と祝日は、列車の本数も乗客の数も少なくなる。ストライキの日もだ。あんたたち、この仕事を引き受ける前にちゃんと説明を受けてきたならいいんだが……。列車の時刻に左右されるから、労働時間は長いし、生活リズムの厳しい仕事だよ。たいていの仕事ってのは、どっちかひとつだろうが、この仕事はどっちもだ。ああ、そうだ。忘れるところだった。通過時刻の三分前に警報が鳴りはじめるから、三分で遮断機をおろさないといけないよ。ボタンを押して遮断機をおろして、車の通行を止めるのに三分しかないからな。さもないと、遮断機がおりきらないうちに、列車が踏切に入っちまう。それから、列車が通過したあとは、一分待ってから遮断機をあげるように。これは規則で決められているからね」

そう説明すると、レストリールさんはコートをはおりながら続けた。

「列車が続けて通過する可能性もあるからね。用心のために一分待つことになっているんだ。といっても、わしらはここで三十年も踏切番をしていたが、そんなことは一度もなかったがね」

それから、夫妻は玄関に向かっていった。が、玄関の敷居をまたいだところで、奥さんがこちらに向きなおって忠告をしてくれた。

「遮断機がおりてる最中なのに、なんとか通ろうとする車がいるから気をつけなさいよ。いかれた奴らっていうのは、どこにでもいるからね。それに、酔っ払いにも注意が必要だよ。まあ、がんばりなさいな」

そして最後に、旦那さんのほうが、真面目な顔で「今度はわしらが列車に乗る番だ」と言うと、ふたりはいそいそと去っていった。

その後、ふたりに会うことはなかった。

夫妻が家を出ていくやいなや、フィリップ・トゥーサンは壁紙をはがす代わりに、すぐに私に抱きついてこう言った。

「ああ、可愛いヴィオレット！　おまえがここをきれいにしたら、おれたち、居心地良く暮らせるよ！」

どうやら、壁紙を替えようとは言ったものの、自分でするつもりはないらしい。

そこで私は勇気を振りしぼって、掃除用具を買いたいからお金をちょうだいと頼んだ。私にそう言う勇気を与えてくれたのは、前日から読みはじめた『サイダーハウス・ルール』や、その日の朝に買ったばかりの辞書だったのかもしれない。フィリップ・トゥーサンにお金を要求したのは、それが初めてだった。私は未成年だったので、自分の銀行口座が持てず、ウェイトレスとして働いていた給料は、ずっと彼の口座に振り込まれていた。だから、自由になるお金はお客さんからもらうチップだけで、それはもう残っていなかったのだ。

フィリップ・トゥーサンはさんざん財布を出ししぶったすえに、十フラン札を三枚くれた。彼にしては気前のいいことだ（私は内心冷ややかに思った）。フィリップ・トゥーサンの財布に触れることは固く禁じられていた。彼は毎日、財布の中身を確認して、一枚でもなくなっていないか調べていた。その姿を見るたび、彼に対する愛はけずりとられていった。つまり、フィリップ・トゥーサンはこんなかたちで、少しずつ私を失っていったのだ。

フィリップ・トゥーサンの考えていることは、手に取るようにわかっていた。〈おれはナイトクラブで身寄りのない、かわいそうな女の子を拾ってやった。住む家をあてがう代わりに仕事をさせてやっている。なかなかがんばり屋だ。おれの言いなりになるし、苛々させることもない。なにしろ若くて可愛いし、抱き心地も抜群だ〉そんな単純なことだった。そして、私を自分の所有物だと考え、自分が捨てないかぎり、決してそばを離れないと考えていた。〈こいつは捨てられることを何より恐れているから、自分からおれのもとを離れることは、決してしない。しかもおれの子供も身ごもった。これで、ずっと近くに縛りつけておくことができる〉と……。それも私にはわかっていた。

フィリップ・トゥーサンにお金をもらうと、私は時計を見た。次の列車が通過するまでは一時間と十五分あった。家の前の通りを渡ったところに、スーパーマーケットの《カジノ》があったので、三十フランをポケットに入れて、掃除用具を買いにいくことにした。私はまだ十八歳で、普通、そのくらいの歳の女の子が買うのはレコードだというのに……。だから、何を買っていいかわからず、バケツ、雑巾、たわしに洗剤など、とりあえず必要だと思われるもので、いちばん安いものを籠《かご》に入れた。

レジでは係の女の子に自己紹介をした。

「こんにちは。私、ヴィオレット・トレネっていいます。通りの向こうにある遮断機の新しい管理人です。レストリールさんたちの後任です」

レジ係の女の子は私の言葉など聞いていなかった。それよりも、私のお腹に目が釘づけになっていたのだ。胸につけた名札にはステファニーと書かれていた。

「新しく来た管理人の娘さんですか？」

「いいえ、私には親はいません。私が新しい管理人です」

ステファニーは、身体も顔も目も、すべてが真ん丸だった。まるで漫画に出てくるキャラクターのようだった。ずる賢さとは無縁の、お人好しで親切なキャラクターだ。

「いくつなの？」

「十八です」

「そう。で、赤ちゃんは？　出産はいつごろの予定？」

「九月です」

「そうなの。じゃあ、これからちょくちょく会うことになるね」

「そうですね。よろしく。じゃあ、さようなら」

こうして家に戻ると、私はまず寝室の棚を掃除して、洋服をしまった。

寝室には汚いカーペットが敷かれていたが、その端を持ちあげてみると、下はタイル張りになっていた。私は全部はがしてしまおうと思って、カーペットと格闘を始めた。その時、警報が鳴りはじめた。一五時〇六分の列車が通過する時間だった。

私は急いで踏切まで走り、赤いボタンを押した。遮断機が下がりはじめるのを見てほっとした。白いリムジンが一台、速度を落として私の横で止まったが、運転手は怒ったような目で私をにらんだ。まるで列車の時刻が決まっているのはおまえのせいだと言わんばかりだ。その時、線路をきしませながら、一五時〇六分の列車が目の前を通りすぎていった。その日は土曜日で、若い女の子たちがたくさん乗っていた。これからナンシーに行って、ショッピングしたりデートしたりするんだろう。

私はひそかに思った。あの子たちはきっと、ほんの少しのことで満足するのだろう。だったら、孤児院にいたのかもしれない、と……。それから、遮断機を上げる緑のボタンを押しながら、嬉しくなった。私はたくさん手に入れたよ。仕事に、いっぱい飾りをつけたキーホルダー、お腹には子供だっている。壁は塗りなおさなくちゃならないけど、家だってあるし、買い物のお釣りをきっちり渡さないと文句を言うけど、夫だっている。それに好きな音楽のレコードだってあるし、何よりも『サイダーハウス・ルール』という本があって、それを読むための辞書もある！

24

あなたがどれだけ大切だったのか、あなたがいなくなって思い知る

（墓碑に使われる言葉）

ジュリアン・スールが帰ったあと、私は、自分が言ったことを考えていた。

「フィリップ・トゥーサンは死にました。あの人と、この墓地に埋葬されている死者とのちがいは、墓参りができるかできないかだけです」

死は、いつでもそこいら中に存在している。時間も場所も人も選ばない。死には、休憩も長い休暇も祝日もないし、歯医者みたいに予約を取る必要もない。仕事をしていようが、パーティを楽しんでいようが、幸福でいようが、不幸でいようが、若かろうが、歳を取っていようが、晴れだろうが、雨だろうが、そんなもの、全部、死にとってはどうでもいいことだ。いつでもそこいら中にあるが、だれも真剣に考えたりはしない。当然だ。もしいつも死のことばかり考えていたら、頭がおかしくなるはずだからだ。死は道をうろつく野犬のようなものだ。いつも近くをうろうろしているのに、嚙みつかれるまで気がつかない。そしてもちろん、自分が嚙まれるより、ごく親しい人が嚙まれた時のほうが衝撃は激しい。昨日まで生きてきた人の亡骸を突然、目にするほうが……。

ああ、でも、時にはその亡骸すら、目にできないこともある。海や山での遭難、飛行機事故、自然

災害などで、遺体は見つからないが、どう考えても亡くなっているのが明白な場合だ。〈ヒマラヤスギ区〉の三番通路には、そういった人の魂を慰めるための碑《いしぶみ》がある。その下には遺骸は埋葬されていない。かなり古い碑で、プレートはついていない。そのため、それが、もともとは誰のために建立されたのか、私はずっと知らなかった。ところが、昨日、葬儀店の三男のジャック・ルッチーニが教えてくれたのだ。ほんとうに偶然に……。ジャックによると、この慰霊碑は山で遭難した若いカップルのために、一九六七年に建立されたそうで、そのカップルは登山中に足をすべらせて落ちたらしい。「遺体はまだ見つかっていないんだ」そう言うと、ジャックは霊柩車を運転して、帰っていった。

遺体が見つからなくても、そのカップルが死んでいるのは、おそらくまちがいないだろう。では、生死が不明な場合はどうだろう？

世の中に子供を失うくらい辛いことはないが、そのいっぽうで、「生きているのか、死んでいるのか、わからないほうがずっと辛い」とも聞く。確かに、行方不明になった子供を探す写真を見ると、子供の名前が刻まれた墓を見るよりも辛く感じることがある。その子たちが今どうしているのか、いくらでも悪い想像ができるからだ。電柱や壁や店舗の窓ガラスに貼られた写真は、紙だけが古くなって、ぼろぼろに劣化していく。それなのに、写真の笑顔は、決して歳を取ることはない。行方不明になった子供の家族が、毎年、子供がいなくなった日にカレンダーに印をつけているのをテレビのニュースで見ると、埋葬の時とはまたちがった意味で、胸が締めつけられる。

ドニ・ラフォーレは、そんな行方不明になった子どものひとりだ。今から三十二年前、ブランシオンから数キロメートルのところで、十一歳だったドニは突然姿を消した。教室を出てから帰りのスクールバスに乗るまでの間に、文字どおり消えてしまったのだ。友だちよりも一時間早く教室を出て、自習室に行ったはずが、学校前にあるバス停に姿を現さなかった。母親のカミーユ・ラフォーレは血眼になって、あちらこちらを探した。警察も懸命に捜索した。だが、ドニは見つからなかった。この町の人たちはみんなドニの顔を知っている。一九八五年に町のあちこちに貼られた〈捜索願い〉の写真が今でも残っているからだ。

ドニが死んだと証明するものは何もない。だが、町役場は、カミーユが息子の墓を建てることを特別に許可した。カミーユは今でも毎週、息子の墓参りにやってくる。私の家に寄って、コーヒーを飲んでいくこともある。そんな時、彼女は遺体のない墓に刻まれたドニの名前に、どれだけ救われたかわからないと話してくれた。彼女にとっては、息子がひとりぼっちで、愛も知らず、苦しみながらまだどこかで生きていると想像することは、死んでいるよりも辛いことなのだ。

カミーユは会うたびいつも、「ヴィオレット、元気？」と聞いたあとで、必ず「世の中には死なれるより辛いことがあるの。それは、ある日突然いなくなってしまうこと」と私に言う。夫が突然失踪したから、私が共感できると思っているのかもしれない。けれども、フィリップ・トゥーサンは昔からしょっちゅうどこかに行っていたから、私は彼がいないことには慣れきっていた。それにその頃から、彼がどこに行っているかなんて、知りたくもなかった。でも、きっと、私もカミーユのように、フィリップ・トゥーサンは死んだと思うほうが、気持ちが楽だったのかもしれない。

それなのに、まさか生きていると聞かされるなんて……。しかも、ここからわずか百キロメートルのところで。

私は冷蔵庫の上の貯金箱に、ジュリアン・スールが立てかけて置いていった弔辞を取りにいった。封筒を開けて、中身を取り出す。母親の遺灰をガブリエル・プリュダンの墓に入れる時に、その墓の前で、ジュリアン・スールがみずから読む弔辞だ。もし彼の母親のイレーヌ・ファヨールがガブリエル・プリュダンに出会わなければ、ジュリアン・スールが私の墓地に足を踏み入れることはなかったのに……。そうしたら、私は今、夫が生きていることを知らされることもなかった。私はふたりの出会いを呪った。

忌々しく思いながら、私はジュリアン・スールの書いた手紙を読みはじめた。


ぼくの母、イレーヌ・ファヨールへ。

母さんは、いつもいい匂いがしていたね。香水はゲランの《青い時《ルール・ブルー》》だった。

母さんは一九四一年四月二十七日、マルセイユで生まれた。だけど、一生、南仏訛りとは縁がなかった。訛りだけじゃない、母さんの遺伝子には、南の人の気質っていうのは、まったく組みこまれてなかったと思う。慎みぶかくて、いつも人と距離を置いている、無口な人だった。

暑いより寒いほうが好きだったね。太陽より、曇り空が好きだった。母さんの見た目にも、それは表れていたと思う。そばかすが目立つくらい顔は白くて、髪は自然なブロンドだった。

服はベージュが好きだった。カラフルな色の服を着ている母さんなんて、見たことがない。素足でいるところもだ。唯一、黄色いワンピースを着た写真が残っている。ぼくが生まれる前にスウェーデンで休暇中に撮った写真だと言っていたけど、変な気がした。まるで何かの手ちがいで着てしまったのだとしか思えなかったよ。

紅茶が好きだったね。雪は写真に撮るほど大好きだった。家族のアルバムには、雪の日に撮られた写真しか貼られていなかったくらいだものね。

笑うことは少なかった。よく物思いにふけっていたのを覚えているよ。

父さんと結婚して、母さんはスール夫人になったけど、旧姓のファヨールを使いつづけた。たぶん、女なのにＳｅｕｌと書くのは、綴りのミスをしているようで嫌だったのだろう。形容詞のＳｅｕｌなら、女性形にして、最後にeをつけなくちゃいけないから……。

子供はひとり、ぼくだけだ。ぼくは長いこと、この〈スール〉《ひとりきり》という名字のせいで、父さんと母さんはほかの子供を作らなかったのかなと考えていた。

母さんは最初、美容師をしていたけど、途中で園芸家に転身した。そして冬の寒さに負けない、さまざまな種類のバラを作った。母さんに似たバラだと、ぼくは思う。

そうだ！　バラの話で思い出したけれど、ある時、母さんはぼくに言ったことがあったね。「結婚式のお祝いに使われようが、お墓に供えるために使われようが、バラはバラよ」って……。「ええ、バラにちがいはないの。ほら、どこの花屋にも、《結婚式のお花、お葬式のお花、承ります》って、書いてあるでしょ。このふたつは切り離せないものなのよ」

その母さんは、ぼくの知らない男の墓に入り、そいつの横で永遠の眠りにつくことを望んだ。ぼくにバラの話をした時、母さんはそいつのことを考えていたのだろうか？

それは知るよしもない。でも、ぼくは母さんの意思を尊重することにしたよ。母さんがいつも、ぼくの意思を尊重してくれていたように……。

どうぞ安らかに、ぼくの大事な母さん。

25

母の愛とは、神が一度しか与えない宝物だ

（愛の言葉）

娘のレオニーヌが生まれたのは、九月に入ってすぐのことだった。あの子は、私が家の壁を全部塗りおわるのを待って、この世にやってきた。

一九八六年の九月二日から三日にかけての夜中に、最初の陣痛がやってきて目が覚めた。娘はベストな曜日を選択した。その日は土曜日で、最終列車から翌朝の日曜の始発までは九時間も空いていたからだ。隣で寝ていたフィリップ・トゥーサンを起こして、産院に連れていってほしいと頼んだ。家に戻って七時一〇分の始発の遮断機をさげるまでには四時間あった。

産院に着いてから、レオニーヌが産声をあげるまでに、ずいぶん時間がかかった。きっと父親が戻ってくるのを待っていたのだろう。結局、生まれた時には昼になっていた。

娘を産んだ瞬間から、愛しさとともに、恐怖が私を包みこんだ。私はひとつの命の責任を負わされたのだ。自分の命よりも、ずっと重い命の責任を……。そう思うと、うまく息が吸えなくなった。感動と恐怖で、急に全身が震えだした。歯がカチカチ音をたてるほどだった。

レオは、まるで小さなおばあちゃんみたいだった。不意に、まるであの子が私の先祖で、私が子供

になったかのような感覚に襲われた。

私の胸に裸のまま乗せられたレオの口が、おっぱいを探していた。私の手のひらに収まるほどの小さな頭。黒い髪、頭蓋《とうがい》の境目のまだ柔らかい部分、ハート型の唇から吐きだされて、頬についた緑の痰。そのすべてが私に衝撃を与えた。いや、衝撃などというものではない。〈激震〉が走ったと言っても足りないくらいだ。

レオニーヌが生まれて、私の青春時代はまるでタイルの床に陶器の花瓶を投げつけたように、粉々に砕けちった。レオは私の娘時代を埋葬したのだ。私は感情の起伏が激しくなった。ほんの数分の間に笑みが涙に変わり、晴れ間が雨に変わるように気分が変わった。晴れ間とにわか雨が同時に襲ってくる三月の空のようだった。すべての感覚が研ぎすまされて、四六時中、ぴりぴりしていた。それがきっと母親になるということだったのだろう。

小さい時からずっと、私は鏡を見て、自分は両親のどちらに似ているのだろうと考えてきた。でも、レオニーヌが大きな瞳を開いて私をじっと見た時、私とフィリップ・トゥーサンのどちらに似ているかは考えなかった。レオニーヌは天にも、宇宙にも、怪物にも似ていた。醜くて、きれい。激しくて、優しい。何か知っているものが合わさっているような、それでいて、まったく初めて見るもののような気もした。その時、私はひとりの人間の中には、このうえなく素晴らしいものと毒になるものとが混在しているのだと知ったのだ。

初めてレオニーヌを抱いた時、私はもうずっと前に始めた会話の続きをするかのように、レオニーヌに話しかけた。

ようこそ、この世界へ……。私はレオニーヌを優しく愛撫した。どこにも異常がないか、全身を隅々まで点検し、匂いを嗅ぎ、なめまわすように眺めつづけた。

新生児の身体を洗って、身体測定をするために、看護師が私からレオニーヌを取りあげた時には、怒りのあまり、拳を握りしめた。それから、急に無力感に襲われた。娘が視界から消えたとたん、自分がなんの武器も持たない、小さく非力な子供になったような気がしたのだ。私は、思わず「ママ……」とつぶやいた。幼い頃、熱が出た時に、母に助けを求めた時のように……。

自分の幼少時代のことが走馬灯のように思い出された。娘には、決して私のような人生を送らせたくない。そのためには、何をしたらいいのだろう？　誰かに娘を取りあげられたりしないだろうか？　レオが私の人生に現れた瞬間から、私は娘と引き離されることを恐れた。娘から捨てられることを恐れた。そして、まったくおかしなことだが、同時に、娘が今すぐ私の人生から消えればいいのにとも思った。私自身がもっと成長してから、戻ってきてほしいと思ったのだ。

フィリップ・トゥーサンは午後になってやっと私たちに会いにきた。一五時〇七分と一八時〇九分の列車の間に……。レオニーヌを見ると、彼はがっかりしたような顔をした。息子を望んでいたからだ。けれども、何も言わなかった。私たちに笑いかけ、私の髪にキスをした。レオニーヌを抱いているフィリップ・トゥーサンは、とても美しかった。私は言った。

「私たちのことを守ってね、ずっと……」

「もちろんだよ」

レオが生まれて二日目に、二度目の衝撃が私を襲った。レオが私を見て、にっこりと笑ったのだ。それはお乳をあげたあとのことで、私は両膝を立てて座り、レオの身体を自分と向きあわせて太ももにのせていた。小さな頭は私の膝の上にのり、小さな足は私のお腹を踏みしめ、小さな両手は私の親指を握っていた。私はレオの顔をじっと見つめた。もしかしたら、私の両親の痕跡がどこかに残っているのではないかと思ったのだ（私があまりにも娘の顔を見つづけているので、助産師に、そんなに見てたら赤ちゃんが疲れると言われてしまったくらいだ)。何を話していたのかはもう覚えていないが、その姿勢で、私はレオに話しかけていた。生まれたばかりの赤ちゃんは目もはっきり見えないし、笑わないと言われている。もし赤ちゃんが笑うとしたら、それは天使に笑いかけているのだと……。私をとおしてどの天使を見たのかは知りようもないが、その時、レオは確かに私をじっと見て、はっきりと笑っていた。

それは私を安心させるかのような、まるで私に「大丈夫、全部うまくいくから」と言っているかのような笑顔だった。愛しさがこみあげてきた。あんなにも心を揺さぶる、愛しいという感情を抱いたのは、生まれて初めてだった。

退院の前日、フィリップ・トゥーサンの両親が産院にやってきた。いつものようにきれいな洋服を着て、母親は高価な宝石がついた指輪をいくつもはめ、父親は房飾りの付いたバカ高い靴を履いていた。父親は私に、「子供」には洗礼を受けさせるのかと聞いてきた。レオニーヌの名前は口にもしなかった。母親はと言えば、レオニーヌがアクリル板で囲まれた透明なベッドでぐっすり眠っていたというのに、いきなり抱きあげた。まるで、自分の持ち物であるかのように、私にはひと言の断りもなかった。抱き方も乱暴で、頭が産着で隠れてしまった。私は頬の内側をギュッと嚙んだ。憎しみで胸がいっぱいになり、怒りに任せて、泣きさけんでしまいそうだった。

その時、私にはわかった。私自身については、何をされても、何を言われても耐えることができる。生まれつき、強靭な身体と精神を持ちあわせているからだ。けれども、娘のこととなると、そうはならない。娘に何かあったらと思うと、それだけで気持ちが動揺し、身体が憔悴してしまうだろうと。

トゥーサンの母親は、私の娘を揺すりながら、カトリーヌと呼びかけた。

「その子の名前はレオニーヌです」と私は訂正した。

「カトリーヌのほうがずっと可愛いわ」

父親が「シャンタル、それはちょっとやりすぎだよ」とたしなめたので、私は初めて、あの母親にも名前があることを知った。

すると、レオが泣きはじめた。きっとトゥーサンの母親のきつい香水や耳障りな声、ざらざらの肌と、いくつも指輪をはめたごつごつした指のせいにちがいなかった。

「レオニーヌをこちらに……」早くあやしてやりたくて、私は言った。

でも、その言葉を無視して、母親は泣いているレオをただベッドに戻した。

その翌日、私たちは家に帰った（レオは大きくなると、その家を「電車のお家」と呼んだ）。私たち三人は同じベッドで寝た。フィリップ・トゥーサンはベッドの右側、私は左側。レオはそのさらに左に、私にくっついて寝かせた。家に戻って最初の二カ月間、私は遮断機を上げ下げするとき以外、娘のそばを離れなかった。レオが寒くないように毛布の中でおむつを替え、沐浴のために毎日浴室を必要以上に温めた。

やがて、冬になると、私はレオニーヌを乳母車に乗せて、散歩に連れだした。もちろん、暖かい衣服で包み、帽子を何枚もかぶせ、マフラーをぐるぐる巻きにして……。レオニーヌはすくすくと育った。生まれてから半年もすると、歯が生えはじめ、よく笑い声をあげるようになった。初めての中耳炎も経験した。列車と列車の間の空き時間に散歩に連れだすのは、いつも私だった。すれちがう人々は乳母車をのぞきこんで、「お母さん似だね」と言ったが、私はいつも「いいえ、父親似なんですよ」と答えた。

レオにとって初めての春がやってきた。お座りができるようになってきて、ニコニコしながらなんでも口に入れてしまう時期だったから、一時も目が離せなかった。そこで、遮断機を上げ下げする時にも見ていられるように、線路と家の間にある裏庭の草の上に毛布を敷いた。太陽の陰になるところを選んでレオを座らせ、おもちゃを並べた。

フィリップ・トゥーサンはあいかわらずバイクで出かけてばかりいた。食事の時間には必ず家に戻ってきたが、食べおわればまたバイクで出ていく。レオのことはかわいがったが、それもせいぜい十分が限度だった。

十八、十九という年齢にしては、私はそこそこ上手に、娘の世話ができていたと思う。レオの仕草を見て、声の調子や泣き声を聞き、身体に触れたりすることで、状態を把握することができるようになっていた。そうやって時間がたつにつれて、生まれた時に抱いた、娘を失うかもしれないという恐怖は消えた。私たちが引き離される理由など何もないということが、やっとわかったのだ。

26

夜には勝てない。抵抗は無駄だ

――アラン・バシャン「ジョゼフィーヌ、勇気を出してやってごらん」

教会の葬儀や墓地の埋葬では、曲や歌をかけることがある。遺族が故人に最後の別れを告げて、送り出すために選んだものだ。今まで最も多くかけられた歌は、ジャン＝ジャック・ゴールドマンの「君が行こうとしているから」だろう。

闇に覆われたから
忘却の階段のさらに高いところを吹く風の向こうにあるのは
山ではないから
理解するのではなく
やりたいことをやって、〈生きるというのはそういうものだ〉と
学ぶ必要があるから
すべてが与えられても十分ではないことがあると
君も心の底ではわかっているから

君の胸が高鳴る場所がここではなく、ほかにあるから
引きとめるには、君を愛しすぎているから
君が行こうとしているから

故人の好きだった歌をかけることもある。管理人になってからの十九年で、私は「アヴェ・マリア」からジョニー・アリディの「欲望」まで、たいていの曲は耳にしてきた。一度などは、ピエール・ペレのコミカルな「おちんちん」をかけてほしいと言った遺族がいた。それが故人のお気に入りだったからだ。だが、葬儀店の長男のピエール・ルッチーニとその時の神父は却下した。ピエールは遺族に、いくら故人の最後の願いでも、叶えられないこともあると説明した。

「神の家でも〈魂の庭〉でも（ピエールは私の墓地のことをそう呼んでいた）、その歌をかけることはできません。葬儀にユーモアは必要ないのです」

遺族は不満そうだった。葬儀になぜユーモアが不要なのか、理解できないようだった。

墓参りに来た人が、墓に音楽プレーヤーを置いて曲をかけているのもよく見かける光景だ。もちろん、たいていの人はボリュームを絞っている。周囲の墓の死者たちの眠りを妨げないようにするためだ。

「主人がニュースを聞けるように」と言って、夫の墓に小さなラジオを置いていた女性もいた。女子高校生が、同級生だった男の子の墓の十字架にヘッドホンを掛けて、コールドプレイの最新アルバムを聴かせていたこともある。故人の誕生日に花束を供えるついでに、携帯で「ハッピー・バースデー」をかける人たちもいた。

故人のために歌をうたいにくる人もいる。オリヴィアという女性で、私が管理人になった最初の年から、毎年六月二十五日になると、共同慰霊碑のあるジャルダン・ド・スーヴニールにやってきて、

そこに遺灰を納めた故人のために歌をうたうのだ。来るのはいつも開門時間で、まず私の家に立ち寄り、台所で静かに紅茶を飲む。砂糖は入れない。その日の天気についてわずかに言葉を交わすことはあるが、それ以上の話をしたことはない。そして、九時十分頃になると、オリヴィアはひとりでジャルダン・ド・スーヴニールに向かう。場所はわかっているので、案内は不要だ。天気がよくて家の窓を開けている時は、私のところまでオリヴィアの歌声が聞こえてきた。いつも同じ歌だった。チェット・ベイカーの「ブルー・ルーム」だ。

《私たちは青い部屋に住む《ウィール・ハブ・ア・ブルー・ルーム》、ふたつの部屋の代わりに新しいひとつの部屋に《ア・ニュー・ルーム・フォー・トゥー・ルーム》、そこでは毎日が休日《ホウェア・エブリディズ・ア・ホリディ》、あなたが私と結婚するから《ビコーズ・ユーアー・マリード・トゥ・ミー》》

何度かオリヴィアが歌っている様子を見たことがある。いつも時間をかけて、丁寧に歌っていた。少しでも長く歌っていたいようで、力強く、ゆっくり……。節と節の間はたっぷり時間をとる。まるで誰かが、彼女のあとに続いて、繰り返して歌っているかのように……。そして歌いおわると、そのまましばらく地べたに直接座りこんでから、帰っていくのだ。

去年の六月、オリヴィアが来た時に、急に雨が降りはじめたので、私は傘を貸した。すると、いつもなら、帰りは家に立ち寄ることはないのに、傘を返しに戻ってきたついでに、オリヴィアはもう一度、家に寄った。傘を受け取りながら、私は歌手なのかと聞いた。とてもきれいな声をしていたからだ。それは、この二十年で、私が初めてした質問だった。すると驚いたことに、オリヴィアはコートを脱いで台所に座りこみ、堰《せき》を切ったように話しはじめたのだ。フランソワのことを……。彼女が毎年ここに来て、歌をうたうのは、そのフランソワのためだった。

「初めてフランソワに会ったのは、マコンの高校生だった時だわ。フランソワは国語の先生で、最初の授業で彼を見た瞬間、私はひと目惚れしてしまったの。それからは、彼に会うために学校に行っていたようなものよ。恋わずらいで食欲がなくなってね。バカンスになると、早く学校が始まらないかと、指おり数えて、待っていたくらい。ええ、だから、バカンスなんて、ちっとも楽しくなかった。

授業で座るのは、もちろん、最前列の席。彼に褒めてもらいたくて、国語だけ一生懸命に勉強したら、どんどん成績があがっていった。おかげで、フランス語の美しさに気づくことになったんだけど……。

そうそう、ある時、作文の宿題が出てね。私はいくつかのテーマの中から、〈愛は幻想か？〉というのを選んで、作文というより、十ページくらいの探偵小説を書いたの。男性教師と女生徒の間の恋愛がモチーフで、男性教師は女生徒に対して愛を感じているんだけど、それを頑なに認めないの。それで女生徒が男性教師を殺してしまうというストーリー。女生徒のモデルは私で、男性教師はフランソワ。ほかの登場人物はクラスの友だちだったから、名前はもちろん、場所の設定もアメリカにしてね。自分で言うのもなんだけど、見事な出来ばえだったんじゃないかな。でも、評価は二十点満点で十九点だった。高校生だから、厚かましかったんでしょうね、私は満点がもらえなかった理由をフランソワに訊きにいったの。

『先生。どうして十九点なのですか？　なぜ満点がもらえないのでしょうか？』

『完璧なものは存在しないからですよ、お嬢さん《マドモワゼル》』

『じゃあ、どうして満点が設定されているのですか？』

『数学という学問があるからです。数学は正しい答えを出す必要があります。だけど、フランス語では、〈正しい答えを出す問題〉というのは、ほとんどありませんからね』

それでも、《二十点満点中十九点》と書かれた点数の横に、フランソワは赤ペンで感想を書き込んでくれていた。

《直接話法の使い方は完璧です。小説の構成もしっかりしていて、その中で想像力が自由に羽ばたいています。テーマも興味深いし、その重いテーマをユーモアを交えて、軽妙に書ききっています。素晴らしい文章力を持っていることの証です。――ブラボー！》

すごく嬉しかった。その小説は今でも大切に持っているわ。

でも、もっと嬉しかったのは、そのあとのこと。授業中、フランソワがちょくちょく私を見ていることに気づいたの。不意にノートから顔をあげたりすると、何度も目が合ってね。ええ、私を見ていたのよ。その年は何本もボールペンのキャップをダメにしたわ。授業中に、『ボヴァリー夫人』の主人公の心情を説明するフランソワを見ながら、ずっとキャップを噛んでいたから……。

こういったことは、ちゃんと伝わるものでしょ。私はすぐに、彼も私のことが好きなんだって確信した。相思相愛だって……。しかも偶然にも、私たちの名字は同じだったの。ルロワっていう、わりとよくある名字ではあったけれど、私は、これは運命にちがいないと思った。そう、私たちは結婚する運命なんだって……。

それで、最終学年になって、文学のバカロレア試験（大学入学資格を得るための国家統一試験）が近づいた頃、思い切って、フランソワにこう言ったの。ちょうどほかの生徒たちと一緒にフランソワの補習授業を受けていたんだけど、みんなの前で……。ちょっと冗談めかしてね。

『ルロワ先生。もし私たちが結婚したら、名字が同じだから手間がかからなくていいですよね！　行政の手続きも不要だし、身分証明や請求書の宛名だって変えなくてすみますもん』

その場にいた全員が笑ったけど、フランソワだけは、顔を真っ赤にしていた。

その後、私は無事に試験をパスして、文学のバカロレアを取得した。成績は口述も筆記も十九点。

それで、思い切ってフランソワに手紙を送ったの。《先生。満点が取れませんでした。先生が私たちの問題に、〈正しい答えを出してくれない〉からだと思います》って……。

その手紙を読むと、フランソワは私を呼びだしたの。実はほんとうに私がバカロレアに受かったかどうか、確認してからだったらしいけど……。私たちは、初めてふたりきりで会った。そう、あの時のことは今でも忘れない。長い沈黙があってね。その沈黙を、私は彼がどう気持ちを伝えようか悩んでいるんだって解釈してたの。私は彼に夢中だったから、彼も同じ気持ちだと考えて……。

なのに、フランソワの口から飛びだしたのは、私が予想もしていなかった言葉だった。

『オリヴィア。兄と妹は結婚することはできないのですよ』

私は思わず笑ってしまったの。冗談だと思ったし、何よりフランソワから名前を呼ばれたのは初めてだったから嬉しくて……。それまでは、いつも〈お嬢さん《マドモワゼル》〉と呼ばれていたから。でも、笑いはすぐに凍りついた。彼がほんとうに真剣な目で私を見つめていたから……。

そのあと、彼が話をしている間、私は声を出すこともできなかった。フランソワの話によると、私たちは父親が同じで、フランソワは父が最初の結婚でもうけた子供だということだった。それは私が生まれる二十年前のことで、父とフランソワのお母さんは、当時ニースに住んでいて、二年ほど一緒に暮らしたけれど、お互いを傷つけあって、別れたらしいの。だから、フランソワは長いこと父親を知らずに育ったんだって……。でも、どうしても父親に会いたくて、父が再婚して、二度目の妻やオリヴィアという娘とともに、マコンで暮らしていることを知ると、少しでも近くにいられるように、マコンの学校に転勤してきたと言うの。

でも、さすがにその学校で、腹ちがいの妹を教えることになるとは、思ってもいなかったみたい。新年度が始まった最初の授業で、妹が自分の授業を取っていると知って、意地悪な運命のいたずらに動揺したと言っていたわ。初めて出席を取った時のこともよく覚えていた。私の名前を呼んだ時、私がまっすぐに彼の目を見ながら、「はい」って返事をしたのを聞いて、妹だと確信したと教えてくれた。まあ、彼は自分のクラスに妹がいることを知っていたし、私たちはよく似ていたから、そう思うのも当然でしょうけど……。

でも、私は何も知らなかった。父は、私たち二度目の家族に、フランソワの存在を隠していたから……。だから、なんの抵抗もなく、恋に落ちた……。

ええ、それでも、フランソワの話を聞きながら、半分くらいは疑っていた。だって、父がほかに子供がいることを隠すなんて、できっこないと思ったから……。だから、これはしつこく好意を寄せてくる、気まぐれな女生徒を諦めさせる作り話なんだと考えた。いえ、考えようとしたの。だけど、そのうちに、彼の真剣な態度を見て、嘘ではないとわかって……。ものすごくショックだった。でも、そのショックは隠して、私はあえて言ったの。

『でも、同じお腹から生まれたわけじゃないんでしょ？　だったら、別にどうってことないじゃない。先生、私、先生を愛しています！』

だけど、フランソワは怒ったように言った。

『やめなさい！　今、自分が言ったことは忘れなさい。今すぐ忘れるんだ！』って……。

バカロレアの試験は終わっても、卒業式にはまだ間があったから、私たちは時々、学校の廊下ですれちがった。私はフランソワを見かけるたびに、腕の中に飛びこみたくなったものよ。もちろん、妹としてなんかじゃなく……。

フランソワのほうは、明らかに私を避けていた。頭をさげて、こっちを見ないようにしていたから……。私はその姿に苛ついて、わざと彼の前に立ちはだかって、ほとんど叫ぶような調子で声をかけたこともあった。

『ルロワ先生、こんにちは！』

『……こんにちは。ルロワさん』

フランソワは、いつも消え入りそうな声で答えてきた。

ええ、父を問いただすことはしなかった。というより、その必要もなかった。卒業式に来た父がフランソワを見つめた眼差しで、すべてがわかったから……。でも、ふたりが微笑みを交わしたのを見た時は——あの時はふたりとも殺してやりたいと思いましたよ。怒りと涙がこみあげてきて……。そうか、このふたりは親子なんだ。ということは、私とフランソワは兄妹なんだと実感して……。それはつまり、フランソワのことは忘れるしかないということだから……。

聞いてくださる？　どうして、私が毎年、「ブルー・ルーム」を歌うのか……。それは卒業式の謝恩会で、彼がその歌をうたったから……。生徒や教師が次々に舞台にあがって、ヘビメタのトラストやロックバンドのテレフォンの曲を歌ったあとに、フランソワが出てきて、アカペラで「ブルー・ルーム」を歌ったの。チェット・ベイカーとまったく同じ、優しくせつない情感を込めて……。

《私たちは青い部屋に住む《ウィール・ハブ・ア・ブルー・ルーム》、ふたつの部屋の代わりに新しいひとつの部屋に《ア・ニュー・ルーム・フォー・トゥー・ルーム》、そこでは毎日が休日《ホウェア・エブリディズ・ア・ホリディ》、あなたが私と結婚するから《ビコーズ・ユーアー・マリード・トゥ・ミー》……》

聴いた瞬間に、私のために歌っているんだって、わかった。フランソワがじっと私を見ていたから……。私も彼を見つめた。フランソワが歌っている間、私たちはずっと見つめあっていた。その時に確信したのよ。私は一生、この人以外の男性を愛することはないだろうって……。そして、私が彼を愛するように、彼も私を愛して、そのことに苦しんでいるんだって……。

このままでは、どうすることもできない。それで私はマコンを離れることとした。まずは自分で生きていけるようにしようと思って……。最初に世界中を旅してまわり、それから大学で資格を取って、フランス文学の教師になったの。そうして、別の男性と結婚して、すぐに別れた。結婚したのは、名字を変えるためだったから……。

そして、高校を卒業してから七年後、二十五歳になった時、フランソワのもとに戻ったの。一緒に暮らすと心に決めてね。ええ、ある朝、フランソワの家のドアを叩き、こう言ったのよ。『私はもう先生と同じ名字ではありません。だから、今なら一緒に暮らせます。私たち、結婚はしないし、子供も持てないけど、一緒に生きていくことはできます』

『いいでしょう』フランソワはそう言ってくれた。

一緒に暮らすようになってからも、私たちはずっと敬語で話しつづけた。お互いに距離を置くように……。そして、何よりも初めてふたりきりで会った時の、あの関係を保っておくために……。それから、二十年間、私たちは一緒に暮らしたの。早いものね。フランソワが亡くなってからも二十年。一緒にいた時と同じだけの時間が過ぎてしまうなんて……」

ポートワインをひと口飲んで、オリヴィアは話を締めくくった。

「家族からは絶縁されたわ。でも、ふたりとも、たいして辛くはなかった。だって、フランソワの家族は私だったし、私の家族は彼だったから。フランソワが死んだ時、彼の母親は自分の生まれ故郷であるこのブランシオン＝アン＝シャロンで彼の遺体を火葬にしました。そうこの町でね。そして息子の存在を完全に抹消するために、墓には入れず、ジャルダン・ド・スーヴニールに遺灰を納めたの。きっと私たちを罰するためね。でも、フランソワを消してしまうことなんて、絶対にできない。だって、彼はいつも私の心にいるのだから……私たちは何よりも、魂でつながっているのよ」

27

田園に降りそそぐ、はかなげな夜明けの光　黄昏の憂鬱

——ポール・ヴェルレーヌ『サチュルニアン詩集』「黄昏」

娘のレオニーヌが生まれてすぐ、私は『ボッシャー式学習メソッド——小さな子供たちの日』という教科書を書店に注文した。もう一度、ちゃんと文字を読む勉強をしたいと思ったのだ。その本を選んだのは、たまたま出産直前に、学校の先生がラジオで話していたのを聞いたからだった。

「小学一年生の生徒で、読み書きの能力が不十分で、二回も留年した子供がいました。その子は、書いてある文字を読むのではなく、教科書のこのあたりにはこんなことが書いてあると、前に耳で聞いた文章を覚えていて、当て推量で読むふりをするのです」

それはまさに、いつも私がしてきたことだった。そこで、その先生は、この〈ボッシャー式学習メソッド〉を取り入れた。文字と発音の規則性から正しい読み方を覚えさせる、昔からある音節教授法だ。するとその生徒は半年で、同じクラスの生徒たちとほぼ同じように文章が読めるようになったのだという。先生は言っていた。

「だから、小さな子供はまず言葉を音節に分解して覚えるほうがよく、逆に単語や文を全体的に把握させる総合教授法はお勧めしません。記憶にもとづいて、書いてあることを当てようとする癖がつい

てしまうからです。音節教授法なら、そういったごまかしはききません」

それで私はこの教科書を取り寄せて、レオニーヌがまだベビーカーに乗っている頃から、何時間も声に出して、本に書いてある単語を読み聞かせた。人が見たら、きっと子供の教育に熱心なのだろうと思ったかもしれないが、それは自分のための勉強だった。最初は「イ」と「ュ」の発音の練習。「お昼の通り《ラ・リュ・ア・ミディ》、イ・ュ・イ・イ・ュ・ュ・イ・ュ。ふくろう《イブー》、月《リュヌ》、木切れ《ビュシェット》」こんな具合だ。

つかえてばかりで、読む速度もとても遅かったけれど、レオニーヌはいつも私を励ますように、大きな目を開けて聞いていた。言葉に詰まっても、発音をまちがえても、泣き声をあげて非難したりもしなかった。スムーズに単語が読めるようになるまで、私は毎日、繰り返し、同じ音節を声に出して、読みつづけた。

教科書には、見ていて楽しくなるような、素朴でカラフルなイラストが添えられていた。レオニーヌはお座りができるようになると、すぐに小さな手をイラストに伸ばしはじめた。そして、レオニーヌが物をつかめるようになると、教科書はたちまち汚れて、しわくちゃになった。よだれ、チョコレート、トマトソースのシミに、フェルトペンのいたずら書き。手に取った教科書を、そのまま食べてしまいそうな勢いで口に入れたこともあった。そのせいで、表紙には歯形までついていた。

勉強を始めた最初の年、私は教科書をフィリップ・トゥーサンの目の届かないところに隠した。正しく文字を読む練習をしているなんて、絶対に知られてはならなかった。彼の母親が軽蔑している、教養のない惨めな娘だと認めることになってしまうからだ。そんなのは我慢ならなかった。

だから、練習を始めるのは、いつもフィリップ・トゥーサンがバイクで出かけたあとだった。教科書を見ると、レオニーヌは喜んでキャッキャッと笑い声をあげた。これからお話が始まるとわかっていたのだ。単語を読みあげる私の声を子守歌代わりに、もうすっかり覚えているイラストをおとなしく眺めていた。本には、幼い子供向けの日常生活が描かれていた。赤いワンピースを着た金髪の少女たち、ニワトリやアヒルの群れ、クリスマスツリー、草や木にお花……。

私は、文字を正しく読めるまでに三年という目標を立てていた。レオニーヌが幼稚園に入るまでの時間だ。だけど実際には、それよりずっと早く目標を達成することができた。レオニーヌの一歳の誕生日には、六十ページまで進んでいたから……。

読むことを覚えるのは、泳ぎを覚えるのに似ている。正しく文字を読む基本が身につくと、私は思った。たとえば平泳ぎの基本を覚えて、水に対する恐怖心がなくなったら、あとはプールでも海でも関係なく、泳ぐことができる。うまく泳げるかどうかは、息つぎを含めて、練習を重ねるだけだ。同じように基本さえ身につけてしまえば、読書ができるようになるのは早かった。

私はすぐに教科書の最後のページまでたどりつくことができて、最後に載っていたアンデルセンの童話『もみの木』を読むことができた。この童話はレオニーヌのお気に入りになった。

《森の中に、一本の小さなもみの木がありました。小さなもみの木と聞いてみんなが思いうかべるような、とてもかわいいもみの木でした。それは、もみの木は、お日さまがたっぷりふりそそぐ、すてきな場所に植わっていました。まわりには、お友だちのもみの木や松の木も、たくさん植わっています。だけど、小さなもみの木は、いつもひとつのことだけを願っていました。早く大きくなりたかったのです。そばを通る子供たちは、小さなもみの木をみて、「わあ、このもみの木は、なんてかわいらしいのだろう！」と言いましたが、小さなもみの木は、それが嫌で嫌で、たまりませんでした。大きくなりたい、大きくなりたい。もっともっと高い、りっぱな木になりたい。そうしたら、きっとものすごく幸せだろう！　もみの木は、いつもそう思っていました。

一年の終わりになると、きこりが森にやってきて、大きな木を何本か切っていきました。いつもいちばん大きくて、美しい木を切っていきます。いったい、どこに持っていくのだろうと、小さなもみの木は思いました。森に遊びに来たコウノトリが言いました。

「ぼくはどこに行ったのか、知っているよ。新しいきれいな船の上に、まっすぐ、どうどうと立っていたのを、見たことがあるよ。その船は世界中の海をまわるのだ」

毎年クリスマスがくると、まだ若くて背の低いもみの木も、たくさん切られてどこかに持って行かれました。いつも形のよい、きれいな木ばかりが選ばれていました。みんなどこに行くのだろうと、小さなもみの木はいつも思っていました。

ある年のこと、やっと、大きくなったもみの木の番がやってきました。もみの木は切られて、広くて美しい部屋につれて行かれました。きれいなソファも置いてあります。もみの木の枝には、キラキラしたおもちゃや、ピカピカ光るライトが、たくさんつけられました。なんというかがやきでしょう！　なんという美しさでしょう！　なんという喜びでしょう！

だけど次の日、もみの木は部屋から外に出され、庭のすみに置かれました。そして、そのまま、みんなから忘れられました。その時になって、やっともみの木には、おちついて考える時間ができました。小さかったころに森ですごした幸せな日々と、きらびやかなクリスマスの夜のことを思い出して、もみの木はため息をつきました。

「終わってしまった。すべて終わってしまったことだ！　ああ、もし、こうなることが分かっていたなら、森にいた時に、もっとおいしい空気をすって、温かいお日さまを楽しんでいたのになあ！」》

教科書を読みおえると、次に私は子供向けの本をたくさん買って、何度も繰り返しレオニーヌに読んで聞かせた。娘は、世界でいちばんたくさんお話を読んでもらった子供にちがいない。いつしか読書は毎日の習慣になっていた。寝る前には必ず本を読んで聞かせたし、昼間でも、レオニーヌは本を持って私のあとをついてまわり、片言で「おはなし、おはなし」と言ってせがんだ。娘を膝に乗せて本を開き、ふたりでのぞきこむと、レオニーヌはいつも目を輝かせて、じっと話に聞き入っていた。

ボッシャー式学習メソッドで勉強しなおしたおかげで、私はつかえることもなく、文字を正しく読むことができるようになった。そこで、あの日、ラジオで話していた先生に、そのことを伝えたいと思った。先生の言葉が私の人生を変えてくれたと言って……。私はラジオ局に電話して、オペレーターにその先生のことを教えてほしいと頼んだ。「一九八六年八月にファブリスのラジオ番組に出演していた先生」だと伝えたが、正確な日にちがわからなければ探すのは無理ですと言われてしまった。

レオニーヌが二歳になった時、私は出産前に買って、ずっと引き出しに隠しておいたジョン・アーヴィングの『サイダーハウス・ルール』を再び手に取った。時々、引き出しを開けて、その本の表紙を見るたびに、これはいつか果たさなければならない約束のようだと思っていたが、その約束を果たす時が来たのだ。本は二十五ページのところにしおりがはさんであって、そこで止まっていた。だが、私はもう一度、最初から読みはじめることにした。そして、今度はついに最後まで読むことができた。それ以来、『サイダーハウス・ルール』は私の愛読書になった。いや、愛読書以上のものだと言っていいだろう。今でも年に数回は読み返しているが、そのたびに、養子縁組した家に里帰りして、家族に再会したような気持ちになる。小説の舞台となっているメイン州セント・クラウズの孤児院は私が幼少期を過ごした家で、ウィルバー・ラーチ医師は私の心の父。孤児のホーマー・ウェルズはお兄ちゃんで、看護師のエドナとアンジェラは想像上の叔母さんだ。

それこそが孤児の特権だ。孤児は自分の家を好きに選ぶことができる。小説の登場人物を両親にすることだって……。そう、私はこの小説に出てくる家の養子になったのだ。

でも、私は現実の世界で、どうしてどこかの家の養子になることがなかったのだろう？　里親の家をたらいまわしにされるだけで、私を養子にしたいと申し出てくる人たちはいなかった。孤児院の人も養親を探そうとはしていなかった。もしかしたら、産みの母親が養子に出さないでほしいと言ってくれていたのかもしれない。私がいつまでも、その人の娘であるようにと願って……。

そのことがずっと気になって、私はその後、シャルルヴィル＝メジエールに行き、孤児院に残っていた自分の資料を調べた。母親がそんな書きつけを残してくれていたのではないかと期待して……。二〇〇三年のことだ。だが、その期待はもろくも崩れさった。いや、うすうす想像はついていたのだが……。母親が私に残してくれたものは何もなかった。宝石も手紙も写真の一枚も。「ごめんね」と記した書きつけさえも……。

その資料は、望みさえすれば、母親も見ることができた。いつか私のことが知りたくなって、母親が孤児院の資料を見にくることがあるかもしれない。そう考えて、私は自分の資料の中に、『サイダーハウス・ルール』を入れてきた。私はこの本に出てくる家の養子になったということを示すために……。

28

分かちあえない孤独はない

（墓碑に使われる言葉）

今朝は、ヴィクトール・バンジャマン（一九三七―二〇一七）を埋葬した。

ヴィクトール・バンジャマンは市民葬を希望したので、セドリック神父はいなかった。葬儀店の三男のジャック・ルッチーニが墓のそばに音響装置を設置し、参列者はダニエル・ギシャールの「親父《おやじ》」を聞きながら黙禱を捧げた。

《古い擦りきれたコートを着て、冬でも夏でも、凍えそうな早朝でも、いつも仕事に行っていた、おれの親父《おやじ》……》

やはり故人の遺言で、十字架も、弔花も花輪もなかった。妻と子供たち、それに友人と同僚が置いた何枚かのメモリアルプレートがあるだけだ。故人の子供のひとりが、飼い犬の紐を握っていた。主人の埋葬に立ち会った犬は、ダニエル・ギシャールが、《おれたちはみんなその歌を知っている。金持ち、社長、右翼、左翼、神様だって、みんなあの世に行ってしまうんだ、おれの親父《おやじ》と一緒に……》と歌った時、お座りをした。

埋葬が終わり、遺族は徒歩で墓地から帰っていった。エリアーヌは遺族のうしろを歩いていた犬がお気に召したようで、ほんの少し追いかけたが、すぐに戻ってきて自分の籠の中で丸まって寝てしまった。また恋をするには、少し歳を取りすぎているようだ。

家に戻った私は疲れきっていた。ノノにはそれがわかったらしく、焼きたてのバゲットと農家の新鮮な卵を買ってきてくれた。そこで、私たちはすりおろしたコンテチーズを入れたオムレツを作ってふたりで食べた。ラジオはジャズを流している局に合わせた。

テーブルの上には、サラダ菜の種やヒノキの広告、植木の請求書、ウィレム&ジャルダン社の園芸カタログなどが置いてあったが、その上に手紙が載っていた。郵便配達人が置いていったのだろう。イフ城の切手が貼ってある。マルセイユで投函されたものだ。

ヴィオレット・トレネ＝トゥーサン
ブランシオン＝アン＝シャロン墓地（七十一）
ソーヌ＝エ＝ロワール県

それは、ジュリアン・スールからの手紙だった。私はノノが帰るのを待って、開封した。見ると、〈親愛なるヴィオレット〉とか〈マダム〉とか、〈拝啓〉などという挨拶の言葉はいっさいなく、すぐに本題に入っていた。

まずはあなたのところを訪ねることになった経緯を簡単に書いておきます。母が死んですぐに、ぼくは公証人に呼ばれました。公証人はぼく宛ての手紙を開き、遺言を読みあげました。母は、物事がすべて〈正式〉な手続きを踏むことを望んだようで、自分の遺言を公証人の口から伝えるように手配していたのです。どうやら、ぼくはあまり信用されていなかったらしい。たぶん、そうでもしなければ、自分の最後の願いは聞いてもらえないと思ったのでしょう。

母の望みはひとつだけでした。あなたの墓地にいるガブリエル・プリュダンの隣で眠りたいということ……。それを聞いた時、ぼくは公証人に、もう一度その男の名前を言ってくれと頼みました。ガブリエル・プリュダン。一度も耳にしたことのない名前でした。

ぼくは何かのまちがいだろうと言いました。母は、ぼくの父ポール・スールの妻で、父はマルセイユのサン・ピエール墓地に埋葬されているのだと……。公証人は、まちがいではない、それが、一九四一年四月二十七日マルセイユ生まれで、スールの妻だった、イレーヌ・ファヨールの遺言だと言いました。

公証人の事務所を出て車に乗ると、ナビでブランシオン＝アン＝シャロンの墓地の場所を検索しました。〈墓地〉では引っかからなかったので、提案リストに載っていた〈ブランシオン＝アン＝シャロン、墓地への道〉を選んだら、〈目的地までの距離――三百九十七キロメートル〉と表示されました。ルートを確認すると、マルセイユから高速道路に乗って、国内を縦方向にまっすぐマコンまであがる。迂回も道路変更もなし。サンセの町の出口でおりて、そこから田舎道を十キロメートル――いったい、母はこんなところに何をしにいっていたのだろうと思いました。

その日は、もう何も手につきませんでした。仕事をしようとしても無理でした。ぼくは午後九時頃にマルセイユを出て高速に乗りました。数時間走ったところでリヨンに着いたので、給油のために休憩を取りました。コーヒーを飲みながら、携帯でガブリエル・プリュダンの名前を検索しましたが、見つかったのは「プリュダン」という言葉の辞書の定義だけでした。そこには、《危険を回避するために、慎重になる態度》とありました。

それからまた車に乗り、もう死んで埋葬されているその男の墓へと向かいながら、ぼくは母のことを思い出そうとしました。母の晩年、ふたりで過ごした時のことをです。日曜日には、時々、一緒に昼食をとりました。母の家があったパラディ通りの近くまで行った時には、家に寄ってコーヒーを飲んだこともあります。そんな時の話題は、いつも時事問題でした。母が、ぼくに幸せかと訊くことは決してなかった。ぼくも、母に幸せかと訊いたことはありませんでした。仕事については、よく訊かれました。でも、母はぼくが警視だというので、血なまぐさい事件や、痴情のもつれによる犯罪なんかの話が聞きたかったらしく、なかなかそんな話が出てこないので、がっかりした顔をしていました。ぼくの話はドラッグの密売とか、欲の絡んだ卑劣な犯罪とか、スリなんかの事件ばかりだったからです。とはいえ、帰る時にはいつも、玄関でぼくの頰にキスをして「それでも、気をつけなさいよ」と言っていました。仕事のことを心配していたのだと思います。

そうやって、ふたりで過ごした時のことを思い返しながら、ふと、母がプライベートな部分を見せたことがあっただろうかと、記憶を探りましたが、思い当たることは何もありませんでした。

ブランシオン＝アン＝シャロンに着いたのは午前二時でした。施錠された墓地の門の前に車をとめて、ぼくはうとうとしました。悪夢を見て、寒くて目が覚めたので、エンジンをかけてヒーターを入れて、また眠りこみました。目が覚めた時には七時頃になっていました。

その時、門の脇にある家――つまり、あなたの家に明かりがついているのが見えたので、ぼくはドアを叩きました。墓地の管理人の家だということはわかっていたので、なんとなく、赤ら顔で太鼓腹の年老いた男性が出てくるのではないかと、想像していました。それなのに、出てきたのが女性で、しかもあなたのような女性だったので、ぼくはびっくりしました。そんなことは、夢にも思っていなかったからです。ぼくはあなたの瞳から目をそらせなかった。あなたはちょっと怯えたように警戒して、ぼくのことを見ていました。でも、そこには鋭い知性と、かぎりない優しさがあふれていました。あなたはぼくを部屋に招きいれ、コーヒーを淹れてくれた。あなたの家はとても居心地がよく、いい匂いがしていた。あなたも、いい匂いがしていた。部屋着は地味な灰色でかなり年配の女性が着るようなものだったけれど、あなたからは、若さのようなものがあふれでていた。どう表現したらいいのだろう？　何かエネルギーのようなものだ。時間が壊すことのできない何か……グレーの部屋着を着たあなたは、仮装しているように見えた。そう、大人の衣装を借りた少女だと言えばいいでしょう。髪をシニヨンにしていましたね。ぼくにはあなたが妖精に見えました。公証人のところで受けたショックのせいか、夜道を長距離走らせてきた疲れのせいで目が疲れていたせいかもしれない。でも、とにかく、信じられないほど非現実的な存在に見えたのです。まさに幽霊や、幻のように……。

不思議なことですが、あなたを見て初めて、母のことが少し理解できたような気がしました。夫と息子がいながら、ほかの男を愛するという二重生活を送っていた母のことが……。そして、母がほんとうに住んでいた場所はここだったのだという気がしたのです。ええ、あなたを見て……。

そして、あなたがあの埋葬記録を取り出した時、ぼくにははっきりわかりました。あなたはやはり特別な女性なのだと……。世の中には、唯一無二の女性が存在する。ほかの誰にも似ていない女性が……。この人は誰かのコピーではない。特別な〈誰か〉なのだと、ぼくは思いました。

墓地に案内してもらうために、あなたの身支度が終わるのを待っている間、ぼくは車に戻って、少し眠ろうと思いました。でも、ヒーターをつけ、マフラーにくるまって、しっかりと目をつぶっても、脳裡にあなたの姿が浮かんで、とうてい眠れませんでした。そのままぼくは、つい先ほどまであなたと一緒に過ごした時間を心の中で反芻していました。あなたの瞳やあなたの声を思い出しながら……。映画の中のある場面が好きで、何度もビデオでその場面を再生することがあるでしょう？　まさにそんな感じでした。

それから、紺色のロングコートを着たあなたが墓地の門を開け、車のほうにやってくるのを見た時、ぼくは思いました。〈この人のことをもっと知らなくてはいけない〉と……。

そのあと、あなたはガブリエル・プリュダンの墓まで案内してくれました。姿勢はまっすぐで、横顔がとても美しかった。あなたが歩くと、コートの裾から下に着た赤いワンピースが顔をのぞかせた。いや、それを見たのは二度目に墓地で会った時だったか……。あなたと歩きながら、ともかく、ぼくはまた同じことを考えていました。〈この人のことをもっと知らなくてはいけない〉と……。あの十月の朝、寒くて淋しいあなたの墓地で、ぼくは母の遺言のショックで悲嘆に暮れているはずでした。ところが、まったく真逆のことを感じていたのです。

ガブリエル・プリュダンの墓の前で、ぼくは、自分の結婚式の日に、招待客の女性にひと目惚れをしてしまった新郎のような気分でいました。

二度目に墓地を訪れた時、声をかける前に、長いことあなたを見ていました。あなたは墓石にはめられた写真を磨いていた。写真に話しかけながら。その時、また同じことを思ったのです。〈この人のことをもっと知らなくてはいけない〉。それが三度目でした。

ゲストハウスをしているブレアンさんは、何も訊かなくても、進んであなたのことを話してくれました。あなたがひとりで住んでいること。あなたの夫が「いなくなった」こと。「いなくなった」と聞いて、最初は亡くなったのだと思いました。正直に白状しますが、ぼくは嬉しかった。不謹慎だけど、あなたが独身だと知って喜んだのです。だけど、ブレアンさんが、旦那さんは十八年前に突然〈失踪〉したのだと言ったので、戻ってくる可能性もあるのだと思いました。そして、初めてあなたを見た時に抱いた〈あなたが非現実的な存在だ〉という印象は、そのせいではないかと考えたのです。

この人の時間は旦那さんの失踪で止まって、宙に浮いている。そのせいで、この人はふたつの人生の間に閉じこめられてしまったのではないか？　何年もずっと待合室に座ったまま、自分の名前を呼ばれるのを待っているのではないか？　けれども、時間が宙に浮いているせいで、この人の名前はトゥーサンなのか、トレネなのかわからない。だから、誰にも名前を呼ばれず、非現実的な時間を生きるしかないのだと……。そして、部屋着は年配の女性が着るような地味な灰色なのに、エネルギーにあふれた若さが感じられるのは、きっとそのせいだと考えました。

もしそうなら——ぼくは思いました。もしそうなら、旦那さんの〈失踪〉の真実を明かして、囚われの姫君を救いだしてやろうと……。宙ぶらりんの時間によって、ふたつの人生の間に閉じこめられてしまった姫君を……。たぶん、漫画に出てくるヒーローを演じたかったのでしょう。紺色だったか灰色だったか、地味な色のコートを脱がせて、赤いワンピース姿のあなたを見たかったのです。だけど、それは言い訳で、ぼくは自分の知らなかった母の秘密を探るのが怖かっただけなのかもしれません。その代わりに、あなたの秘密を探ろうとした……。きっとそうなのでしょう。ぼくは自分が直面した現実から逃げるために、あなたの私生活に土足で踏みこんだのです。心からお詫びします。

ほんとうにごめんなさい。

ただ、それでも、調べてわかった事実をあなたに伝えようと思います。あなたが知りたかったら、知ることができるかたちで……。

その事実はたった一日で知ることができました。

警察官という職業柄、あなたが憲兵隊に提出した失踪届のコピーを取り寄せることはわけもありませんでした。一九九八年に対応した憲兵隊の伍長は、あなたの夫は定期的に家を空けることが多かったと書いていました。数日、時には数週間も、どこに行くのか居場所を伝えもせずに家を空けることも珍しくなかったと……。また、いなくなった当時の心理状態、精神状態、健康状態から見て、自殺の恐れもなく、何かの事件に巻きこまれた可能性も低いと記されていました。ゲストハウスのブレアンさんは、あなたの旦那さんの〈失踪〉を、何か特別のことのように言っていましたが、それはブランシオンの町でつくられた伝説でしょう。旦那さんはご自身の意思でいなくなったのです。

だから、憲兵隊はそれ以上の捜索をしなかったのですが、私は個人的にあなたの秘密が知りたかったので、旦那さんの行方を探すことにしました。調べてみたら、すぐにわかりましたよ。電話帳に載っていましたから……。憲兵隊だって、継続的に捜索を続けていたら、簡単に突きとめたでしょう。

ただ、成人した人間が、自分の意思で家族と連絡を絶つのは自由です。だから、もしその人物の居場所を見つけても、たとえそれが家族であっても本人の同意なしに教えることはできません。つまり、ぼくにはフィリップ・トゥーサンの今の連絡先をあなたに教える権利はないのです。けれども、規則をあえて破って、ぼくはあなたに旦那さんの居所を伝えることにしました。あなたは、以前、「与えられた仕事だけやっているんじゃ、人生ってつまらないでしょう?」とおっしゃいました。ぼくもそう思うからです。

フィリップ・トゥーサンの住所を入れた封筒を同封します。開けたければ、開けてください。あなたの好きにしたらいい。

ジュリアン・スール

これは、私が生まれて初めてもらったラブレターだ。ちょっと変わっているけれど、ラブレターであることにはまちがいない。母親について書いてあるのは最初のほうだけで、手紙のほとんどは私に対する気持ちが記されている。

私は手紙に同封されていた封筒をじっと見つめた。その中にはフィリップ・トゥーサンの住所が入っている。封筒には封印がしてあった。私はそれを、女性癌患者のための雑誌《ローズ・マガジン》の間に挟んだ。どうするか、まだわからない。そのままにしておくか、捨てるか、それとも中を開けるか……。フィリップ・トゥーサンは私の墓地から百キロメートルのところで暮らしているという。まだ信じられない。外国にいるのだと想像していたから……。どこか世界の果てに。私とはまったく関係のなくなった世界の果てにいるのだと……。

29

葉は散る。季節は移り変わる。思い出だけが永遠だ

（墓碑に使われる言葉）

一九八九年九月三日、レオニーヌの三歳の誕生日に、フィリップ・トゥーサンと私は結婚した。フィリップ・トゥーサンが言いだしたのだ。

目の前にひざまずいてプロポーズをするとか、指輪を贈られるとか、そういうことはいっさいなかった。ある日、いつものように、バイクに乗って帰ってきて、夕食後にまたバイクに乗って出かける前に、「チビのためには、おれたち、結婚したほうがいいだろう」と、そう言ったのだ。それで話は終わりだった。

それから数週間後、またバイクに乗って帰ってくると、「おい、町役場に電話しろ。結婚の日取りを決める必要があるからな」と彼が言った。日取りを決める？　それはフィリップ・トゥーサンが使う言葉ではなかった。それで、私にはピンときた。誰かに言われた言葉を、そのまま繰り返しているだけなのだと……。つまり、彼の母親だ。フィリップ・トゥーサンが私と結婚することにしたのは、母親の差し金だったのだ。もちろん、私を息子の妻として認めてくれたからではない。息子が私と別れた時に、孫を取られないようにするためだ。私が孫を連れて急に姿を消してしまうのではないかと、

それも心配したのだろう。私なら、そんなことをやりかねないと……。あれはそういう類の娘だからと……。フィリップ・トゥーサンの母親にとって、私は最後まで、「あれ」とか「あの娘」だった。とはいえ私も、彼女のことをシャンタルという名前がついた、ひとりの人間だと認めることはついぞなかった。とはいえ私も、彼女のことをシャンタルというひとりの人間だと思ったことはなかったが……。

レオニーヌが生まれてから、トゥーサンの両親は年に二回、私たちの家にやってきていた。家の前に彼らの大きくて立派な車がとまると、私たちの小さな家がかすんで見えた。フィリップ・トゥーサンの両親は裕福で、それに比べたら私たちは極貧に見えただろう。とはいえ、私たちはものすごく貧乏というわけではなかった。平均よりも少し下というくらいだっただろうか。何年か一緒に暮らすうちに、私は、フィリップ・トゥーサンはお金をたくさん持っていること、そのお金は別口座に蓄えられていて母親が代理権をもっていることを知った。当然、私たちは夫婦別産制の契約のもとに結婚した。

式は町役場ですることにして、教会で祝福を受けることはしなかった。彼の父親はそのことで、大いに失望したが、フィリップ・トゥーサンは父親の要請には従わなかった。

トゥーサンの母親は定期的に私たちに電話をかけてきた。たいてい、いつも最悪のタイミングで。娘の沐浴中とか、これから食事が始まるという時だ。レオがお風呂に入っていて、その間に遮断機を下げに家を出ようとした時にかかってきたこともあった。息子と話すために電話してくるのだが、その息子はバイクに乗って出かけているので、一日に何度もかけてくるはめになる。だから、たいてい私が電話をとるのだが、そうするといつも、苛ついたようなため息のあとで、「フィリップを出してちょうだい」と吐きすてるように言われた。まるで、鞭で叩くような言い方だった。自分は忙しい人間だから、おまえなんかと話しているのは時間の無駄だと言わんばかりに……。そうして、ようやく何度目かの電話で息子につながると、いつも会話は私のことで終わるのだった。フィリップ・トゥーサンが急に声をひそめ、電話機を持って部屋を出ていくので、また母親が私の悪口を言っているのだと、すぐにわかった。でも、彼のほうはどう答えていたのだろう？　彼は私のことをどんなふうに見ていたのだろう？　といっても、彼が私のことを見ていたかどうかも怪しいのだが……。フィリップ・トゥーサンにとって、私は、食事を作ったり、洗濯をしたり、自分の代わりに仕事をする女。それから、家の壁を塗り、自分の娘を育てている女でしかなかったはずだ。そのほかのことについては、私のことはろくに見もしないで、勝手な想像で、ヴィオレット・トレネという女をつくりあげていたにちがいない。癖や性格までつくりあげて……。いや、つくりあげることもしない。この部分はこちらの愛人、この部分はあちらの愛人と、いろいろな部分を寄せあつめて、それが私だということにしていた――そう思えるくらい、私のことは見ていなかったのだ。

結婚式の日の午後、私たちはマルグランジュ＝シュル＝ナンシーに来てから初めて、仕事を代わってくれる人を派遣してもらった。それまで、私とフィリップ・トゥーサンは交代で休みを取っていたので、ふたりそろって家を空けることはなかった。フィリップ・トゥーサンはひとりのほうが都合がよかったので、一緒にバカンスに出かけることもなかった。それに、私が休みを取っても自分の習慣は変えなかったから、結局いつも仕事をするのは私だった。

踏切から大通りにある町役場までは三百メートルしかなかったので、私たちは家から徒歩で向かった。フィリップ・トゥーサンとその両親、スーパーマーケット《カジノ》のレジ係のステファニー、そしてレオニーヌと私の六人だ。ステファニーには私の証人を頼んだ。フィリップ・トゥーサンの証人は母親だった。

結婚式は、町長の助役の、そのまた助手によって執り行われたが、民法典を三行読んだだけで終わった。助手が「死がふたりを分かつまで、互いを助け貞節を守ることを誓いますか？」と言ったとき、一四時〇七分の列車が通過する音で、声がかき消された。レオニーヌが「ママ！　電車！」と驚いたように叫んだ。どうして私が遮断機を下ろすために部屋の外に出て行かなかったのか、不思議に思ったのだ。フィリップ・トゥーサンが「はい」と言った。私も「はい」と言った。彼が身体をかがめて私にキスをした。次の約束があって急いでいたらしい助手は、上着に袖をとおしながら「婚姻関係によりふたりが結ばれたことをここに宣言します」と言って、結婚式は終わった。花嫁が白いドレスも着ていないカップルには、助役の助手たちも、きっと最低限の対応しかしないのだろう。ステファニーの撮った一枚の写真だけが、この時にフィリップ・トゥーサンと私が結婚した証拠として今でも残っている。写真に写っている私たちは美しかった。

そのあと、みんなでピッツェリアの《ジーノ》に行って昼食を取った。イタリアに行ったことのないアルザス人がやっている店だ。私はあらかじめレオニーヌの誕生日のケーキを用意してもらっていた。大きなバースデーケーキを見て、レオニーヌははっと驚いた顔をして、大きな笑い声をあげた。ろうそくの炎が瞳に映り、キラキラ輝いていた。三本のろうそくを吹きけすと、レオニーヌはまた嬉しそうに笑い声をあげた。この時に感じた幸せを、私は今でも繰り返し、何度でも感じることができる。その瞬間をいつでも追体験できる。レオの笑顔と、父親そっくりなレオの巻き毛は、今でも目に焼きついている。

レオは私を優しい母親にしてくれた。私はいつも娘を腕のなかに抱いていた。フィリップ・トゥーサンはよく私に言ったものだ。「おまえ、そのチビを少しは放っておけないのか？」と……。

レストランには私たちの結婚とレオニーヌの誕生日のプレゼントも持ちこまれていた。娘と私は全部のプレゼントを混ぜて、ひとつずつ当てずっぽうに選んでは、ふたりで一緒に開けていった。とても楽しかった。とにかく、私は上機嫌だった。白いウェディング・ドレスは着られなかったけれど、私にとって、レオの笑顔はとびっきりのドレスだった。私は自分の結婚式に、娘の笑顔という最高のドレスをまとえたのだ。

プレゼントはいろいろだった。人形、台所用具一式、子供用の粘土、レシピ本、色鉛筆、書籍・DVDの通販サイト〈フランス・ロワジール〉の一年間の会員権、プリンセスの仮装用セット、そして魔法の杖。

私はレオの魔法の杖を手に取り、食事に夢中になっている人たちに向かって、こっそりひと振りした。もちろん、魔法の呪文とともに。「妖精レオニーヌがこの結婚を祝福しますように」と……。誰も私の言ったことには気がつかなかった。レオだけが気づいて、笑い声をあげると、私の持っていた魔法の杖に手を伸ばして言った。

「あたしも！　あたしも！　あたしもやる！」

30

君が好きだったこの川の前に——銀鱗をきらめかせて、魚たちが泳いでいたこの川の前に、思い出を残していってほしい。思い出は消えることはないから
（墓碑に使われる言葉）

今朝はとてもにぎやかだ。ノノ、エルヴィス、セドリック神父に加え、ノノが「使徒たち」と呼んでいる、葬儀店のルッチーニ三兄弟も家に来ているからだ。三人がそろうのは珍しい。いつも誰かひとりは店に残って、葬儀の打ち合わせをしているからだ。でも、もう十日前から、町では誰も亡くなっていなかった。

ノノがセドリック神父と三人の使徒を相手に話を聞かせていた。エルヴィスはいつものように、窓の外を見ながら鼻歌を歌っている。その膝の上で、マイ・ウェイが丸くなって寝ていた。

ノノはまたガストンの逸話で、みんなを笑わせていた。

「前に墓を開けて、中に溜まってる水をポンプで汲みだした時のことだ。その時は、縁まですれすれに水が溜まっていてね。それで、水を汲みだすのに、こんな太いチューブを入れたんだ」

ノノは両手でチューブの太さを示す仕草をした。

「で、ポンプを動かしはじめたらさ、当然、ホースは先を排水溝に向けて、押さえてないとまずいよ

な。ところが、そこはガストンだ。ホースをそのまま通路に置きっぱなしにしたんだよ。まったく、何を考えていたんだか……。水はものすご勢いでチューブの中を通っていって、先までくると、一気に噴きだした！　あたりはもうびしょびしょだ。いや、それだけならまだしも、ちょうどそこにすました女が通りかかったもんだから、どうなるかはわかるだろう？　ホースの先から出た水がマダムに命中し、女は頭からずぶ濡れになっちまった。まるで大きな水鉄砲を食らったみたいにな。かけた眼鏡も、持っていたクロコのバッグも、みんなふっとんだ。すごい光景だったよ。女はもう半泣きだ。おれはその女のことは知っているがね。その女、旦那が死んでから三年目にして、その日、初めて墓参りに来たんだ。やっと旦那の墓に来たっていうのに、とんだ災難さ。おかげで、そのあとは一度も墓参りに来てないがね」

エルヴィスが私たちの方を向いて、プレスリーの「雨のケンタッキー」を歌った。

《雨に濡れた靴《ウィズ・ザ・レイン・イン・マイ・シューズ》で、雨に濡れた靴《ウィズ・ザ・レイン・イン・マイ・シューズ》で、君を探し求める《サーチン・フォー・ユー》》

するとと、長男のピエール・ルッチーニが話に加わった。

「ああ、思い出したよ！　おれも、その日そこにいたんだ！　いや、笑ったのなんのって！　あれは現場監督をしていた奴の奥さんだ。ユーモアのかけらもない女でね。ノノが言ったように、いつも顔にうすら笑いを浮かべているような、すましたタイプだった。旦那のほうは、陰で女房のことを『メリー・ポピンズ』って呼んでた。傘を手に、いつかどこかに飛んでってくれないかという願いをこめてね。まあ、女のほうは旦那にべったりだったが……」

「それにしても」と、ノノが話を変えた。

「埋葬ってひとくちに言っても、どれもまったく同じってわけじゃないよな。ひとつひとつ、ちがうもんな」

「海に沈む夕暮れの太陽みたいにね」エルヴィスが歌うような調子で言った。

「おまえ、海なんか見たことあるのかよ？」

ノノの問いには答えず、エルヴィスはまた窓の方を向いて外を眺めはじめた。

「まあ、これまでずいぶん埋葬を見てきたけどね」と、今度は三男のジャック・ルッチーニが話に加わった。

「びっくりするくらい人が集まった埋葬もあったし、五、六人しか立ち会わない埋葬もあった。でも、死者を埋葬するってことじゃ、変わりはない。みんな同じだ。おれはそう思う。ああ、でも、埋葬の最中に、遺族が大喧嘩を始める場合は別だ。たいていは遺産をめぐる争いだけど……。墓の前だっていうのに……。あれはやりきれないよ。今までいちばんひどかったのは、女ふたりが始めた喧嘩だった。最後はお互いに髪までつかんで、殴りあいしていたからな。その頃まだ生きていたおれの親父が——どうぞ安らかに、パパ（ルッチーニ兄弟はお父さんの話をする時、必ずその言葉をつけくわえた）——ふたりを引き離そうとして殴られたっけ。女はふたりともお互いに泥棒呼ばわりをして、ずっと罵りあっていたよ。『なんであんたがあれをもらうのよ』『そっちこそ、どうしてそれを欲しがるのよ』ってね……。ひどい話さ」

「そうだよな。埋葬の最中だっていうのに……。まったく、やりきれんな……」ノノもため息をついた。

すると、ジャック・ルッチーニが私のほうを向いて言った。

「ヴィオレットが来る前の話だ。前の管理人のサーシャがいた頃のことでね」

サーシャの名前が出てきたので、それまで立っていた私は思わず椅子に座りこんだ。もう何年も、私の前でその名前を口に出した人はいなかった。

「そういや、サーシャはどうしたんだろう?」と、次男のポール・ルッチーニが誰にともなく問いかけた。「誰か、サーシャの消息を知ってる?」

「そういやあ、十五年ほど前だったか」

ノノがうまく話をすり替えた。

「ものすごく古い墓が買い取られたことがあったっけな。墓の上にある物は、全部取っ払って捨てなきゃならんかった。全部きれいに掃除して、荷車に載せた。《欲しい方はどうぞ》って張り紙をしてな。まあ、どれも古すぎて、ゴミみたいなもんだったが……。その中に《失われた私の愛しい者たちへ》って書かれた古いメモリアルプレートがあったんだ。おれは荷車に放り投げた。そしたら、ある女性がそのプレートを持っていこうとしたんだ。その人の名誉のために、名前は言わないよ。親切で勇気のある、とてもいい人だからね。で、その人がプレートをビニール袋に入れたのを見た時、おれは思わず訊いたんだ。『そんなもの、どうするんです?』って。すると、その女性は真剣な顔をしてこう答えた。『実は主人が病気で。睾丸をふたつともなくしたもので……。だから、これを主人にプレゼントするんです』と……。それなら、確かに《失われた私の愛しい者たち》だ」

それを聞くと、男たちがいっせいに大笑いした。マイ・ウェイがびっくりして、二階の私の部屋に逃げていった。

みんなの笑い声が収まったころ、セドリック神父がおもむろに口を開いた。

「しかし、神についてはどうなのだろう? 埋葬に参列する人々は、神を信じているのだろうか?」

ノノが少しためらってから答えた。

「そうだな。埋葬されるのが嫌でたまらない人間だったら、神様を信じる気になるかもな。おれはこれまで、亭主や女房が死んで、嬉しそうにしている連中を何度も見たよ。そいつらは、埋葬に立ち会いながら、よくぞ死なせてくださったと、神様に感謝していただろうな……。おっと、冗談だよ、神父様。そんな顔しなさんなって！　大丈夫、あんたの神様は、ちゃんと悲しみを癒やしてくれてるよ。簡単な話さ。もし神様がいなかったら、作りだす必要がある。神様ってのは、大切なもんだ」

セドリック神父はノノに微笑みかけた。

ポール・ルッチーニが言った。

「この仕事をしていると、いろんなものを見せられる。不幸や幸せ、時の流れ。見るに堪えないこともあるし、世の中はなんて不公平なんだって思うこともある。特に子供が亡くなった時はな。信仰の素晴らしさに触れる時もあるし……。まあ、人生そのものを見ているってわけだ。だから、おれたちはほかの仕事をしている連中より、ずっと深く、人の人生に関わっているんだと思う。だって、おれたちは死者を相手にしているようだけど、ほんとうは生きている人たち、つまり残された人たちのために仕事をしているんだから……。親父は――安らかに、パパ――いつもおれたち三人に言ってたよ。『いいかい、おまえたち。私たちの仕事は死者を生みだすことだ。だから、人生を楽しみなさい。よい人生にしなくてはいけないよ』ってね」

31

私たちはふたりとも、お互いに愛しあうために生まれた。
残された私はひとり、あなたを想って泣く

（墓碑に使われる言葉）

結局、私はジュリアン・スールが送ってきた封筒の封印を破り、中に入っていた住所を見た。

ムッシュー・フィリップ・トゥーサン
マダム・フランソワーズ・ペルティエ気付
フランクリン・ルーズベルト通り十三番地
ブロン　六九五〇〇

ブロンは隣の県だ。フィリップ・トゥーサンのバイクは県を越えただけで、ブランシオンからさほど遠くへは行かなかったらしい。ジュリアン・スールは、夫は私の墓地から百キロメートルのところにいると言ったが、正確に言えば、百十キロメートルのところに住んでいた。

フィリップ・トゥーサンがいなくなった頃、私はしょっちゅう考えていた。どうして彼は出ていくことにしたのだろう？　あちこち放浪しているのか？　それともどこかに住みついたのか？　それなら、どうしてそこに留まることにしたのだろう？　バイクが故障したから？　それとも恋に落ちたから？　どうして事前に何も話してくれなかったのだろう？　どうして手紙の一通も送ってこないのだろう？　別れたいでも、もう嫌になったでも、おまえを捨てることにしたでも、なんでもいいのに……。ここを出ていったあの日、何があったのだろう？　出て行く前から、戻ってこないと決めていたのだろうか？　私が何か言ってはいけないことを言ったのだろうか？　それとも逆に、何も言わなかったからだろうか？　夫が出ていった頃、私はもう彼に何か言うことをやめてしまっていたから……。ただ毎日、夫の食事を用意していただけだった。

あの日、フィリップ・トゥーサンは着のみ着のままで出ていった。旅行鞄も、洋服も装飾品も、何も持っていかなかった。私たちの娘の写真さえも……。

なかなか帰ってこなくても、最初はどうせまたどこかの女のところでひっかかっていて、ベッドでぐずぐずしているのだろうと思っていた。

でも、一カ月が過ぎた頃になって、もしかして事故にでもあったのではないかと考えはじめた。二カ月が過ぎて、警察に失踪届を出しに行った。その頃、フィリップ・トゥーサンが銀行口座から預金を全額引き出していたことなど、知る由もなかった。私には夫の銀行口座へのアクセス権はなく、母親だけがすべての金を管理していたのだから。

半年が過ぎた頃には、逆に、帰ってきたらどうしようと怖くなっていた。夫の不在に慣れるにつれ、私は息を吹き返していたからだ。それまで、長いことずっとプールの底に沈んでいたようだったのが、夫が出ていったことで、やっと底を蹴って、空気を吸うために水面に顔を出せたような気がしていた。

一年後には、もし帰ってきたら、殺してやろうと思っていた。

二年後には、もし帰ってきても、家には入れるまいと思っていた。

三年後には、もし帰ってきたら、警察を呼ぼうと思っていた。

四年後には、もし帰ってきたら、ノノを呼ぼうと思っていた。

五年後には、もし帰ってきたら、ルッチーニ兄弟を呼ぼう。より正確に言うなら、エンバーマーのポールを呼ぼうと思っていた。

六年後には、もし帰ってきたら、殺す前に質問攻めにしてやろうと思っていた。

七年後には、もし帰ってきたら、私が出ていこうと思っていた。

八年後には、もう、夫は帰ってこないだろうと思っていた。

＊　＊　＊

私はブランシオンの公証人、ルオー先生の事務所に行って、離婚手続きのためにフィリップ・トゥーサンに手紙を送ってほしいと頼んだ。先生は、それは公証人の仕事ではないから、家庭法専門の弁護士に頼んで手続きを踏みなさいと言った。

私はルオー先生のことを信頼していたので、私の代わりに手続きをしてくれないかとお願いした。

「先生がいいと思う弁護士を選んで依頼してください。離婚の条件はありません。慰謝料もいりません。ただ、私が旧姓のトレネに戻りたいと思っていることだけを伝えてくださればいいのです」

「ご主人は家庭を放棄したわけですから、それに対する慰謝料も要求できますが……」

「いりません」私は答えた。

何も欲しくはなかった。

ルオー先生は言った。

「でも、老後のことを考えたら、要求しておくべきですよ。そのほうが、ずっと快適に老後を過ごせますからね」

「老後ですか？　老後は、私の墓地で過ごします。今の暮らしで十分満足していますから……。今以上のものは必要ありません」

ルオー先生はさらに私の説得を試みた。

「いいですか、ヴィオレット。いつかはあなたも働けなくなる日が来ます。その時に引退して、ゆっくり休める場所を準備しておかなければ……」

「いいえ。何もいりません」

「わかりました、あなたの望むとおりにしましょう」そう言って、ルオー先生は私が示したフィリップ・トゥーサンの住所を書きとめた。

「でも、どうやって、この住所を見つけたんです。さしつかえなかったら、訊いてもいいですか？　ご主人はずっと行方不明だったんでしょう？　死んだのならともかく、生きていたなら、どこかで働かなければならなかったはずだ。それなら、ご主人の口座をチェックすれば、どこで働いているか、もっと早くにわかったろうに！　それなのに、なぜ、今になって見つかったのです？」

ルオー先生が不思議に思うのももっともだった。でも、私たちの結婚は夫婦別産制で、私はフィリップ・トゥーサンの銀行口座にアクセスするどころか、預金の額を見ることもできなかった。お金はいつも彼の母親が管理していたのだ。税金の申告も、彼の両親がしていた。私が夫の失踪届を出してから数カ月後に、ブランシオンの町役場は、夫の分の墓地管理人の給料の支払いを止めていたが、そのこともずっとあとになってから知ったくらいだ。

前職の踏切遮断機の管理人の時も、墓地の管理人になってからも、家の家賃と光熱費は必要なかったし、日常生活に必要なものは私の給料でまかなっていたから、フィリップ・トゥーサンのお金がどうなっているかなど、知る由もなかった。フィリップ・トゥーサンがお金を出すのは、バイクのメンテナンスの費用だけ……。あとは全部、私が出していたのだ。夫やレオニーヌの洋服を買うのも、いつも私の給料からだった。フィリップ・トゥーサンはいつもこう言っていた。「おれと一緒になったおかげで、おまえは電気と暖房のついた家に住めるんだ。だから、生活費は全部、おまえのほうで出してくれ」と……。

私が質問に答えず、ぼんやりと考えこんでいたので、ルオー先生が別の質問をしてきた。

「あなたはご主人に会ったと言ったけれど、ほんとうに本人なのですか？　同姓同名の他人ということもあるし、他人のそら似ということもあるでしょう？」

「ええ、でも、あれは確かにあの人でした。何年も一緒に暮らした男を見まちがえる人はいないでしょう？　たとえ髪が薄くなっていようが、ひどく太ってしまっていようが、私がフィリップ・トゥーサンをほかの男とまちがえることなんて、ありえません……」

そう、私はジュリアン・スールから夫の居所を明かされたあと、実際にその住所に行って、夫の顔を見てきたのだ。私はジュリアン・スールが訪ねてきたところから、夫の居場所を調べてきたところまでをルオー先生にかいつまんで話し、実際に夫に会いに行った時のことを詳しく説明した。

「夫はここから百十キロメートルしか離れていないところで暮らしていました。私はノノ——墓掘り人のノルベール・ジョリヴェのことです——の車を借りてブロンまで行きました。もらった住所には、フランクリン・ルーズベルト通り十三番とあったので、私はその家の横に車をとめました。家は形だけ見たら、ナンシーの近くで踏切の管理人をしていた時に住んでいたものに似ていましたが、ブロンの家のほうには二階があり、窓枠がオーク材の二重窓になっていて、きれいなカーテンがかかっていました。

家の前に《カルノー》という名前のブラッスリーがあったので、私はその店に入って待ちました。何を待っているのか、正直、自分でもよくわからなかったけど、とにかくコーヒーを三杯も飲みながら待っていました。そしたら、あの人が道を渡ってくるのが見えたのです。まちがいなくフィリップ・トゥーサンでした……」

フィリップ・トゥーサンは別の男性と一緒にいた。ふたりは笑いながら歩いてきて、私のいる店に入った。私はとっさに下を向いた。

夫がうしろを通った時、思わず座っていたカウンターにしがみついたのを覚えている。夫は昔と同じ匂いがしたから……。キャロンの香水《プール・アン・ノム》と別の女の匂いが混じった、あの人だけの匂いだ。フィリップ・トゥーサンはまるで趣味の悪い洋服を着ているみたいに、いつもほかの女の匂いを身にまとっていた。嫌な思い出みたいに夫に染みついていた浮気相手たちの匂い――たぶん、あれは私だけが嗅ぎわけることのできた匂いだろう。これだけの年月がたっても、まだわかるなんて……。

座っていたカウンターの前は鏡になっていたので、私は鏡ごしにふたりの様子を観察することができた。ふたりとも日替わりランチを頼んでいた。食事をするフィリップ・トゥーサンを見ながら、私の頭の中にはいろいろな言葉がうずまいていた。〈フィリップ・トゥーサンが笑っている〉とか、〈この世には、不可能なことなどない〉とか〈誰でも人生をやりなおすことはできるのだ〉とか……。あるいは、〈レオニーヌと私はもう長い間、彼の消息を知らなかったけれど、今、彼のまわりにいる人たちはそんなことも知らないのだろう〉とか……。〈人はある人生に現れたかと思うと、別の人生に消えることができる〉とか……。〈人はどこでもやりなおして、人生を立てなおすことができる〉とか……。〈人は誰でもフィリップ・トゥーサンのように突然、出かけていって帰ってこなくなる可能性がある〉とか……。

フィリップ・トゥーサンは昔より太っていた。でも、屈託なく笑っていた。あんなふうに笑う顔は、一緒に暮らしていた頃には見たことがなかった。人生をやりなおして、よく笑うようになって——けれども、目はあいかわらずだった。知的なところがまったくない。住所はフランクリン・ルーズベルト通りだが、それが誰なのかは知りもしないだろう。きっと「おれの住んでいる通りの名前だよ」って答えるにちがいない。よく笑うようになったからって、人生を変えたからって、中身は変わっていないはずだ。

カウンターにしがみついたまま、私は理解した。フィリップ・トゥーサンが家を出ていって、そのまま帰ってこなかったのは、私にとって、とてもラッキーなことだったのだと……。だから、私はその場を動かず、振りむきもしなかった。背中を向けたまま、ただ鏡に映る夫の姿を見ていた。

ウェイトレスはフィリップ・トゥーサンのことを「ペルティエさん」と呼んでいた。私が友だちだと思った男性は、彼のことを二回「ボス」と呼んだ。ウェイトレスが「いつものように、全部ペルティエさんのお勘定につけておきますか?」と聞くと、夫は「いいよ」と答えていた。

私は店を出たふたりのあとをつけた。ふたりは、ブラッスリーから二百メートルくらいのところにある、《トゥーサン&ペルティエ自動車修理工場》と書いてある建物に入っていった。

建物の前には廃車寸前の車が一台置いてあったので、私はそのうしろに隠れた。この車はフィリップ・トゥーサンが出ていった時の私みたいだと思いながら……。エンジンが故障して、あちこち傷ついて……。路上に放っておかれて、フィリップ・トゥーサンがどう処分するのか、その決定を待っているのだ。

フィリップ・トゥーサンは、工場の中のガラス張りの事務室に入って、どこかに電話をかけていた。その姿は、いかにも修理工場のオーナーらしく見えた。けれども、それから十分後に事務室に女性が入ってきた時、その顔はオーナーの顔から夫の顔に変わった。私は住所の宛名を思い出した。《フランソワーズ・ペルティエ気付》。その女性がフランソワーズ・ペルティエなのだ。フィリップ・トゥーサンは微笑みながらフランソワーズを見ていた。恋をしているように……。愛しくてたまらないという目で……。

私はその場から立ち去った。

ノノの車に戻ると、フロントガラスとワイパーの間に駐車禁止の違反切符が挟んであった。罰金は百三十五ユーロだった。


私は微笑みながらルオー先生に言った。

「こうして、私は夫を見つけたのです」

先生はしばらく黙っていた。

「公証人という職業柄、これまでいろいろなケースを見てきましたがね。身分を偽ったり、偽の遺言書を作成したり……。これはすべて金のためです。ところが、あなたは金はいらないから、ただ旧姓に戻りたいという。こんなことは初めてです」

それから、静かに立ちあがって、部屋の出口まで私を送ってくれた。

部屋を出る前に、先生は、すべて任せなさいと言ってくれた。弁護士のこと、離婚手続きのこと、そしてフィリップ・トゥーサンへの手紙のことも……。

私はお礼を言って事務所をあとにした。ルオー先生に任せれば安心だ。先生はきっと私によくしてくれるだろう。先生の奥様——マリー・ダルデンヌ（一九四九—一九九九）のお墓の面倒をよく見ているたことを知ってくださっているからだ。先生は奥様のためにアフリカ産の花をお墓に植えていたが、季節が寒くなってくると、私はその花に覆いをかけていたのだ。

32

友よ　私が死んだら　墓に柳を植えてくれ
風になびいて悲嘆にくれる　その枝葉が好きだから
淡い緑は優しく愛しく
私が眠る土の上に軽やかな影をつくるだろう

――アルフレッド・ド・ミュッセの墓碑名（「リュシー」の一節）

毎年四月になると、私はテントウムシの幼虫を、墓地にあるバラの木にのせてまわる。テントウムシはアブラムシを退治してくれるからだ。私の庭のバラだけじゃなく、故人の墓に植わっているバラの木にも、小さな刷毛を使って、幼虫を一匹ずつのせていく。それは私にとって、一年に一度、墓地を塗りかえるようなものだ。天国へのはしごをかけなおすようなものでもある。テントウムシは天国にいる魂のお使いなのだから……。私はお化けも幽霊も信じていないけれど、テントウムシが〈魂のお使い〉だということは信じている。

そう、テントウムシが身体に止まるのは、「今、来たよ」と、魂が合図をしているのだ。小さい頃は、天国のパパが会いに来たのだと想像していた。誰でも自分の好きなようにお話を作るものだが、私は、「パパが死んじゃったから、ママは私を捨てなくちゃならなかったんだ」と思っていた。幻のパパは、ロバート・コンラッド似だった。一九六〇年代後半に人気だったアメリカのテレビドラマ『0088ワイルド・ウエスト』のヒーローだ。パパはかっこよくて、強くて、優しくて、天国から惜しみない愛を私に送ってくれている。

人にはみんな守護天使がいると聞いて、天国から私を守ってくれているのだと想像していた。小さい頃は、こう思っていた。「たぶん、まだ私のところにはやってきていないのね。だから、守ってくれないんだ」と……。でも、大きくなってからはこう思うようになった。「私の守護天使は一生、誰かを守るような、そんなきちんとした契約を結ぶタイプじゃないんだ。職業安定所に通っては、日雇いで誰かを守って、あとはジャック・ブレルの唄のように、毎晩、安いワインで酔っぱらっている。そんなタイプなんだ」と……。その頃から、天国のパパも、ろくなメッセージは送ってくれなくなった。

テントウムシの幼虫を一匹ずつ置いていくのには、毎日それだけをやったとしても、十日はかかる。もしその間に埋葬があれば、もっと日にちがかかる。でも、私はこの作業が大好きだ。バラの木にテントウムシを置いていると、扉を開けて、太陽の光が私の墓地の隅々にまで届くようにしている気分になるのだ。どこに行って、何をしてもいいという開放的な気持ちに……。

もっともその四月にだって、人は死ぬし、誰かが私に会いにやってくる。

彼の足音は今度も聞こえなかった。気がついた時には、すでに私のうしろにいた。いったい、いつからそこにいたのだろう？　母親の遺灰が入った骨壺をしっかりと抱えている。瞳がキラキラと輝いていた。霜に覆われた黒い大理石に冬の太陽が反射したみたいだ。そんなことを考えながら、私はただ黙って立っていた。

彼を見た瞬間、私は、ときめきと不安を覚えた。まるで、〈夏の洋服掛け〉からお気に入りのピンクのシルクのスリップを取り出して身にまとい、それを〈冬の洋服掛け〉に入っている黒いウールのワンピースで隠すような感覚だった。笑顔は見せなかったが、心臓はドキドキいっていた。夕方遅くにケーキ屋さんに行って、まだお気に入りのケーキがあるか心配する子供のように……。

先に口を開いたのは彼だった。

「母がどうしてガブリエル・プリュダンの隣で永眠したいと願ったのか、その理由をお話ししに戻ってきました」

「戻ってきたなんて、おっしゃらなくても……。男の人がいなくなるのには慣れていますから……」

とっさに答えることができたのは、それだけだった。

「墓まで一緒に行ってもらえませんか?」彼が言った。

私は持っていた刷毛をそっとモンフォール家の墓の上に置き、ガブリエル・プリュダンの墓に向かった。

「ぼくはひどい方向音痴なんです。だから、墓地なんてとてもじゃないけど……」と言いながら、彼は私のあとについてきた。

私たちは黙ったまま、肩を並べて十九番通路に向かった。ガブリエル・プリュダンの墓に着くと、彼は骨壺を墓石の上に置こうとしたが、どこに置いたらいいのかわからないみたいに、何度も位置を変えていた。まるで、ジグソーパズルのピースをはめこもうとしているようだった。結局、墓碑にくっつけて、日陰になる場所を選んだ。

「母は、日陰が好きだったから……」

「お書きになった弔辞を読みますか? おひとりになりたければ、私は……」

「いいえ、ぼくは、あなたに読んでほしいのです。あとで墓地の門を閉めてから……。あなたはきっと慣れていらっしゃるだろうから……」

骨壺は松葉色で、《イレーヌ・ファヨール（一九四一―二〇一六）》という文字が金色で刻まれていた。彼はしばらく黙禱を捧げた。私はそばについていた。

「神に祈る言葉は知らないんです……。花を持ってくるのを忘れました。今もあなたの家で売っていますか？」

「ええ」


私の家で黄水仙を選びながら、彼はメモリアルプレートを買いたいから、ルッチーニ兄弟のやっている葬儀店《トゥルヌール・デュ・ヴァル》に一緒に行ってくれないかと言った。私は特に何も考えずに承諾した。墓地に来てから二十年近くになるが、店までの道を教えることはあっても、実際に行くことはなかった。《トゥルヌール・デュ・ヴァル》に行くのは、これが初めてだった。

彼の車に乗ると、冷えた煙草の匂いがした。ふたりとも無言だった。彼がエンジンをかけたとたん、ものすごい音量で曲が流れはじめた。アラン・バシャンの「アルザス・ブルース」だ。ふたりとも、びっくりして飛びあがった。彼があわてて音を消し、私たちは思わず顔を合わせて笑いだした。アラン・バシャンもこの歌で誰かを笑わせることができるとは考えもしなかっただろう。とても素敵だけど、退屈なほど悲しい歌なのだから……。

《トゥルヌール・デュ・ヴァル》の前に車をとめると、私たちは車を降りた。葬儀店の隣はいっぽうが死体安置所で、もういっぽうがブランシオン唯一の中国料理店《フェニックス》だ。葬儀店の隣にフェニックス、つまり不死鳥がいるというのは、ブランシオンの住民のお気に入りのジョークだった。店は昼時の客でにぎわっていた。

葬儀店のショーウィンドウにはメモリアルプレートと造花が飾られていた（造花は大嫌いだ。ビニールや人工のバラは、太陽の真似をしたいベッドサイドのランプみたいだから……）。メモリアルプレートは、そのほとんどに、《白喉鳥《ハッコウチョウ》よ、この墓のまわりを飛ぶのなら、おまえの最も美しい歌を聴かせてあげておくれ》という文言が刻まれている。ドアを開けて店の中に入ると、いろいろな木材の棺が展示されていた。フローリングの色見本が載っている日曜大工のカタログみたいだ。特別な棺には貴重な木材が使用されている。手頃な価格の品として、軟材、硬材、外材、合板の棺もあった。故人への愛は選んだ木材の価値に比例するのかもしれない。生きている人たちへの愛は、そんなふうに測られなければいいのだけれど……。

ピエール・ルッチーニは、私が店にいるのを見てびっくりしていた。店で会うとは想像もしていなかったのだろう。週に何度も私の家に来て、墓地に来たら、必ず挨拶に寄る仲だというのに……。

ピエールについては、ほとんど知らないことはないと言っていい。子供の頃の宝物だったビー玉の袋、初恋、奥さんのこと、子供たちの扁桃腺炎、お父さんを亡くした時の悲しみ、抜け毛を気にして塗っている毛生え薬のことまで……。それなのに、造花とメモリアルプレートに囲まれた私を、ピエールはまったく知らない人のように見ていた。

ピエールが見せたメモリアルプレートから、ジュリアンは黒いプレートに真鍮で《母へ》と書かれたものを選んだ。詩も碑文も書かれていなかった。お金を払い、私たちは店を出た。

墓地へと戻りながら、ジュリアンから、夕食に招待してもいいかと聞かれた。

「母とガブリエル・プリュダンの話を聞いてもらいたいんです。お礼もしたいし……。それに、許可も得ずにフィリップ・トゥーサンを探したことの、お詫びもしたいから……」

「いいですよ。でも食べるなら私の家にしましょう」と私は答えた。

「お食事をしながら、お話を聞くのはかまいません。でも、招待していただくのではなく、私の家に来てくださいませんか？　私は肉を食べないので、お肉料理は出せませんが、そのほうがゆっくりできます。ウェイトレスに話を中断させられることもありませんし……」

「わかりました。今日はこっちに泊まるので、ブレアンさんのゲストハウスを予約することにします。あそこなら、いつでも空いているでしょうが……。念のため」

やがて、車が墓地に着くと、彼は私を家の前で降ろして、言った。

「では、今夜、八時に……」

そして、また町に向かっていった。

33

時とともに、すべては去ってゆく。情熱を忘れ、声を忘れる
あまり遅くならないで帰ってね、とにかく風邪をひかないでねと
愛しい人たちが低くつぶやいていた声を

——レオ・フェレ「時の流れに」

約束どおり、夜の八時にやってくると、ジュリアンは夕食をとりながら、母親の話を聞かせてくれた。

＊　＊　＊

イレーヌ・ファヨールとガブリエル・プリュダンは、一九八一年にエクス＝アン＝プロヴァンスで出会った。イレーヌは四十歳で、ガブリエルは五十歳だった。

その頃、イレーヌは美容師で、マルセイユに自分の店を持っていた。ある日、店の従業員で友人のナディア・ラミレスに頼まれて、裁判を傍聴するためにエクス＝アン＝プロヴァンスに同行した。裁判の被告人は、刑務所で仲間の脱走に手を貸した罪に問われていた囚人で、ナディアの夫はその脱走

を外から助けた罪で、やはり被告としてその裁判にかけられていた。ナディアは美容院で客にルートデタッチメントとヘアブローを施す合間に、イレーヌに夫の話をしながら、「好きになる相手を選ぶことなんてできないじゃない。それができたら苦労しないわよ」と言った。

ガブリエル・プリュダンは、その裁判の被告人側の弁護士だった。イレーヌが裁判を傍聴した日は、ちょうどプリュダン弁護士の口頭弁論が行われた日だった。

弁護士はこう言った。

「刑務所に入れられたら、誰でも自由に憧れるものです。格子のない青空を見たい、カフェに漂うコーヒーの香りを嗅ぎたいと思うのは自然な感情であります。中にはその欲求に耐えられなくなって、そのことしか考えられなくなる服役囚も出てくるでしょう。そのいっぽうで、受刑者同士の友情には格別のものがあります。閉ざされた空間で、不自由な生活を送るうちに、彼らの間には強い絆が生まれます。そんな時に、刑務所を出ることで頭がいっぱいになっている囚人が、その気持ちをふとまわりに洩らすことがあります。そして、それを聞いたほかの囚人たちは、どうしてもその願いを叶えてやりたくなる。なにしろ、強い連帯感で結ばれた、大切な仲間なのですから……。それはもちろん法に触れることではありますが、そのいっぽうで、ひとりの人間としては理解できる。そう、大切な人を助けたいというのは、人間の持つ、普遍的な感情なのです!」

ガブリエル・プリュダンの口頭弁論の間、イレーヌは、シュテファン・ツヴァイクの小説『女の二十四時間』の中に出てくるC夫人が賭博に負ける青年の手を見ていたように、ずっと彼の手だけを見ていた。大きな手が、話に合わせて、開いたり閉じたりしていた。爪は白くて、完璧に磨いてある。イレーヌは心の中で思った。不思議ね、あの男性《ひと》の手は、若い男性の手だわ。まるで子供の時のまま、歳を取らなかったように見える。きれいなピアニストの手だ……。

ガブリエル・プリュダンの手は、陪審団に訴えかける時は大きく広げられ、次席検事に話す時には、挑みかけるように拳を握った。そのこわばった手にだけは、実際の年齢が表れているようだった。裁判長をじっと見つめているときは、手も止まっていた。傍聴人席を観察しているときは、落ち着きなく両手を動かしていた。その両手は興奮したふたりのティーンエイジャーみたいに見えた。被告人に対しては、両手を擦りあわせながら話しかけていた。それは猫が二匹、互いの身体をこすりあっているみたいだった。彼の手は身を縮めたかと思うと、自由に羽ばたき、また祈るような、懇願するような仕草を見せる。その手の伝えたいことは、はっきりわかった。つまり、手は言葉だったのだ。

口頭弁論のあと、陪審団が審議に入った。その間、全員法廷を出る必要があったので、イレーヌはお茶を飲むために裁判所の外に出た。エクス＝アン＝プロヴァンスはいつも天気がよい。その日も素晴らしい天気だったが、イレーヌはなんとも思わなかった。天気がよいからといって、喜んだり悲しんだりすることはなかった。それは昨日、どんなシャツを着たかというくらい、どうでもいいことだった。

友人のナディアは聖エスプリ教会に行ってろうそくを灯し、情状酌量で夫が釈放されることを祈ってくると言ったので、イレーヌはひとりで近くにあったカフェに入った。天気がよかったせいで、誰もがテラス席を選んでいたが、イレーヌは静かに過ごしたかったので、二階の席に座ることにした。そこで、ゆっくり本を読みたかったのだ。前夜、夫のポールが寝てから読みはじめた小説に、早く没頭したかった。

だが、階段をあがったところで、奥の席にプリュダン弁護士が座っていることに気づいた（太陽は好きだけど、人混みが嫌いなのだと、あとからイレーヌは知った）。弁護士は閉まった窓に身体をもたせて、被告の評決を待っていた。視線を宙に浮かせて、煙草を次から次へとふかしている。二階にいたのは彼ひとりだったのに、部屋の中は天井のシャンデリアまで厚い煙草の煙で覆われていた。一本吸いおわると、その残り火で次の煙草に火をつけた。それから、吸いおわった煙草を灰皿でもみ消すのだが、その右手を見て、イレーヌはまた法廷にいた時のように、その手に目が釘づけになった。

昨日の夜、読みはじめた小説には、運命の糸でつながれたふたりの登場人物の出会いが書かれていた。目には見えないその糸は、もつれることはあっても、決して切れないのだ。

その時、階段をあがったところに立っているイレーヌに気づいて、ガブリエル・プリュダンが声をかけてきた。

「さっき、法廷にいらっしゃいましたね」と……。それは質問ではなく、ただの指摘だった。イレーヌは思った。どうしてわかったのだろう？　傍聴席にはたくさん人がいたし、私はうしろから二列目の席に座っていたのに……。だが、その疑問は口に出さず、軽く会釈すると、ただ黙って弁護士のいる席から少しだけ離れた席に腰をおろした。

すると、彼女の抱いた疑問がわかったかのように、ガブリエル・プリュダンが先ほど法廷にいた人たちの服装を描写しはじめた。陪審員をはじめとして、傍聴席にいたすべての人々の服装を……。

ただ、その時の色の表現が独特だった。ウルトラマリンのセーター、《ブラン・デスパーニュ》（《スペインの白》という銘柄の漂白剤）色のズボン、鶏頭色のスカート、シャルトルーズ・グリーンのネクタイ、珊瑚色のワンピース……。まるで染色工か、サン・ピエール広場で布を売る露店商人の話を聞いているようだった。〈亜麻色の服を着て、ひなげし色のスカーフを巻き、ジェット炭色の髪をシニヨンにした、前から三列目のいちばん左に座っていた女性〉については、スカラベの形をしたブローチをしていたことまで覚えていた。

その間も、彼は時おり手を動かした。特に〈緑色〉を表現しなくてはならない時には、手の動きが多くなった。「緑」という言葉を口に出すのが禁じられているので、エメラルド色とか、ミント水《すい》色とか、ピスタチオ色とか、オリーブ色とか、さまざま言葉で表現するのだが、手がそれの手助けをしているみたいだった。

黙って聞きながら、イレーヌは心の中で思った。こんなにひとりひとりの服装を細かく覚えているなんて、弁護士にはそれが必要なのだろうか？

すると、今度もまた彼女の考えを読み取ったかのように、弁護士が言った。

「法廷に集まる人たちの服装には、その裁判に関する気持ちがすべて表れています。被告の側に立って、潔白を証明したいという気持ちとか、有罪だと思っていれば、後悔や謝罪を求める気持ちとか、その犯罪に怒りを覚えていれば、被告に対する憎悪の気持ちとか……。判決の日には、それが自分の判決だろうが他人の判決だろうが、誰もが自分の着る服を的確に選んでいる。自分にとって大切な日に、どんな服を選ぶかというのと一緒です。適当に選ぶなどということはない。だから、ぼくは傍聴人の服を見れば、この裁判とどんな関係にあるのか、当てることができます。被告の味方なのか、敵なのか、あるいはただ好奇心で来ているのか。それで口頭弁論をする時には、誰に向かって、どんな言葉をかけるか、調整するのです。傍聴席の反応は陪審員に影響を与えますから……。そう、たとえばあなたですが……」

そう口にして、こちらを見ると、弁護士は続けた。

「あなたはこの裁判とは直接関係のない人だ。ただの好奇心で来たのでしょう」

ただの好奇心……。確かに彼はそう言ったのだ。

その時、友人のナディアが階段をあがってきたので、イレーヌは弁護士に言葉を返すことができなかった。

「イレーヌったら！　別れぎわにこのカフェに入るのが見えたから、探しにきたんだけど、どうして二階になんかいるのよ。こんなにいい天気なのに！　いくらお日様が苦手だからって、ちょっと大げさよ。あたしの旦那は今ごろ、きっとテラスでビールを飲むのを夢見てるにちがいないってのに……。もし釈放されたら、あたしたち、エクスのビストロを全部まわってお祝いするつもりなんだから！」

　ナディアの言葉を聞きながら、イレーヌは思った。私の夢は、鞄の中に入っている小説の続きを読むこと……。そうじゃなければ、すぐそこの席で、次から次に煙草を吸っている、よく動く手の持ち主と、一緒にアイスランドに行くことだ……。

　と、ナディアが弁護士に気づいて、挨拶をした。

「先生、さっきの口頭弁論、ほんとうに素晴らしかったです！　先生のおかげで、きっと私のジュールは釈放されるはずよ。弁護料は前に取り決めたとおり、毎月少しずつお支払いしますから……」

　それを聞くと、煙草の煙を吐きだしながら、弁護士は答えた。

「釈放されるかどうかは、もうすぐわかるでしょう。審議が終わったあとでね。今日はとてもおきれいですね。そのドラジェ（糖衣で包んだアーモンドのお菓子。ピンク色をしている）色のワンピース、ぼくは好きだな。きっと旦那さんもそのワンピースを見て、元気をもらったと思いますよ」

　イレーヌは弁護士のテーブルに移った。ナディアもそこに座ると、アプリコットジュースを注文した。三人はしばらくおしゃべりをした。やがて、弁護士が自分の飲んだビールとイレーヌの紅茶、そしてナディアのジュースの代金を払って、先に出ていった。イレーヌは資料をまとめる弁護士の手を最後にもう一度、見た。その手はこわばっていた。分厚い資料は、大きなクリップ二個で束ねられていた。

　評決が下される時は、家族しか入廷が許されないので、イレーヌは法廷には入れなかった。したがって、そのままカフェに残って、昨日の夜に読みはじめた小説の続きを読むこともできた。だが、イレーヌは法廷の前の廊下のベンチで待つことにした。傍聴人の中には事件の関係者の家族もいる。その人たちが法廷に出入りする際に、どんな色の服装をしているか、観察することができると思ったのだ。イレーヌは、ウルトラマリンのセーターや、珊瑚色のワンピース、ミント水の色のスカート、それにジェット炭色の髪をシニヨンにした女性がつけていたスカラベの形のブローチをすべて確かめた。

やがて、評決が下され、ナディアの夫は釈放されることになった。イレーヌはひとりでマルセイユに帰った。ナディアがエクスに残り、夫のジュールと一緒にテラスからテラスを回って、ビールで祝杯をあげることにしたからだ。

それから数週間後、イレーヌは美容院を閉めて園芸家に転身した。自分の手を使って、何か別の仕事をしたいと思ったのだ。美容師の仕事にはうんざりしていた――カット、シャンプー、アンモニア臭のきついパーマ液、そして何よりも、客とのおしゃべりに……。イレーヌはもともと無口なタイプで、あまり感情を表に出さない人間だった。だが、よい美容師というものは、詮索好きで、面白くて、他人のおしゃべりに寛容であるべきだ。どれも自分にはないものだと、イレーヌは常々思っていた。

だから、人を相手にする仕事ではなく、植物や土に関係する仕事がしたかった。特にバラに関する仕事が……。そこで、美容院を売ると、その金でマルセイユの七区の端にあった土地を買い、バラ園を作った。そうして、一からバラ作りを学んで、ついには新種を生みだすことにも成功した。新しいバラを作る時、イレーヌはガブリエル・プリュダンの両手を思い出した。ガブリエルなら、その手の動きと、独特の言葉で、このバラの色をなんて表現するだろうと考えながら……。同じ赤系統でも、こちらはカーマインレッド、こちらはラズベリー色、こっちはグレナデン・シロップ色――きっとそんなふうに言っていくにちがいない。

ガブリエルがその両手で何かを伝えようとするように、イレーヌはバラを作った。

それから、一年後、ナディアがまたエクス＝アン＝プロヴァンスの裁判所に行くことになった。夫が今度は麻薬関連の罪で裁判にかけられたのだ。ナディアに頼まれて、イレーヌは喜んで同行することにした。「ただの好奇心」に見えないようにするには、何を着たらよいかと考えながら……。

だが、マルセイユからエクスに向かう車の中で、ナディアが「今度、夫の弁護をするのはガブリエル・プリュダン先生ではない」と言ったので、イレーヌはがっかりした。

「どうしてなの？」

「プリュダン先生、もうエクスにはいないのよ」

「でも、どうして？」

休暇に出発してから、行き先が海ではないと知ってがっかりした子供のように、イレーヌは繰り返し尋ねた。

「離婚して、よそに引っ越したみたい」ナディアはそれ以上詳しいことを知らなかった。


それから二年がたったある日のこと、ひとりの女性がイレーヌのバラ園を訪れて、エクス＝アン＝プロヴァンスへの白バラの配達を依頼した。配達伝票を記入していたイレーヌは、配達先がエクスのサン・ピエール墓地で、その花は《ガブリエル・プリュダンの妻　マダム・マルティーヌ・ロバン》の埋葬に供えるものだと知った。

あのガブリエル・プリュダンかしら？　イレーヌは、初めて自分で花を届けることにした。当日、一九八四年二月五日の朝はひどく寒く、エクスまでの道は夜の間に凍結していた。イレーヌはことさら慎重に白いバラの花束を扱った。花は配達用のプジョーのバンのトランクいっぱいに場所を取っていた。

サン・ピエール墓地に着いたのは、朝の十時頃だった。職員の許可を得て、車でマルティーヌ・ロバンの墓碑の近くまで行き、花をおろして墓に供えた。埋葬は午後の予定だった。

《ガブリエル・プリュダンの妻　マルティーヌ・ロバン（一九三二―一九八四）》と刻まれた大理石の名前の下に、写真がはめこまれていた。褐色の髪のきれいな女性がカメラ目線で微笑んでいる。おそらく三十歳頃に撮られた写真だろう。

イレーヌは、墓地を出て、午後まで待とうと思った。遠くからでも、物陰からでもいいから、もう一度ガブリエル・プリュダンを見たいと思ったのだ。亡くなったマルティーヌ・ロバンの夫がほんとうに自分の知っているプリュダン弁護士かどうかも知りたかった。というのも、新聞の訃報欄に載っていたマルティーヌ・ロバンの死亡告知には、夫に関する記述がなかったからだ。


マルティーヌ・ロバン（エクス＝アン＝プロヴァンス在住、五十二歳）が急逝したことを、ここに謹んでお知らせいたします。マルティーヌは故ガストン・ロバンと故ミッシェリーヌ・ボルデュックの娘でした。娘のマルト・デブルィユを始め、兄リシャールと姉モーリセット、叔母クローディーヌ・ボルデュック＝ババ、義母ルイーズ、たくさんの従兄弟、甥と姪、それに親しい友人のナタリー、ステファーヌ、マティアス、ニノン、そのほか多くの友人と知人が、マルティーヌの死に哀悼の意を表します。

訃報には《弁護士である夫のガブリエル・プリュダン》という言葉が出てくると思ったのだが、名前すらなかった。まるで故人の死を悲しむ人々のリストからはずされているみたいに……。

イレーヌはとにかく埋葬まで待とうと、墓地を出ていちばん近くにあるカフェかビストロで時間をつぶすことにした。すると、三百メートルほど行ったところにトラック運転手用のドライブインがあったので、とりあえずそこに車をとめた。その先には市営プールがある。墓地と市営プールの間にあるドライブインなんて、おかしな取り合わせだ。ドライブインが迷子になったみたい……。

そう思いながら、あらためて見ると、窓ガラスはひどく汚れていたし、内側にかけられているカーテンもみすぼらしかった。イレーヌはエンジンをかけなおして、もう少し先に行ってみようと思った。だが、その時、ドライブインの窓ぎわに、男がひとり座っているのに気づいた。汚れた窓ガラス越しだったが、イレーヌにはすぐに、それが誰だかわかった。彼だ。初めて会った時と同じように、窓ガラスにもたれて、視線を宙に浮かせて、煙草を吸っている。

一瞬、イレーヌは幻を見ているのだと思った。たぶん見まちがえだろう。会いたいという気持ちが、夢を見させているのだ。きっと私は今、現実の世界ではなく、小説の中にいるのだ。だって、現実の人生は十代の頃に思い描いたものより、ずっとつまらないもの。こんな小説みたいな偶然、あるわけがない。第一、ほんとうに彼だろうか？　会ったのは、たったの一度だけだ、しかも三年も前に……。

イレーヌが店に入っていくと、ガブリエルが頭をあげて彼女を見た。男が三人、カウンターに座って肘をついていたが、彼はひとりでテーブル席に座っていた。

イレーヌがテーブルに近づくと、ガブリエルが言った。

「エクスで会いましたね。ミッテランが大統領に就任した年に、ジャン＝ピエール・レイマンとジュール・ラミレスの裁判で……。あなたは〈ただの好奇心〉で来ていた」

ガブリエルが自分を覚えていたことに、イレーヌは驚かなかった。そんなこと、あたりまえだと思った。

「ええ。こんにちは。私はナディア・ラミレスの友人です」

ガブリエルはうなずくと、今吸いおわったばかりの煙草で、新しい煙草に火をつけてから言った。

「覚えていますよ」

そして、人差し指をあげてウェイトレスを呼び、コーヒーとカルヴァドス酒を二杯オーダーした。イレーヌがそこに座るのが当然であるかのように、わざわざ椅子を勧めるようなことはしなかった。イレーヌは、いつも飲むのは紅茶でコーヒーは飲んだことがなかったし、朝の十時にカルヴァドス酒を飲むなんて考えられないことだったが、また今度もガブリエルの大きな手をじっと見つめて、黙って彼の前に座った。その両手はやはり若いままだった。

先に話しはじめたのはガブリエルの方だった。彼は饒舌だった。

「ひさしぶりにエクスに戻って来ました。妻のマルティーヌの――正確には別れた妻だけど――葬式があるのでね。でも、ぼくは、教会が苦手なのです。教会の入口にある聖水盤や、聖職者が我慢ならないのですよ。だから、教会の葬儀には行かないで、埋葬だけ見届けようと思って、ここで時間をつぶしているのです。いや、教会に行かないのは、罪悪感もあるせいかな。二年前に家を出てから、妻の――ではなく、元妻のマルティーヌとは一度も会わなかったから……。家を出たのは、妻以外の女性と出会ってしまったからだと、マルティーヌにはそう話しました。今はマコンでその女性と一緒に暮らしていると……。そのせいで娘にはすっかり嫌われたけれど……。子供はその子だけだっていうのにね。

でも、マルティーヌが死んだという知らせを聞いて、ほんとうに驚きましたよ。そんなことがあるだなんて……。すっかり参ってしまいましたよ。だけど、ぼくがマルティーヌの死に参っているなんて、誰も信じないと思いますよ。ぼくはずっと仕事で家庭を顧みなかったあげく、妻を捨てたろくでなしだと思われていますからね。

だから妻は——ではなくて、元妻のマルティーヌは、自分の墓碑に《ガブリエル・プリュダンの妻》って、あえてぼくの名前を刻ませたのでしょう。あれはきっと復讐なんだと思います。ぼくを自分と一緒に永遠にあの世に連れていくっていう……。もしかしたら娘が考えたことかもしれないけど……」

そう言うと、ガブリエルは意見を求めた。

「もしあなたがマルティーヌと同じ立場だったらどうします？　同じことをしますか？」

「どうでしょう。わかりません」

「エクスにお住まいですか？」

「いいえ。マルセイユです。今朝は、墓地に花を届けにきたのです。先生の奥様へのお花です。ああ、元奥様ですね。それで、帰る前に、紅茶を一杯飲もうと思って……。今朝は寒いから。いえ、寒いのはそんなに嫌いじゃないのですけど。むしろ、好きです。でも、今朝は寒く感じて……。なぜかしら？　だけど、カルヴァドスを飲んだら身体が温まってきました。それに、ちょっと頭もクラクラするみたい。ううん、そんなことないかしら。いえ、やっぱりなんだか目が回っているみたいです……。すぐに運転して帰るのは無理そう。カルヴァドスって強いですね……。あの、ぶしつけだったらごめんなさい。いつもはそんなことないのですけど、でも、新しい奥様とはどうやって知り合ったのですか？」

「ああ、よくある話ですよ。ぼくは何年もある男の弁護をしていたのです。そいつがちょくちょく牢屋に戻るものだから、裁判の準備のために、奥さんともちょくちょく会って説明しなきゃならなくてね。それで結局、最後にはお互いに恋に落ちたというわけです。あなたも経験ありますか？」

「なんですって？」

「恋に落ちた経験はありますか？」

「ああ、はい。主人のポール・スールと。息子がひとりいます。ジュリアンと言って、十歳になります」

「お仕事はされているの？」

「園芸家です。前は美容師だったのですが、今は花を栽培して売っています。ただ栽培するだけじゃなくて、交配もします」

「何をするのですって？」

「交配。いろいろな種類のバラを掛けあわせて、新しいバラを作るのです」

「どうして？」

「どうしてって……好きだからです。交配が」

「そうすると、どんな色のバラができるのですか？　ああ、ウェイトレスさん、コーヒーとカルヴァドスのお替わりをふたり分！」

「カーマイン色、ラズベリーの色、グレナデン・シロップの色とか……。それに、いろいろな種類の白も作ります」

「どんな白？」

「雪の白です。私、雪が大好きなのです。それに私のバラは、冬の寒さにも負けないという特性があるんですよ」

「でも、あなたは自分では華やかな色の服は着ませんね。初めて会った裁判の時も、ベージュのものしか身につけていなかったでしょう?」

「鮮やかな色は花で見るほうがきれいですもの。可愛い女の子が着ているのを見るのも好きですよ」

「それなら、なおさらだ。あなたは、生きいきと輝いていて、とても美しい……。おや、なぜ笑っているのです?」

「笑っている? 私が? いいえ、酔っ払っているんです」

そのままおしゃべりをしているうちに、お昼の時間になったので、イレーヌはそこでガブリエルと一緒に昼食をとることにした。オムレツとサラダのコンビプレートをふたつに、フライドポテトをひとつ注文する。ポテトはふたりで分けることにした。ガブリエルは自分には生ビールを頼んで、イレーヌのためには紅茶を注文してくれた。

「オムレツと紅茶が合うのか、わからないけど」とガブリエルが言ったので、イレーヌは、「紅茶はなんにでも合うんですよ。色で言えば黒と白みたいなものです。黒と白は、なんにでも合うでしょう?」と答えた。

食事の間、ガブリエルは指を舐めた。フライドポテトを食べて指についた塩を舐めていたのだ。イレーヌが紅茶と、何杯目になるのか分からないカルヴァドスを混ぜたとき、ガブリエルが言った。

「カルヴァドスと紅茶か、ノルマンディー地方とイギリスの特産品ですね。ノルマンディーとイギリスなら、黒と白みたいによく合うでしょう」

食事の間、ガブリエルは二度ほど席を立った。彼の身体のまわりに舞った埃が、太陽の光にきらきらと輝いた。それを見ると、イレーヌは雪が降っているみたいだと思った。そのあと、またフライドポテトと紅茶とカルヴァドスのお替わりを頼んだが、運ばれてきたグラスは縁が汚れていた。普段なら、絶対に服の裏側でそっとグラスの縁をぬぐうところだが、その日はそんなこともしなかった。

霊柩車が店の前を通っていくのに気づいた時、時刻はいつの間にか三時十分になっていた。イレーヌはびっくりした。まったく時が過ぎるのを感じなかったのだ。ついさっきこの店に入ったばかりの感覚だったが、いつの間にか、もう五時間もたっていたのだ。

ガブリエルが大急ぎで会計をすませている間、イレーヌは先に店を出てバンのエンジンをかけておき、出てきたガブリエルに声をかけた。

「乗ってください！　墓地まで送っていきます。今朝、花を届けてきたから、お墓の場所はわかっていますから……」

車が走りだすと、ガブリエルが名前を聞いてきた。

「これだけ話したら、あなたと呼ぶのはおかしいでしょう？」

「イレーヌです」

「ぼくはガブリエル」

墓地に着くと、イレーヌは門の前に車をとめて、「ここをまっすぐ行けば着きます」と言ったが、ガブリエルは降りなかった。

「ここで待ちましょう、イレーヌ。ぼくがここに来ていることは、マルティーヌさえ知っていればいいんだ。ほかの人がどう思うかは、どうでもいい」

車の中で煙草を吸ってもいいかと聞かれたので、イレーヌは「もちろん、どうぞ」と言った。ガブリエルは少しだけ窓ガラスを下ろして煙草をくわえると、イレーヌの手を握り、頭を椅子のヘッドレストに預けて目を閉じた。ふたりは黙ったまま待った。イレーヌは墓地の通路を行きから人々を眺めていた。遠くで、音楽が聞こえた気がした。

参列者たちがみんな帰り、空になった霊柩車がバンの横を通って帰っていくと、ガブリエルはようやく車から降りた。マルティーヌのお墓に行くのに、みんなが帰るのを待っていたのだ。「一緒に来てほしい」と言われて、イレーヌはためらった。

「お願いします」

そうガブリエルが重ねて言ったので、イレーヌはガブリエルと並んで歩きはじめた。ガブリエルが言った。

「マルティーヌには、ほかに好きな女性ができたから別れると言いましたが、それは嘘でした。新しい妻がいるというのも嘘です。イレーヌ、あなたにはほんとうのことが言えます。ぼくがマルティーヌのもとから去ったのは、マルティーヌのせいです。誰かと別れるために、ほかの誰かのせいにするのは、ただの口実、言い訳ですよ。別れるのは、その人のせいなのです。それ以上の理由なんて探しちゃいけません。もちろん、マルティーヌには決して言うつもりはありませんけどね。特に今日は……」

墓に着くと、ガブリエルはメモリアルプレートの写真にキスをした。それから、両手で墓碑の上についていた十字架をつかみ、墓に向かって何か囁いていた。何を言っているのかは聞こえなかったが、聞こうとも思わなかった。

イレーヌの白いバラは、墓の中央に置いてあった。ほかにも、弔花や、愛情深い言葉が刻まれたメモリアルプレートがたくさん置いてあった。石でできた鳥も一羽置かれていた。

＊　＊　＊

私はジュリアンに尋ねた。

「いったい、誰からその話を聞いたのですか?」

「母の日記に書いてありました」

「お母さま、日記をつけていらっしゃったの?」

「ええ。先週、母の遺品を整理していて、箱の中から見つけたんです」

そう言うと、ジュリアン・スールは立ちあがった。

「もう朝の二時だ。これで失礼します。疲れたし、明日は早くに出ないといけないから……。夕飯をごちそうさまでした。おいしかった《セテ・デリシュー》です。ありがとう。こんなにしっかり食事をとったのはひさしぶりです。こんなに心地よい時間《アン・モマン・オシ・デリシュー》を過ごしたのも……。ああ、同じ言葉ばかり言ってます。ぼくは気分がよいと、同じ言葉を繰り返すんです」

「でも……そのあとは? それからふたりはどうしたんですか? 話は最後まで聞かせてくれなくちゃ……」

「もしかしたら、この話には終わりはないのかもしれません」

その言葉とともに、彼は私の手を取って、甲に優しくキスをした。私は狼狽した。紳士的なふるまいをされると、どうしていいか、わからなくなるのだ。

「あなたはいつもよい匂いがしますね」

「アニック・グタールの《オー・デュ・シエル》です」

どきどきしてしまって、そんなことしか言えなかった。

彼は微笑んで言った。

「その香水、絶対に変えないでくださいね。じゃあ、おやすみなさい」

それから、コートを着て、通りに面したドアに向かうと、外に出る前に言った。

「話の続きをしに、また来ますよ。今、全部話してしまったら、あなたはもうぼくに会いたくなくなるでしょう？」

眠りにつきながら私は思った。好きな小説を読んでいる途中では、絶対に死にたくない。

34

あなたは永遠に私たちの心の中に

（墓碑に使われる言葉）

フィリップ・トゥーサンと結婚して三年後の一九九二年六月、フランス国有鉄道で大規模なストライキが起こり、全国の鉄道網が麻痺したことがあった。

私たちの住んでいたマルグランジュ＝シュル＝ナンシーでは、まず六時二九分通過予定の列車が一〇時二〇分の列車になり、一〇時二〇分の列車は一二時〇五分の列車になった。その後、一三時三〇分の列車が十六時になってやってきたが、ストライキの参加者たちが踏切から二百メートルのところにバリケードを築いていたので、線路上で停車した。そして、そのまま四十八時間、動くことはなかった。

停車したナンシー―エピナル間の列車は乗客であふれていたが、その日は特に暑かったので、乗客たちはすぐに窓やドアを開けた。家の前のスーパーマーケット《カジノ》には、水を求めて多くの客が押し寄せた。《カジノ》にあれだけ人が入ったのは、あとにも先にも見たことがない。ミネラルウォーターのボトルは飛ぶように売れていった。夕方になると、ステファニーは店を閉めて、列車の昇降口まで直接ボトルを売りにいく始末だった。乗客たちも、みんな列車の外に出て、線路の近くの列車の影ができるところに座りこんでいた。もう一等も二等も関係なかった。

列車の車掌と運転手は、とうに姿を消していた。乗客たちはもう列車が動くことはないと知ると、家族や友人、近所の知り合いなどに連絡をして、車で迎えにきてくれるよう頼んだ。電話ボックスの前には長い行列ができた。私の家に来て電話を借りる人たちもいた。次々に車が迎えにやってきて、数時間もすると、車両の中からも外からも人がいなくなった。

バリケードで道が遮断されているため、迎えにきた人たちは、その外に車をとめ、内側で待っていた人を乗せると、来た道を引き返していった。そういったことが夜まで続いたが、午後九時を過ぎる頃には、通りも静まり返っていた。《カジノ》も店を閉めて、鉄格子のシャッターをおろしていた。ステファニーの顔は、日に焼けて真っ赤になっていた。遠くから聞こえるのは、ストライキ参加者たちの声だけだった。どうやらバリケードの中で夜を明かすらしい。

フィリップ・トゥーサンはずいぶん前にバイクで出かけたまま、まだ戻ってきていなかった。すっかり暗くなっていたが、私は列車の先頭車両に、ふたりの乗客が残っていることに気づいた。女性と、レオニーヌと同じくらいの年頃の女の子だった。

私は女性に、迎えにきてくれる人を待っているのかと尋ねた。

「いいえ。迎えにくる人はいません。私の家はマルセイユにあるんです。ここからだと六百キロ以上あるので、迎えにくるのは無理です。明日になるまで連絡が取れる人もいないし、明日になっても、連絡がつくかもわかりません……。実は孫娘をドイツにまで引き取りに行って、パリに向かう途中なんです」

私は家に来て夕飯を食べるように言った。女性は遠慮したが、私は譲らなかった。有無を言わさずふたりの旅行鞄を持って、家に向かうと、ふたりとも私のあとからついてきた。

レオはもう自分のベッドで寝ていた。拳を握って、ぐっすりと……。

私は家の窓をすべて開けた。昼の暑さで、家の中にも熱気がこもっていたからだ。

女性の名前はセリア、孫娘はエミーといった。私が夕飯を用意している間、エミーはレオニーヌのお人形で遊んでいた。食事が終わってレオの隣に寝かせると、おそらく疲れきっていたのだろう、エミーはすぐに眠りについた。仲良く寝ている小さなふたりを見ながら、私はふたり目の子供が欲しいなと思っていた。けれども、フィリップ・トゥーサンが同意しないこともわかっていた。「ふたり目のガキを作るには家が小さすぎる」と言っていたからだ。それを聞いて、私は、新しい子供を作るのに小さすぎるのは家じゃなくて、私たちの愛だろうと思ったものだ。

私はセリアに、どうかここで寝てください、と言った。それしか、方法はないんです。だって、人のいない車両に戻るなんて、そんな危険なことさせられません。それに、このストライキのおかげで、私はここ数年で初めて休みが取れているんです。家にお客様をお泊めするのも初めて。だから、とっても嬉しいんです。このままずっとストライキが続けばいいと思うくらい。私、ここで踏切番をするようになってから、八時間以上、続けて眠ったことはないんですよ……。

そう私が説得すると、セリアは私に、「娘さんとふたりで、ここに住んでいるんですか？」と尋ねた。私は思わず笑ってしまった。でも、質問には答えず、その代わりに、とびきりよい赤ワインのボトルを開けた。〈特別な時〉のために取っておいたものだが、その日まで、そんな機会が訪れることはなかったのだ。

私たちはワインを飲みはじめた。二杯飲んだ後で、セリアは私の申し出を受け入れると言った。

「よかった。じゃあ、寝室にある夫婦のベッドを使ってください。居間のソファはベッドにもなるので、私と夫はそこで寝ます。夫の両親が来た時には、そうすることにしていますから……」

フィリップ・トゥーサンの両親は年に二回、レオを休暇に連れだすために、家に来ていた。ただ、実際に泊まっていったことはなかった。レオを迎えにくると、私とはほとんど話すこともなく、夏は十日間、冬は一週間、レオと一緒に過ごすために、すぐに出かけていった。

三杯目のワインを飲んだあとで、セリアは「私にソファベッドを使わせてください。それでなければ、ここには泊まりません」と言った。

セリアは五十代で、とても優しく美しい青い瞳をしていた。話し方も優しくて、きれいな南仏のアクセントで、人を落ち着かせる声をしていた。

「わかりました。じゃあ、ソファベッドを使ってください」と私は言ったが、結局、それが正解だった。フィリップ・トゥーサンが帰ってきたかと思うと、私たちには見向きもしないで、そのまま寝室に行ってしまったからだ。今日は居間で寝てと言ったら、ひと悶着あったことだろう。

部屋を横切っていくフィリップ・トゥーサンを見ながら、私はセリアに「夫です」と言った。セリアは何も言わず、ただ私に微笑みかけた。

私たちはそのまま居間で夜中の一時まで話し続けた。窓はずっと開けたままだった。この家に来てから、部屋の中がこんなに暑いのは、これが初めてだった。セリアがマルセイユに住んでいると言ったので、私はふざけてこう言った。この家の中に太陽を連れてきたのはまちがいなくあなたですね、いつもはこんなに暑くならないんですよ。まるで見えないバリヤで太陽の光をさえぎっているかのように……。

ワインのボトルが空になった時、私はセリアと一緒にこのソファベッドで寝てもいいかと尋ねた。女の子の親友同士がよくやるように、誰かと一緒に寝てみたいんです。娘が赤ちゃんだった時に一緒に寝たことはあるけど、今まで、女友だちはいなかったから……。

「いいわ、一緒に寝ましょう」セリアはそう答えた。

十代の頃、私は毎晩、こんなことを夢見ていた。両親がそろった親友の家で一緒に寝て、遅くまでおしゃべりをする。それから、隣の部屋で寝ている両親に気づかれないように、ふたりでこっそり家を抜けだし、家の先の道路で原付バイクに乗って待っている男の子たちに合流する……。そんな夢の一部をセリアが叶えてくれたのだ。

ソファベッドに入っても、私たちは朝の六時頃まで、ずっとおしゃべりを続けていた。少し明るくなってきた頃、やっと私は眠りに落ちた。九時になってレオニーヌが起こしにきた。

「ママ！　起きて！　私のベッドに知らない女の子がいるよ！　その子、お口がきけないの！」

エミーはドイツ人だったので、フランス語はまったく話せなかった。レオは次から次へと質問を浴びせてきた。

「なんでママは居間に寝てるの？　なんでパパはお洋服着たままでベッドに寝てるの？　そのおばちゃん、だあれ？　なんで電車が来ないの？　この人たち、だあれ？　ママ、あの女の子、だあれ？私たちの家族なの？　ふたりとも、ここに住むの？」

そうなったら、ほんとうにいいのに……。私は思った。でも、もちろんそういうことにはならなかった。列車の運行が再開した二日後に、セリアとエミーはパリに向かって旅立っていった。パリで用事をすませて、それからマルセイユに向かうためだ。

ふたりが再び列車に乗った時、私は悲しみで胸がつぶれそうになった。その頃には、もうずっと昔からの知り合いのような気がしていたのだ。ストライキには終わりがある。休暇にもだ。だけど、私には出会いがあった。初めての女友だちができたのだ。七号車に乗ったセリアは、窓を少し開けて、私に言った。

「ヴィオレット、マルセイユにいらっしゃい。きっと気に入るはずよ。私たちと一緒に暮らしましょう。仕事なら私が見つけてあげるから。いつもなら、私、他人様《ひと》のことに口を挟むことはないのだけど……。でも、こんな普段とはちがう経験をしたんだから、思っていることを正直に言うわ……。いいこと、ヴィオレット。あのご主人は、あなたにはふさわしくない。別れなさい」

「ありがとう、セリア……。でも、私は両親を知らずに育ったから、レオニーヌから父親を奪うことは絶対にしたくないの。そりゃ、フィリップ・トゥーサンが『父親』と言えるか分からないけど、それでも父親であることには変わりはないから……」

一週間後、私はセリアから長い手紙を受け取った。封筒にはマルグランジュ＝シュル＝ナンシーとマルセイユ間の往復切符も三枚入っていた。ソルミウの細長い入り江に小さな別荘を持っているので、そこで休暇を楽しんでほしいと書いてあった。《冷蔵庫は一杯にしておくわ。ヴィオレット、遠慮しないで受け取ってちょうだい。やっとほんとうの休暇が取れるのよ。お嬢ちゃんと一緒に海を見にいらっしゃい》

手紙には、あの時、私がふたりに食事と宿を提供したことは一生忘れない。お礼にこれから毎年マルセイユに招待する、とも書いてあった。私がセリアに提供した二日間が、毎夏のマルセイユ休暇になって戻ってきたのだ。

フィリップ・トゥーサンに話すと、「おれは行かない。レズ女の家に行くことなんかより、ほかにやることがあるからな」と言った。夫は、自分と寝ない女のことは、すべて〈レズ女〉と呼んでいた。

「あら、よかった。それならレオと私が出かけている間、遮断機をお願いね」私は言った。

すると、私たちがふたりだけで楽しい時間を過ごすのが嫌だったのだろう、フィリップ・トゥーサンはひさしぶりに愛情を見せた。管理人になって六年たって初めて、ふたり一緒の休暇を申請したのだ。国鉄はわずか数時間で私たちの代わりの人を見つけてきた。

それから二週間後の一九九二年八月一日、私たちはマルセイユに向けて出発した。サン・シャルル駅に着くと、セリアがホームの端で私たちを待っていた。私はセリアに抱きついた。よいお天気で、その時セリアに言ったことを今でも覚えている。

「まだ駅のホームなのに、もうこんなによいお天気だなんて……」

初めて地中海を見たのは、セリアの車の後部座席からだった。私は窓ガラスをさげて、子供のように泣いた。海は壮大だった。その壮大さに、私は人生でも数えるほどしかないショックを受けたのだ。

35

すべてが消え去っても、思い出だけは残る

——カミーユ・ロランス『あなたでも、私でもない』

棺の中には、いろいろな物が収められる。

ラブレター、腕時計、口紅、ネックレス、小説、童話、携帯電話、コート、家族写真、一九六六年のカレンダー、人形、ラム酒の瓶、靴、万年筆、ドライフラワーの花束、ハーモニカ、銀のメダル、ハンドバッグ、サングラス、コーヒーカップ、猟銃、お守り、レコード、ジョニー・アリディが表紙の雑誌……。今まで棺の中に入れられたものだ。なんでもあった。

今日はジャンヌ・フェルネ（一九六八—二〇一七）を埋葬した。ルッチーニ三兄弟の次男で、エンバーマーのポールは、故人の希望にしたがって、棺の中に子供たちの写真を入れたと言っていた。故人の最後の願いは、たいてい叶えられる。あえて死者に逆らうことはしない。逆らって、あの世から恨まれるのは怖いからだ。

夕方、墓地の門を閉めると、私はジャンヌの墓に立ち寄った。墓は弔花で飾られていた。私は花が長持ちするように、上に掛かっていたプラスチックの透明なビニールをはずした。それから、ジャンヌに話しかけた。

どうか安らかに、ジャンヌ……。

もしかしたら、あなたはもう生まれ変わっているかもしれない。この世界の反対側にある、どこかほかの町で……。「まあ、可愛い赤ちゃん」と言われて、新しい家族から、たくさんのキスを受けているのかもしれない。あなたを見て、ママに似ているねって言う人もいるでしょう。まわりにはたくさんのプレゼントが置いてあって、みんなあなたの誕生を祝っているはず。赤ん坊のあなたは、新しい人生を一からやりなおすために眠っている。でも、ここでは、あなたは亡くなっていて、みんなが泣いている。ここでは、あなたは思い出になった。そちらの世界では、あなたは未来そのものだけど。

＊　＊　＊

セリアの車は、ソルミウの入り江に向かって険しい道を降りていった。美しい光景が目に飛びこんできた。レオが気持ち悪いというので、膝の上に乗せて励ますように声をかけた。

「ほら、見てごらん。下に海があるでしょう？　見える？　もうすぐ着くよ！」

別荘に着いて鎧戸を開けると、家の中に太陽の光と海の匂いが入ってきた。蟬が鳴いていた。本物の蟬の鳴き声を聞いたのは初めてだった。それまでは、テレビでしか聞いたことがなかったのだ。私は思わず歓声をあげたが、その声をかき消すくらいのやかましさだった。

私たちは鞄を置くと、荷物の整理もしないで、すぐに水着に着替えて海に向かった。海！　海はすぐ目の前に広がっていた。百メートルも歩けば、もう両足は透明な水の中に入っていた。遠くから地中海を見た時には青かったのに、近くで見ると澄みきった緑色をしていた。私はそれまで、塩素の効いた市民プールの水しか知らなかった。

白鳥の形をしたレオの浮き輪をふくらませて、私たちは海に飛びこんだ。冷たい水に、歓喜の声をあげながら……。

フィリップ・トゥーサンが水をかけてきて、私たちを笑わせた。夫が私にキスをしたので、私の唇は塩辛くなった。レオが「パパがママにキスした！」と大声で言った。

父親に肩車されているレオの笑顔、蟬の鳴き声、冷たい水と暖かい太陽——私の頭はくらくらした。まるで、回転の速すぎるメリーゴーラウンドに乗っているような気分だった。頭から海に飛びこんで、目を開けた。塩水で目がヒリヒリした。幸せで胸がいっぱいだった。

私たちはそこで十日間を過ごした。その間、私はほとんど眠らなかった。あまりに幸せすぎて、目をつぶりたくなかったのだ。感情の計測器があるとしたら、常にメーターを振り切っていただろう。レオも嬉しそうだった。あんなに楽しそうな娘の笑顔を見たのは初めてだった。

マルセイユは何時になっても明るかった。私たちは時間を問わず、入りたい時にはいつでも海に入った。泳ぐか、食べるか、波の音を聞くか、海に見とれるか、さもなければ、何もしないか。何もしなくても楽しかった。マルセイユにいる間、私たちはずっと三つのことしか言っていなかった気がする。「いい匂い！」「水がちょうどいい温度だね！」「おいしいね！」。幸せすぎると、人は馬鹿になるのだ。生まれ変わって、まったく知らない世界で生きているような気がした。光あふれる別世界で……。

十日の間、フィリップ・トゥーサンはどこにも行かず、いつも私たちと一緒にいた。夫は私を抱き、私もそれに応えた。太陽をたっぷり浴びて焼けた肌のせいで、見せかけの幸せが手に入ったのかもしれない。私たちは初めて会った頃のように激しく身体を重ねた。だが、そこに愛はなかった。ただ楽しんで、肉体の喜びを得るためだけのセックスだった。そのほかのことは、はるか遠くにあった。踏切の遮断機のことも、何もかも……。

日焼け止めのクリームを塗ってやろうとすると、レオは嫌がって逃げだした。日陰にも入りたがらなかった。海の中で暮らすと言って聞かず、アニメに出てくるような人魚のお姫様になると宣言した。十日の間、私たちは靴を履かなかった。靴を履かない——それこそが休暇なのだと、私は理解した。休暇とはごほうびみたいなものだ。一等賞や金メダルと同じもので、もらうには、ふさわしくないといけない。セリアは、今までの私の人生を考えたら、私がひとつどころか、ふたつくらい、ごほうびをもらって当然だと考えたようだった。里親と暮らした人生でひとつと、フィリップ・トゥーサンと暮らした人生でひとつ……。

セリアは時々私たちの様子を見に入り江に降りてきた。私たちが幸せに過ごしているかを確認しに……。そして私とコーヒーを飲むと、現場の作業に満足した工事監督のように、唇に笑みをたたえて帰っていった。

私は何度も繰り返しセリアに「ありがとう」と言った。世の男性が愛する妻を宝石で飾り立てるように、感謝の言葉で作ったアクセサリーを贈った。いくら感謝しても足りなかった。

休暇が終わり家に帰る日、私はフィリップ・トゥーサンに小屋の鎧戸を閉めてと頼んだ。自分では、とてもじゃないけどできなかったから……。もし自分で鎧戸を閉めたら、自分自身を生き埋めにするような、自分で自分の墓の扉を閉めるような気がするからと言って……。大げさだろうが、なんだろうが、そんな気持ちだった。ジャック・ブレルが「行かないで」の中で、《君にわかってもらうなら、なんだって口にする》と歌ったように……。そして、すぐそのあとで、今度は娘に対して、私はもう一度、同じことをした。家に帰るのが嫌だと言って、別荘の玄関に座りこんで駄々をこねる娘に、もう帰らなければならないことをなんとかわかってもらおうと考えて、なんだって口にしたのだ。子供にわかるように、もっと簡単なかたちで……。

「ねえ、レオ。どうしてもお家に帰らないといけないのよ。だって、四カ月たったらクリスマスがくるのよ。四カ月ってすぐに過ぎちゃうよ。サンタクロースさんにお願いするプレゼントのリスト、すぐに作りはじめないと間に合わないよ。でも、ここには紙も、ペンも、色鉛筆もないでしょう？　海しかないんだもん。だから、お家に帰らないといけないの。それに、クリスマスツリーの用意もしなくちゃ。いつも枝の先にいろいろな色の玉を吊すよね？　今年は、ほかの飾りも紙で作りましょうよ！　そうよ、ママとふたりで作るの。だからね、そのためには早くお家に帰らなきゃ。時間がなくなっちゃう！　それに、レオがよい子にしてくれたら、お部屋の壁の色も変えてあげる。何色がいい？　ピンク？　じゃあ、ピンクにしましょ。それに、クリスマスの前には何がある？　ほら、クリスマスの前には、レオのお誕生日があるじゃない！　もうあと少しでレオのお誕生日なのよ。早くお家に帰って、風船をふくらませなくちゃ。早く、早く、早く！　お家に帰ったら、たくさん楽しいことが待ってるよ！　ほら、お靴をはいて。早く、早く！　荷物も鞄にしまわなくちゃ！　お家に帰ったら、また電車が見られるよ。それに、また電車が止まるかもしれない。そしたらセリアが中にいるかもしれないよ。さあ、お家に帰ろう！　早く、早く、早く！　それに、マルセイユには来年もまた来るのよ。今度はお誕生日やクリスマスにもらったプレゼントを全部持ってこようね！」

36

君を知る人たちは、君を惜しみ、みんな泣いている

（墓碑に使われる言葉）

イレーヌ・ファヨールとガブリエル・プリュダンは、ガブリエルの前妻マルティーヌ・ロバンの墓をあとにした。ガブリエルは最後に、《ガブリエル・プリュダンの妻》と墓石に刻まれた自分の名前を指でなぞって、「自分の墓じゃないけれど、それでも墓石に刻まれた自分の名前を見るのは、変な気分だな」と言った。

ふたりは時々、ほかの墓の前で立ち止まって、知らない人たちの墓碑にはめられた写真を見たり、日付を確認したりしながら、サン・ピエール墓地の出口に向かった。通路を歩きながら、イレーヌは「私は火葬にしてもらいたい」と言った。

墓地の前の駐車場に着くと、ガブリエルがイレーヌに訊いた。

「何がしたいですか？」

「これから、何ができるっていうのですか？」

「セックス。イレーヌ・ファヨール、あなたからベージュの服をはぎとって、その肌をいろいろな色に染めてみたい」

イレーヌは答えなかった。バンに乗りこみ、適当に車を走らせた。血管の中を、愛とアルコールと悲しみが流れているような気がした。結局、イレーヌはエクスの駅の前でバンをとめた。ガブリエルが言った。

「セックスは嫌ですか?」

「ホテルの部屋で、こそこそと愛を交わすのですか? こそこそと……。泥棒みたいに、身を潜めて……。そんなの、私たちにふさわしくありません。だいたい、何を盗もうというんです。大切なものを盗まれるのは自分たちだけだというのに……。そんなことをしたら、自分を失うだけです」

「ぼくと結婚してくれませんか?」

「私はもう結婚しています」

「ぼくは来るのが遅すぎたってわけか」

「そうですね」

「どうして旦那さんの名字を使っていないのです?」

「だって夫の、ポールの名字はスール(Ｓｅｕｌ)なんです。私は女だから、イレーヌ・スールって書いた時、いくら名字でも最後に女性形のｅがついてないと、なんだかいつもスペルミスをしているような気になって嫌なのです」

ふたりは抱擁を交わした。キスはしなかった。さようならも言わなかった。バンを降りたガブリエルの喪服はしわになっていた。イレーヌは最後にもう一度、彼の手を見た。これが見納めだと、自分に言い聞かせながら……。ガブリエルが、じゃあ、とでも言うように手を振り、ホームのほうに歩いていった。

イレーヌはマルセイユに向かって車を出した。高速道路の入口は駅からさほど遠くなかった。道路は空いていた。一時間もしないで、ポールの待つ家に帰れるだろう。家に帰り、そして、何事もなく年月が過ぎていくはずだ……。

もしかしたら、ガブリエルをテレビのニュースで目にすることがあるかもしれない。イレーヌは想像した。そのニュースの中で、ガブリエルは犯罪事件に巻きこまれた被告人の弁護士として、無罪を主張しているはずだ。「これは不当な取り調べのもとに、でっちあげられた事件です。検察が示した証拠は、裁判でひとつひとつ潰していきます」無実の被告人が罪に問われているのが許せないと、心から憤りを感じている様子で……。徹夜で資料を調べて、目の下に隈《くま》を作っているかもしれない。それが十年後だったら、ずいぶん老けたなと思うだろう。

別の想像もした。ラジオからニコル・クロワジールの「あなたとともに」が流れてきたら、私は立っていられないはずだ。《あなたは陽気だ。愛とワインが手に入るとわかったイタリア人みたいに》という歌詞は、《あの人は陽気だ》と聞こえるだろう。そして、たちまち、一九八四年二月五日に、あの人と過ごしたドライブインに、引き戻されるにちがいない。今日、ふたりで過ごしたドライブインに……。汚いカーテン、フライドポテト、ビール、オムレツ、カルヴァドス酒。それに、ふたりで交わした会話の断片……。特にお墓に飾った白いバラを見たあとに交わした会話を思い出すだろう。

「きれいなバラだ。雪のように白い……」彼は言った。「いちばん好きなのは雪だと言いましたね？」

「ええ。きれいでしょう？　静かだし……。雪が降ると、世界が止まると思いませんか？　パウダーホワイトの大きなシーツで覆われるみたいに……。ほんとうに素晴らしいと思うんです。魔法を見ているみたいで……。おわかりになるかしら？　あなたは？　何がいちばんお好きですか？」

「あなただ！　そう、ぼくはあなたが何よりも好きだと思います。妻の葬儀の日に運命の女性《ひと》に会うなんて、おかしな話だけど……。もしかしたら、マルティーヌが死んだのは、ぼくをあなたに会わせるためだったのかもしれない……」

「ひどいことをおっしゃるのですね」

「そうかもしれない。そうじゃないかもしれない。ぼくはいつも人生を愛してきました。おいしい物を食べて、セックスするのが好きだ。あなたは静の世界を好む。ぼくがいるのは変化と驚きのあるほうの側です。もしあなたが、ぼくの哀れな生き方を共有して、光で照らしてくれるというのなら、大歓迎ですよ」

その会話を思い出すたびに、私の心は千々に乱れるにちがいない。

そんなのは嫌！　イレーヌは思った。そんな未来ではなく、私は今が欲しい。そんな偽りの未来ではなく……。私は今の自分の気持ちに正直になりたい。そう考えると、イレーヌは車のウィンカーを出して車線を変更した。リュイーヌで高速を降り、ショッピングモールの前の道路をエクスに向かって、突っ走る。早く、あの人の乗った列車が出てしまう前に……。

エクスの駅に着いて、駅前の従業員用の駐車スペースにバンをとめると、イレーヌはホームまで走った。リヨン行きの列車はすでに出発したあとだったが、ガブリエルはまだそこにいた。列車には乗らず、ホームにあるブラッスリーの中で煙草を吸っていた（店は禁煙だったのに、ガブリエルはウェイトレスに注意されても、屁理屈をこねて、吸いつづけたらしい）。

戻ってきたイレーヌを見て、ガブリエルは微笑みながら言った。

「お帰り、イレーヌ。では、そのベージュの服の下をあらために行きましょう」

37

君を愛していた、今も愛している、これからもずっと
——フランシス・カブレルの同名曲

午後三時、墓地には人がいなかった。今日はとてもよい天気だ。ガストンは買い物に出かけていた。昨日埋葬されたジャンヌ・フェルネ（一九六八—二〇一七）の墓の前で、エルヴィスがプレスリーの「冷たくしないで」を歌っている。歌声は墓地に響きわたっていた。

《おれの気持ちは本物なのに冷たくしないでくれ《ドント・ビー・クリュエル・トゥ・ア・ハート・ザッツ・トゥルー》、ほかの恋人なんて欲しくないんだ《アイ・ドント・ワァント・ノー・アダー・ラブ》、ベイビー、おれが考えているのは君のことだけさ《イッツ・ジャスト・ユー・アイム・シンキング・オブ》……》

エルヴィスは埋葬されたばかりの故人に、よく歌をうたって聞かせることがある。知らない世界に突然来ることになったので、一緒にいてあげないとかわいそうだと思うらしい。

エルヴィスの歌声を遠くに聞きながら、私は家の裏手にある庭で、キクの花の種を植えていた。芽が出て花が咲くまでは七カ月かかるので、今植えれば、ちょうど〈諸聖人の祝日《トゥーサン》〉を彩るのに間に合う。そこは私専用の庭だった。私はそこで花を栽培して、墓参りに来た人たちに売っていた。まだフィリップ・トゥーサンがここにいた頃に、生活費の足しにするために始めたことだ。結局、夫は私たちを守ってはくれなかったから……。

その時だった。立ちあがって、家のほうを振りかえると、そこにフィリップ・トゥーサンがいたのだ。裏口のドアの前に……。

おそらく、道路に面したドアから入って台所を横切ってきたのだろうが、家のドアを開け閉めした音は聞こえなかった。私を探して、名前を呼ぶ声もしなかった。

《ベイビー、もし君を怒らせたなら《イフ・アイ・メイド・ユー・マッド》、おれが言ったかもしれないことで《フォー・サムシング・アイ・マイト・ハヴ・セッド》、プリーズ、過去は忘れよう《レッツ・フォーゲット・ザ・パ》ぜ《スト》……》

聞こえたのは、エルヴィスの歌声だけだ。

フィリップ・トゥーサンは、今日はノノがいないことを知っていたのだろうか？ 今週はルッチーニ兄弟が来ないことも知っていたのだろうか？ 埋葬がないことも知っていたのだろうか？ 私とふたりだけになれることを知っていたのだろうか？

《未来は明るく見えるよ《ザ・フューチャー・ルックス・ブライト・アヘッド》……》

逃げだす暇はなかった。私は立ちあがった。手は土だらけで、足もとには花の種とじょうろが置いてあるだけだ。フィリップ・トゥーサンの巨大な影が近づいてきて、脅すように覆いかぶさってきた。氷の剣で身体を突き刺されたような気がして、私はその場に立ちすくんだ。

目の前にフィリップ・トゥーサンがいた。バイクのヘルメットをかぶったまま、シールドだけを上げている。彼の目がまっすぐ私の目を見ていた。

私は心の中でつぶやいていた。殺される。この人、私にとどめを刺しに来たんだ。夫が戻ってきた。私はもう決して苦しまないと自分に誓ったのに……。

それだけのことを自分に言い聞かせる時間があった。私はレオのことを考えた。娘には見せたくない。言葉は何ひとつ口から出てこなかった。

これは現実なのか？　それとも、私は悪夢を見ているのだろうか？
《おれの気持ちは本物なのに冷たくしないでくれ、《ドント・ビー・クリュエル・トゥ・ア・ハート・ザッツ・トゥルー》ほかの恋人なんて欲しくないんだ、《アイ・ドント・ワァント・ノー・アダー・ラブ》ベイビー、おれが考えているのは君のことだけさ《イッツ・ジャスト・ユー・アイム・シンキング・オブ》……》
フィリップ・トゥーサンはずっと私を見ていた。その視線が何を意味しているのか、私にはわからなかった。軽蔑なのか、恐怖なのか、それとも憎しみなのか……。だけど、私のことを無価値な人間だと見ているのはまちがいなかった。時とともにどんどん価値がなくなって、零《ゼロ》よりも下がっている。私は彼の両親がこんなふうな目で私を見ていたことを思い出した。すっかり忘れていたが、私は昔、こんなふうに見られていたのだ。
突然、彼が私の腕をつかみ、すごい力で締めあげた。痛かった。けれども、その手を振り払うことも、叫び声をあげることもできなかった。まったく身体が動かない。いつかまた彼の手が私に触れる日が来るなんて、思ってもみなかった。
《おれのことを考えるのをやめないでくれ、《ドント・ストップ・シンキング・オブ・ミー》こんな気持ちにさせないでくれ、《ドント・メイク・ミー・フィール・ジス・ウェイ》ここに来ておれを愛してくれ《カモン・オーバー・ヒア・アンド・ラブ・ミー》……》
フィリップ・トゥーサンの手が、また私に触れる日が来るなんて……。過去はすべて忘れたことにしていた。何があったにせよ、今はもう大丈夫だ。何も心配することがないと……。どんなに辛いことがあっても、すべてを忘れ、やりなおすことができる。やけどをしても、その下には何層もの皮膚があって、再生するように、人生にはいくつもの在庫があって、ひとつがだめになったら、別の人生を倉庫から持ってくればいいと……。忘却の力は無限だから……。忘れてしまえば、新しい人生が現れるから……。でも、今、私の前には忘れたはずの過去がひとつ戻ってきた。
《おれが君に何を言って欲しいか、わかっているだろう、《ユー・ノウ・ホワット・アイ・ワァント・ユー・トゥ・セイ》おれの気持ちは本物なのに冷たくしないで《ドント・ビー・クリュエル・トゥ・ア・ハート・ザッツ・》

くれ《トゥルー》……》

私は目を閉じた。フィリップ・トゥーサンを見たくなかった。声を聞くだけでもやっとだった。匂いには我慢ならない。フィリップ・トゥーサンはますます強く私の腕を締めあげ、怒りを押し殺したような声で囁いた。

「弁護士の手紙を受け取った。ここに持ってきた……。いいか、よく聞け。よく聞けよ。二度と……二度とだ、この住所に手紙を送ってくるな！　わかったか？　約束しろ！　おまえも、おまえの弁護士もだ。絶対に送ってくるな！　おれはもう二度とおまえの名前は見たくない。もし約束を破ったら、おれはおまえを、おまえを……」

《どうして別れなきゃいけないんだ《ホワイ・シュッド・ウィ・ビー・アパート》、ほんとうに愛している《アイ・リアリー・ラブ・ユー》んだぜ、ベイビー、神に誓うよ《クロス・マイ・ハート》……》

封筒を私のエプロンのポケットに突っ込むと、フィリップ・トゥーサンはそのまま立ち去った。私は膝から地面に崩れおちた。バイクのエンジンをかける音が聞こえた。彼はまた出ていってしまった。もう戻ってこないだろう。今度こそ、私は確信を持った。フィリップ・トゥーサンはもう戻ってこない。私に永遠の別れを告げに来たのだ。これで終わりだ。終わったのだ。

私はポケットから封筒を取り出し、ぐしゃぐしゃに握りつぶされた手紙を読んだ。ルオー先生が選んだ弁護士はジル・ルガルディニエと言った。小説家と同じ名前だ。手紙はフィリップ・トゥーサン宛で、トゥーサンの妻ヴィオレット・トレネが、マコンの大審裁判所の記録保存所に協議離婚の申請をしたことを通知する内容だった。

私は家に入り、シャワーを浴びるために二階にあがった。階段に置いてあった人形が散らばっている。フィリップ・トゥーサンが怒りにまかせて蹴とばしたのだろう。寝室に入ると、ベッドには彼が横になった形跡が残っていた。

シャワーを浴びながら、爪に入った土をほじくり出した。フィリップ・トゥーサンの憎しみが私に移っていた。彼は自分の憎悪を、ウィルスか何かのように私に押しつけていったのだ。怒りを感じながら、人形を拾いあつめ、クリーニングに出すためにベッドカバーをビニール袋に入れた。彼がここに来た痕跡を完全に消してしまいたかった。家の中で行われた犯罪の痕跡を消すように……。

家のなかには、フィリップ・トゥーサンの痕跡があらゆるところに残っているはずだ。床の足跡、吸ったり吐いたりした息……。私はフィリップ・トゥーサンがこの家にいた痕跡をすべて消し去りたかった。だから、家中の床をモップで拭き、家中の窓を開けて換気した。それでも十分ではないような気がして、そこいら中にブレンドしたバラの香水を噴きかけてまわった。

そして、また浴室に戻って鏡を見ると、そこに映った自分の顔は、ぎょっとするほど白かった。ほとんど透明と言っていいくらいだ。まるで血の巡りが止まってしまったかのようだ。フィリップ・トゥーサンに締めあげられた腕には、指のあとが残って、青あざになっていた。今日の訪問で、唯一、彼が私に残したものだ。けれども、それはすぐに消えるだろう。そうしたら、これまでのように新しく皮膚が再生されるのを待てばよい。

私はエルヴィスのところにいって、一時間ほど仕事を代わって欲しいと頼んだ。エルヴィスは私の言葉など耳に入らないかのように、ただ驚いた顔をして私を見ていた。

「聞いてる？　エルヴィス」

「顔が白いよ、ヴィオレット。真っ白だ」

私は、数年前に幽霊の格好をして、バックパッカーたちを追い払った時のことを思い出した。今の私なら、衣裳をつけなくても、簡単に追い払うことができるだろう。

38

幸せな日々の思い出は、苦しみを和らげてくれる

（墓碑に使われる言葉）

マルセイユでの夢のような休暇が終わると、私たちは八月のまっただ中に厚紙を切ってクリスマスツリーの飾りを作るために、マルグランジュ＝シュル＝ナンシーの家に戻った。

帰りの列車の中で、レオと私はお絵描きをして過ごした。駅で買ったトルコ石色のフェルトペンで、海に浮かぶ船を描いた。太陽や魚や蝉も……。その間、フィリップ・トゥーサンは、すれちがう女の子たちに日焼けした自分の姿を見せつけて、反応を試していた。食堂車に行ったり、コンパートメントからコンパートメントに少しずつ移動したり、列車が駅に停車した時にはホームに降りることまでした。女の子たちは憧れるような視線を彼に向けた。それを確かめると、彼はそうとうご満悦な様子だった。

家に着くと、私たちの休暇中に踏切番をしてくれていた人たちが、すでに家の入口で待っていた。フランス国有鉄道から派遣されてきた人たちだ。その人たちは、私たちを見るなり、挨拶もそこそこに、「何も問題なかった、引き継ぐことは何もない」と言って帰っていった。家の中はびっくりするくらい散らかっていた。

ありがたいことに、彼らはレオの部屋には足を踏み入れていなかった。レオはすぐに自分の小さなベッドに座って、これからもらうプレゼントのリストを作りはじめた。リストは二枚。一枚はお誕生日用、もう一枚はクリスマス用でサンタクロース宛だった。

私は家の掃除に取りかかり、フィリップ・トゥーサンはさっそくバイクで出かけていった。きっとマルセイユの別荘のベッドで、私と一緒に寝て無駄にした時間を取り返しにいったのだろう。こちらにいたら、それはほかの女のベッドで過ごすはずの時間だったからだ。

翌日には、私はすべての掃除と荷物の片づけを終えて、元どおりの生活が始まった。列車の時刻に合わせて遮断機を上げ下げする。フィリップ・トゥーサンはバイクで出かけ、私は買い物に行く。レオと私はまたいつものように一緒に泡を入れたお風呂に入り、休暇で撮った写真を何度も繰り返し眺めた。写真は家のあちこちに飾った。楽しかった思い出を忘れないように、そして、眺めることで、時々あの瞬間に戻れるように……。

九月に入ってから、列車が通過する合間に、私は約束どおり、レオの部屋の壁をピンクに塗りかえた。レオは私を手伝うと言って幅木を塗りたがったので、娘に気づかれないように、あとからこっそり塗りなおさなくてはならなかった。

レオは六歳になったので、小学校にあがり、しばらくすると、ウールのカーディガンが必要な季節がやってきた。

厚紙の飾りをつけるのに、私たちはプラスチックでできたクリスマスツリーを買った。そうすれば、毎年、森から連れてきたもみの木を悲しませずにすむからだ。

レオはまだサンタクロースを信じていたが、それも今年が最後だろうと私は思っていた。来年はきっともうだめだろう。学校に入れば、たいてい年かさの子供が、サンタクロースはいないとばらしてしまうからだ。しかたがない。サンタクロースが存在しないと知って、がっかりする日は、誰にでも必ずやってくるのだ。

フィリップ・トゥーサンはあいかわらず女の尻を追いかけていた。普通だったら、我慢ならないはずだが、その頃の私には都合がよかった。もう夫に触られたくなかったのだ。それに、私には睡眠が必要だった。最終と始発の列車の間は短い。だから、その間は誰にも邪魔されずに、ぐっすり眠りたかったのだ。以前はあんなに彼と身体を重ねることが嬉しかったのに……。その頃には嫌悪感しかなくなっていた。

私はむしろ空想の世界に現実逃避をしていた。ラジオから流れる歌を聴いて、いつか目の前に運命の人が現れるのではないかと、そんなことを夢想することもあった。歌はみんな情熱的で、男も女も約束に満ちた、優しい愛の歌をうたっていたから……。毎晩、レオニーヌが寝る前に、お話を読み聞かせるのも、私にとっては現実を忘れる、よい時間になった。

娘の部屋は私の逃げ場だった。たくさんのお人形やクマのぬいぐるみ、ワンピースにガラス玉の首飾り、色とりどりのフェルトペンにたくさんの本――可愛い物がごちゃ混ぜになっている、妖精が散らかしたような部屋。私にとって、そこは地上の楽園だった。

話し相手は、娘とスーパーマーケット《カジノ》のレジ係ステファニーしかいなかったが、まったく苦にならなかった。ステファニーはいつも私の買い物にダメ出しをしていた。私がいつも同じ物しか買わなかったからだ。新しい洗剤を勧めてくることもあった。「お風呂用洗剤のコマーシャル、テレビで見た？　浴槽に噴きかけて五分待つだけなんだよ。それからシャワーで流すだけで、垢汚れが全部取れちゃうの！　すごくない？　使ってみるべきだって！」

だけど、私とステファニーが友だちになることは決してないだろうと思っていた。まったく共通の話題がなかったからだ。私たちの人生は毎日交差していたが、それだけだった。時々、ステファニーは昼休みに私の家にコーヒーを飲みにきた。優しい子だったから、家に来るのは嬉しかった。よくシャンプーやボディクリームの試供品ももらった。家に来ると、制服の上着を脱ぎながら、ステファニーはたびたび私に言ったものだ。「あんたっていいお母さんだよね。うん、それはまちがいないわ。ほんと優しいお母さんだよ」と。そしてまた制服の上着を着ると、レジを打つために店に戻っていった。

セリアからは毎週長い手紙が届いた。書かれている文章からは、いつもセリアの笑顔が見えてきた。お互いに手紙を書く時間がない時は、土曜の夜に電話で話をした。

フィリップ・トゥーサンはいつも私と一緒に夕食をとった。レオはわりと早い時間に眠くなってしまうので、いったん寝かしつけにいったあと、私たちはまた夕食をとりながら話をした。たいていは、たわいもないおしゃべりだ。お互いに声を荒らげたことは一度もない。私たちの関係は、友好的かつ、無意味だった。怒鳴ったり、怒ったりしない。でも、お互いに無関心だった。喧嘩のはてに暴力がふるわれたり、皿が割れたりすることはなかった。ただ、沈黙があるだけ……。でも、これは殴ったり、叩いたりするより、暴力的な関係なのではないだろうか？

夕食が終わると、フィリップ・トゥーサンはよくバイクで出かけた。家にいる時にはテレビをつけた。その間、私は『サイダーハウス・ルール』を読んだ。一緒に暮らした十年の間、私がいつも同じ小説を読んでいたことに、フィリップ・トゥーサンは最後まで気がつかなかったと思う。本を読まない時は一緒に映画を見たが、映画の内容に共感して、ふたりの距離が近づくことはめったになかった。テレビでも同じ番組を見たいと思うことはなかった。夫はたいていテレビの前で居眠りを始めていた。

それから、間もなく寝室に行ってしまう。

私のほうはそういうわけにはいかなかった。ベッドに行くには、ナンシーからストラスブールに行く二三時〇四分の最終列車を待たなくてはならなかったからだ。起きるのは、ストラスブールからナンシー行きの始発が四時五〇分に踏切を通過する直前だ。始発列車が通過して、遮断機を上げおわると、私は子供部屋に行って、娘の寝顔を眺めた。それが私のお気に入りの日課だった。目覚めた時に海を眺める人もいるだろうが、私の場合は娘だった。

フィリップ・トゥーサンはいつも私をひとりぼっちにして、どこかに行ってしまっていたが、この頃の数年間だけは、そのことで夫を恨んだりしなかった。私はひとりぼっちではなかったからだ。孤独でも退屈でもなかった。なぜなら、その頃の私は心が満たされていたからだ。孤独や退屈がつけいる余地はなかった。娘といる時間を楽しみ、本を読み、音楽を聞いて、楽しい空想にふけっていたので、ほかには何もいらなかったのだ。空想の中で、私はいくつもの人生を生きた。

レオニーヌは私の人生にとって、想像もしていなかったプレゼントだった。人生で得た最高のプレゼント。贈ってくれたのは、フィリップ・トゥーサンだ。しかも、〈美しさ〉というおまけまでつけて……。レオは父親譲りの美少女だった。見た目の美しさだけではなく、気品と明るさも備えていた。私は四六時中、娘を眺めて、うっとりしていた。

フィリップ・トゥーサンは娘に対しても、私に対するのと同じ距離をとった。娘に対して声を荒らげたことはなかったが、かと言って、格別な関心も示さなかった。興味を持って、娘と遊ぶのは、せいぜい五分までだ。それが過ぎると、別のことをしていた。レオが何か質問しても、面倒がって途中でやめてしまうので、その続きはいつも私が答えていた。娘というよりは、多少距離のある仲間として接しているようだった。唯一、レオと一緒にやりたがったのは、バイクのうしろに乗せて、家のまわりを一周することだ。ただし、ゆっくりと……。レオは父親のバイクのうしろに乗るのは好きだったが、少しでもスピードがあがると、怖くて泣きだした。

もし子供が男の子だったら、夫はもう少しちがった接し方をしたのかもしれない。フィリップ・トゥーサンにとって、女は女だった。六歳だろうが三十歳だろうが変わらない。決して本物の男にはかなわないのだ。夫は男の子を欲しがっていた。リモコンで動く〈超音速自動車〉の模型で遊ぶ男の子。ころんで膝小僧を怪我しても泣かない男の子。ゲームのコントローラーやハンドルを上手に動かす男の子。レオニーヌは夫が望んだそんな男の子とはちがう。可愛くて、きらきらした、ピンク色のキャンディみたいな女の子だった。

だから、レオニーヌと遊ぶのは私だった。私たちはよく図書館に行った。図書館といっても、町役場の一室に本を並べただけのもので、週に二回だけ貸し出しを行っていた。私たちは毎週、水曜日の午後に通っていた。一三時二七分と一六時〇五分に踏切を通過する列車の間だ。手をつないで図書館に急ぎ、前の週に借りた本を返し、その週にレオに読むための本をたくさん借りてくる。帰りはおやつを買いに《カジノ》に寄る。ステファニーはいつもレオに棒つきキャンディをくれた。私たちは《ブロッサールおじいちゃんのサヴァーヌ》（チョコレートマーブルケーキ）を買って家に帰り、一六時〇五分の列車が通過したあとでおやつにした。私は紅茶に、レオはオレンジフラワー・フレーバーのハーブティーにケーキを浸して食べた。

レオは三歳になると、列車の接近を知らせる警報が鳴ると同時に戸口に出て、乗客たちに手を振るようになった。それが娘のお気に入りのお遊びになった。乗客の中には、〈おちびちゃん〉が見られることを知っていて、楽しみにしている人たちもいた。

マルグランジュ＝シュル＝ナンシーにあるのは踏切だけで、駅はなかった。列車に乗るためには、いちばん近くのブランギー駅まで、七キロの道のりを車で行かなくてはならなかった。レオは毎日、列車を見ているのに、なかなか乗る機会がなかったので、時々、ステファニーに頼んで、駅まで送ってもらい、ナンシーとの間を往復した。その時だけは、遮断機の上げ下げは夫がした。

レオはこの列車の旅が大好きだった。初めて列車に乗った時には歓声をあげた。その時のことを、私は一生忘れないだろう。今でも、夢に見ることがある。本物の遊園地に行っても、あれほど喜んだかはわからない。列車が私たちの家の前を通ると、夫がレオに手を振った。レオはこれにも歓声をあげた。いつもは自分が列車に手を振っていたからだ。子供にとっては、そんなことが嬉しくて、しかたがないのだ。

一九九二年のクリスマスイブは親子三人で祝った。フィリップ・トゥーサンからのプレゼントは、いつものように小切手だった。「これで好きな物を買うといい」と言っていたが、なんでも好きな物が買えるわけではない、というくらいの額だった。私はいつも彼が使っている香水、キャロンの《プール・アン・ノム》と素敵な洋服をプレゼントした。

時々、私は、ほかの女のために夫におしゃれをさせ、いい匂いをさせているような気がした。夫が私の知らない場所で、私の知らない誰かの気を引いて、自分はモテると満足するように……。もちろん、わざとだ。なぜなら、夫がほかの女たちと一緒にいて、それで満足しているうちは、私に注意を向けることがないからだ。それが私の望みだった。一緒の家に暮らしながら、私には無関心で、距離をとってくれているのがいちばんいい。私はそう考えていた。だから、私はやきもちも焼かなかったし、苛々をぶつけたり、大きな音をたてて、ドアを閉めたりもしなかった。そういう女はとても都合がいいから、放っておいてもらえる。また、そうしたからと言って、夫が私と離婚して、ほかの女と結婚するとは思えなかった。浮気はしても、恋はしていないと感じとっていたからだ。指先に女の匂いをさせていても、そこに愛は嗅ぎとれなかった。いっぽう、夫からしてみれば、私は理想的な女だったろう。まったく自分の邪魔をしないのだから当然だ。

考えてみれば、私は幼い頃からずっと、他人の邪魔をしないように生きてきたと思う。自然に身についた反応だった。子供の頃、里親の家ではいつも自分に言い聞かせていた。静かに、おとなしくしてなきゃ、だめ。おとなしくしていれば、今度はずっとここに置いてくれるだろう、と……。

もうずいぶん前から、夫との間に愛はないことはわかっていた。愛はどこかに行ってしまった。どこか、決して私たちのものになることはない家の中に……。マルセイユの別荘で愛しあったのは例外だ。海と太陽のせいで熱くなったふたりの身体が、肉体の喜びを求めたのにすぎない。私は追い出すわけにはいかない同居人の世話をするようなつもりで、夫の世話をしていた。それは単に、夫が娘を連れて姿を消すかもしれないのが怖かったからだ。

そういうわけで、私と夫の間のクリスマスプレゼントは互いに愛情のこもったものとは言えなかったが、レオニーヌのほうはサンタクロース宛のリストに書いたクリスマスプレゼントを全部受け取っていた。たくさんの本。それは図書館にある、みんなの本ではなく、レオだけの本だ。その中にはナジャの『あおいイヌ』もあった。それから、プリンセスのドレス、カセットビデオ、赤毛の人形、新しい手品のセット。去年のクリスマスにもらったものより、もっとすごい手品ができるセットだ。先から花が出たり、テープが出たりする杖が二本。手品をするためのトランプやカード。レオは手品が大好きで、幼い頃から手品師になりたいと言っていた。夢はすべてのものを帽子に入れて、消すことだった。

翌日の二十五日は祝日だったので、列車の本数は少なかった。いつもの列車の四分の一だ。私はのんびり身体を休めて、レオと遊ぶことができた。レオは色とりどりのスカーフのうしろで、自分の両手を消してみせた。

レオはその次の日の二十六日から、フィリップ・トゥーサンの両親と出かけることになっていた。両親は、毎年冬は、クリスマスから一週間、レオをアルプス山脈に連れていき、一緒に休暇を過ごすことにしていたのだ。迎えにくるのは朝だったので、私は夕方のうちにレオの旅行支度をした。

フィリップ・トゥーサンの両親は、レオを迎えにくると長居はせずに、すぐに出発するのが慣例になっていたが、それでも母と息子はいつもふたりきりで台所に閉じこもって、低い声で何かを話す時間を取っていた。たぶん母親が息子にプレゼントの小切手を渡していたのだろう。私へのプレゼントは、いつも、中にアルコール漬けのサクランボが入ったブラックチョコレートだった。誰もが知っているブランド、フェレロの《私の愛する人《モン・シェリ》》などではない。商品名こそ《私の宝石《モン・トレゾール》》だったが、ピンクの包装紙に包まれた、名もないブランドの安物のチョコレートだった。

両親の車にレオが乗ると、今度は私が玄関のところでレオに手を振る番だった。レオは手品のセットを膝にのせて、にこにこ笑っていた。レオが車の窓ガラスをおろして、声をかけてきた。

「ママ、行ってきます！」

「行ってらっしゃい。一週間後にね」

レオは何度も私に投げキッスを送った。私はそれを受け取って胸にしまう仕草をした。

目の前から遠ざかる両親の車を見ると、私は毎年、両親がもうレオを返してくれないのではないかと不安になった。そんなことはなるべく考えないようにするのだが、身体は正直だった。レオがいなくなった晩は、毎回、熱が出て、具合が悪くなるのだ。

レオニーヌが休暇に行っている間は、いつも子供部屋を掃除して、一週間を過ごした。レオの好きなピンク色の壁の部屋で人形に囲まれていると、気持ちが落ち着いた。

三十一日の夜は、フィリップ・トゥーサンとふたりで、テレビを見ながら、大晦日を祝う食事をとった。夫の大好きな物ばかりだ。ステファニーは毎年、「ヴィオレット、今日中に全部食べてよ。明日にはもうだめになっちゃうからね。ね？」と言いながら、売れ残りの商品を詰め合わせた籠をプレゼントしてくれた。

年が明けた一月一日の朝、レオニーヌが私たちに電話をしてきた。

「明けましておめでとう、ママ！　明けましておめでとう、パパ！　明けましておめでとう、パパ、ママ、私、スキーで最初のバッジにちょうせんするんだよ！」

そして、一月三日に、レオニーヌはきらきらした笑顔で帰ってきた。私の熱はすぐに下がった。トゥーサンの両親は一時間ほどして帰っていった。レオは、セーターにつけたスキーの検定バッジを誇らしげに見せながら言った。

「ママ！　見て！　ひとつ星バッジだよ！」

「すごいね、レオ！」

「あたし、スラロームができるんだよ！」

「すごい、すごい！」

「ママ！　アナイスと夏のバカンスに行ってもいい？」

「アナイスって、誰？」

39

大切なものは目に見えないんだよ

――サン＝テグジュペリ『星の王子さま』

「最近、誰も死なないね」

ルッチーニ兄弟は暇を持てあましていた。もう一カ月以上も、葬儀店を訪れる人がいなかったからだ。

今日はセドリック神父、ノノ、エルヴィス、ガストン、ピエール、ポールにジャックのルッチーニ兄弟が、私の台所に集まって、テーブルを囲んでコーヒーを飲んでいた。私が作ったチョコレートマーブルケーキを食べながら、雑談に花を咲かせている。まるで誕生日のケーキを囲んで、ぺちゃくちゃおしゃべりしている女の子たちみたいだった。

その間、私は家の裏にある自分の庭で、キクの花の種を植えていた。ドアを開けっぱなしにしていたので、みんなの話し声が聞こえた。

「天気がいいからだろう。天気がいいと、人はあまり死なないからね」

「でも、おれは死ぬ。午後にガキの学校の保護者会があるんだ。おれはあれが苦手でね。おたくのお子さんは勉強しないって、そんなことばかり言われるんだから……。まあ、親父が親父だからしかたないが……」

「まあな。でも、おまえだって、ちゃんと仕事をしているだろう。私たちの仕事は、これでなかなか大変だからな。大切な人をなくしたばかりで、気持ちが落ちこんでいる人に寄りそわなくてはならない。その人たちが望む埋葬をすることでね。まちがいは許されない」

「まちがいってなんだ？」

「それぞれの家族にやり方があるだろう？　この間などは、葬儀や埋葬の間は、腕時計を右腕につけてくれと言われた。その家では、それが故人の喪に服しているという証《しるし》なんだ」

「訃報に書く、名前の綴りも絶対にまちがえちゃいけない」

「そのとおりだ」

「ところで、ホームセンターの《ブリコマルシェ》が閉まるのは何時だっけ？」

「七時だろう？」

「じゃあ、保護者会のあとで行けるな。芝刈り機の部品を買わなきゃいけないんだ」

「《ぼくを愛して《ラブ・ミー・テンダー》、優しく愛して《ラブ・ミー・スイート》、ぼくのそばから離れないで《ネバー・レット・ミー・ゴー》》」

「おい、ガストン、コーヒーカップを持ったまま、歩きまわるなよ。あちこちにコーヒーをまきちらしているじゃないか！」

「まちがいをしないようにするだけじゃない。私たちには遺族にアドバイスをするという大事な役目がある。ほら、葬儀というのは、人の一生で何回もするもんじゃないだろう？　だから、『どうしたらいいんでしょう？』って、みんな悩んでいる。そんな時に、埋葬でかける音楽とか、メモリアルプレートに刻む言葉とか、助言すると、安心した顔になるんだ」

「そうだよね。葬儀を頼みにうちの店に入ってくる人は、泣いたりなんかしていない。みんな、棺と教会とか墓地とか、考えなきゃいけないことが多くて、それで頭がいっぱいなんだ」

「《君のおかげでぼくの人生は満ちたりた《ユー・ハブ・メード・マイ・ライフ・コンプリート》、ぼくはこんなにも君を愛している《アンド・アイ・ラブ・ユー・ソー》》」

「おお、エリアーヌ、こっちに来たか？　ケーキが欲しいのかい？　それとも、撫でてやろうか？」

「まあ、それで埋葬が終わると、ほっとするんだろう。『今日はとってもよかった。素晴らしかった』ってお礼を言う人がいるんだ。『とってもよかった』って、大切な人が亡くなったんだろう？　あれを聞くと、いつも変な気分になるよ」

「でも、それは私たちの仕事に対する感謝の気持ちだから……。私はむしろ嬉しいね。感動する。神父様は仕事をしていて感動することはありますか？」

「仕事というか……。そうだな。この前の日曜日、双子に洗礼を施したのだがね、大変に感動的だった」

「これからその双子がそれぞれ、どんな人生を送るのか。そう思えばいろいろ胸に迫るものがあるね」

「胸に迫るって言えば、昨日の夜、テレビでそれこそ感動的な映画をやっていたよ。ほら、ちょっとブロンドに近い髪の俳優が出ていて……。あの俳優、なんて名前だっけ？」

「うん、その映画はおれも見たな。あの俳優の名前は……。なんだっけ？　最近、人の名前をすぐに忘れちまうんだ。ほら、さっき、小柄な奥さんとすれちがっただろう？　あの人、なんて名前だっけ？　旦那さんがトゥタグリ社で働いてた……。ああ、そうそう、ドグランジュさんだ」

「よかったじゃないか、思い出せて。まだ、ぼけてないってことだ」

「ぼけたかどうかは、昨日の夜、何を食べたか、思い出せるかどうかでわかるって言うね」

「それなら、覚えてるよ。ゆうべは、オディールが鶏の甘辛煮《プーレ・オ・キャラメル》を作ってくれたんだ。鶏をしょうゆと砂糖としょうがで煮てな。サラダは山羊のチーズをのせたやつだ。松の実とハチミツを少し足して……」

「《ぼくを愛して、《ラブ・ミー・テンダー》ほんとうに愛して《ラブ・ミー・トゥルー》》」

「オディールは料理がうまいからな。また、ごちそうになりにいくよ」

「鶏なら、おれはきのこソースで食うのが好きだな。タマネギも少し入れて、クリームの中で強火でマッシュルームを手早く炒めるんだ。そいつをローストした鶏にかける。うまいぞ」

「そういや、《カルナ亭》のきのこソースは絶品だったな。でも、店を閉めちまった。そのあとには、新しい店が開くんだって……。パン屋だったと思うけど……」

「町も変わっていくよな。葬儀も変わっていくけど……」

「そう習慣は変わる。五千年前から、人は死ぬと、地下に埋葬されてきたけれど、葬儀のやり方はずっと同じだったわけじゃない」

「墓参りの習慣も変わったよな。昔は〈諸聖人《トゥー》の祝日《サン》〉には決まって一家で墓参りをして花を飾ったもんだが……」

「それに、最近では火葬が増えてきている。死者を焼くんだぜ！」

「おれはもうバーベキューのセットを外に出したよ。そろそろ季節だからな」

「おい、このタイミングでそんな話はするなよ」

「あんまり天気がいいからね。バーベキューにはもってこいだと思って……」

「そろそろ、バカンスの計画も立てなきゃな。今年の夏はどこかに行く予定はあるかい？」

「私はブルターニュ地方にいる義理の弟のところへ行くつもりだよ。渓流釣りができるんだ。私は釣りが好きだね。人を気にせずひとりでできるから……。相手にするのは魚だけだし、それに、釣ったら川に戻してるんだよ」

「いつ？」

「七月の初め」

「神父様は？」

「どこにも行かない。結婚式が七月に三件、八月に二件あるしね」

「ヴィオレットはまたマルセイユに行くのかな？」

「さあ……。マルセイユと言えば、あの警視、最近、見ていないな」

「あいつ、ヴィオレットにほれてるぜ。まちがいない」

「《ぼくを愛して《ラブ・ミー・テンダー》、長く愛して《ラブ・ミー・ロング》、ぼくを君の心に連れてって《テイク・ミー・トゥー・ユアー・ハート》》」

「ところで、誰が次の大統領になるんだろうな？　あのブロンド女でないとしたらさ」

「誰が大統領になったって同じだよ。左翼も右翼も、自分たちの懐を暖めることしか考えてないんだから……。大事なのは、月末におれたちの財布にいくら残ってるかってことだけど、それは変わりゃしないんだ」

「いや、それはちがうだろう。誰が大統領になるかで、政策が変わり、法律も変わってくる。法律を作るのは政治家だということを忘れてはいけないよ。それによって、私たちの生活は大きく変わるんだ」

「法律が変われば、葬儀屋の仕事にだって、もちろん影響がある。埋葬するなら、遺体は完全な保存処置をしなければならない。衛生面の問題があるからね。まだ法律では義務づけられていないけれど、いずれはそうなるだろう。もう時間の問題だ」

「その点、火葬なら、衛生面の問題はない。全部燃やしてしまうんだから……。仕事を始めたばかりの頃、ぼくは『火葬するなら、高い棺はいらないんじゃないの？』って、親父に聞いたんだ。親父は——安らかに、パパ——言ったよ。『どうしてだ？　燃やさなくたって、土の下に埋めたら、見えやしない。それに、火葬にする棺に金をかけたいという遺族もいるんだよ。決めるのはおまえじゃない。私たちは遺族の気持ちを尊重すればいいんだ』って……」

「火葬をすると、ご遺体は灰になるわけだけど、灰だったら、遺族の間で分けやすいかもしれない」

「いや、遺灰を分けることはできないんだよ。法律では、遺灰も一体の身体と見なされているから……」

「そうそう、よく映画なんかで、遺灰を海にまく場面があるだろう？　動いている船から……。遺灰が風に舞って、海に降っていく……。あれはやっちゃいけないんだ。法律で禁じられている。実際にはバクテリアで分解されるバイオデグラダブル製の骨壺に遺灰を入れて、そのまま海に捨てなきゃいけないんだ。岸から一キロメートル以上離れた場所でね」

「遺灰を墓に入れるとしても、そのほうが場所をとらない。新しく一家の墓地を買うことを考えると、火葬のほうが費用的にも安くつくね。今は自分の葬儀は自分で決めるっていう風潮になってきただろう？」

「二〇四〇年にはフランス人の二五％が自分で自分の葬儀を手配するっていう調査もある」

「だけど自分の葬儀の準備をするなんて、やっぱりちょっと不思議な気持ちがするよね。まだ棺にも入っていないのに、自分の名前が書かれた墓碑を見るなんてさ」

「そりゃあ、そうだけど、そのほうが突然死んで、残された家族をあわてさせなくてすむという利点もある。葬儀のやり方とか、費用のことで……。それで、さっきも言ったとおり、自分の遺体は火葬にしてくれと言っている人が増えてきているんだ。『火葬なんてまっぴらだと思っていたけど、よく考えてみたら、子供たちにお金を残してあげたいしね』って……。私は『そのとおりですよ』と答えている」

「でも、さっきの棺の話じゃないけど、火葬にしても、エンバーミングはきちんとしなければならない。たとえ、すべてが灰になってしまうとしてもだ。大事な人の姿は、美しく記憶に残さないといけない。親しかった人を失うことは、すでに十分辛いことなのだから、最後にお別れをする時には、美しい姿で見せてあげたい。幸い、遺体の防腐処理技術は驚くほど進化したから、九割はほんとうにきれいな仕上がりになるよ。ただ眠っているようにしか見えない。まあ、ひどい交通事故にあって、顔や身体が激しく損傷してしまった場合は別だけど……」

「《ぼくを愛して《ラブ・ミー・テンダー》、どうぞ愛して《ラブ・ミー・ディアー》、君はぼくのものだと言って《テル・ミー・ザット・ユー・アー・マイン》おくれ》」

「ああ、でも、なんにしろ、知り合いの葬儀をするのは嫌だな」

「そのとおりだ。そうじゃなければ、悲しむのは家族の仕事で、こっちの仕事じゃないって思っていられるけど……。何も、血も涙もない人間ってわけじゃないが……。故人を知らないんだからな」

「そう、よく知っていて、その人との間に、たくさんの思い出があったりした日にゃ……。そりゃあ、やっぱり悲しいよ」

「《ぼくはずっと君のもの《アイル・ビー・ユアーズ・スルー・オール・イヤーズ》、この命が絶えるまで《ティル・ジ・エンド・オブ・タイム》》」

40

祖母は早くから私に星を摘み取る方法を教えてくれた
夜になったら、庭の真ん中に水を入れたバケツを置きなさい
それだけで足もとに星をたくさん集めることができるから

（祖母の思い出）

フィリップ・トゥーサンが突然家に現れた三日後、私はルオー先生の事務所に行き、すべて中止してほしいと頼んだ。多分、先生の言ったとおりなんでしょう。私の勘ちがいだったかもしれません。フィリップ・トゥーサンは姿を消しました。そのままにしておくのがいちばんいいんです。私は、もう過去を蒸し返したくないから……。

先生は何も聞かなかった。私の目の前でルガルディニエ弁護士に電話をかけて、申請を取り下げて、訴訟手続きをやめるように伝えてくれた。

あのフィリップ・トゥーサンの剣幕を見たら、名前がトレネだろうが、トゥーサンだろうが、もうどうでもいいと思えた。ここではみんなが、私のことを「ヴィオレット」か、「マドモワゼル・ヴィオレット」と呼んでいるのだから……。「マドモワゼル」って言葉は、今やフランス語では死語になったかもしれないが、私の墓地ではまだ使われていた。

墓地に戻ると、私はガブリエル・プリュダンの墓に立ち寄った。昔、私が植えた松の木が、イレーヌ・ファヨールの骨壺に日陰を作っている。エリアーヌがやってきて、何かうなってから私の足もとに座った。そのあと、どこからともなくムーディ・ブルーとフローランスがやってきて、私に身体をこすりつけてから、二匹そろって、日に照らされた墓石に寝そべった。私は身体をかがめて二匹を撫でた。墓石同様、猫のお腹は熱かった。

ガブリエルとイレーヌが、猫を使って私に挨拶しているのだろうか？　レオが家の外に出て、列車の乗客に手を振って挨拶していたように……。私は猫を見ながら、イレーヌとガブリエルの姿を想像した。イレーヌがエクスの駅にガブリエルを探しに戻った時の姿を……。

どうしてイレーヌは夫のポール・スールのもとを離れなかったのだろう？　どうして家に戻ったのだろう？　ガブリエルの隣で永遠の眠りにつきたいというイレーヌの遺言は、何を意味しているのだろうか？　現実の人生では添いとげられなかったが、あの世ならずっと一緒にいられると思ったのだろうか？　ジュリアン・スールは話の続きを聞かせに、また来てくれるだろうか？

そんなことを考えていたら、ふいにサーシャのことを思い出した。サーシャ……。

ノノが私のところへやって来た。

「ヴィオレット、夢でも見ているのかい？」

「そうかも……」

「ルッチーニ兄弟の店にやっととお客さんが来たぞ」

「誰が亡くなったの？」

「交通事故で死んだ人だ……。どうもひどい状態らしい」

「誰なの？　知っている人？」

「わからないんだよ。身元がわかる物は、何も持っていなかったんだ」

「おかしな話ね」

「町役場のやつらが国有林の掃除をしていて見つけたんだ。ほら、墓地の近くの道が急カーブになっているところがあろだろう？　崖になっていて、その下が国有林になっている。あそこだよ。ずっと前にレーヌ・デュシャが事故で死んだ場所だ。遺体もバイクも草で覆われていたんで、なかなか見つからなかったらしい。死んだのは三日くらい前だそうだ」

「三日前ですって？」

「うん。バイク乗りの男だよ」


私はノノと一緒に、ルッチーニ兄弟の店に行った。遺体安置室にはピエールとポールがいて、警察から必要な書類が届くのを待っていた。遺体はこのあとマコンに搬送されることになっているらしい。この町では解剖ができないからだ。


私たちはまるで安っぽいテレビドラマの一場面のように、遺体を取り囲んだ。薄暗いライトのついた部屋で、大根役者たちが下手な演技をしているみたいに思えた。エンバーマーのポールが言った。

「見せるのは首から下だけだよ。顔は見せられない。見せたくても、もう顔がないんだ。ほんとうは、警察の許可がないと、誰にも見せちゃいけないんだけど……。でも、ヴィオレットは特別だ。遺体が誰だか知っているんだろう？」

「そういうわけじゃないけど……」

「じゃあ、どうして遺体を見たいなんて、言ってきたのさ？」

「はっきりさせるためよ。私の知っている人じゃないって……。ヘルメットはかぶっていなかったの？」

「かぶってたよ。でも、あご紐を留めていなかったんだ」

遺体を覆っていた袋が開けられた。男は裸体だった。ポールが顔と性器に布をかぶせてから、私に見せた。身体は青あざだらけだった。死体を見るのは初めてだった。私が墓地で見る時はいつも、ノノが言うように〈箱の中〉に入っていたから……。

気分が悪くなって、私はその場に倒れた。目の前が黒いベールで覆われた……。

41

たとえ大地が君を覆っていても、ぼくの心にはいつも君が見えている
（墓碑に使われる言葉）

私はルッチーニ兄弟の店で気を失い、ノノが呼んだ消防士たちの手で病院に運ばれた。ベッドの上で、私はあの年のことを思い返していた。

＊＊＊

一九九三年一月三日、休暇を終えて帰ってくると、レオニーヌが言った。

「ママ！　アナイスと夏のバカンスに行ってもいい？」

「アナイスって、誰？」

それを聞くと、レオニーヌを家に送ってきたトゥーサンの母親がパンフレットを差しだしてきた。

「カトリーヌ（結局、義母はレオニーヌのことをそう呼んでいた）のお友だちよ。この子はアナイスと一緒に、そのパンフレットにあるサマースクールに参加することになったんです」

義母の言葉によると、アナイスは、アルプスの休暇中に仲良くなったカトリーヌのお友だちで、

「ちゃんとした人たち」の娘なのだという。

「お父様はお医者様で、お母様はレントゲン技師なのよ！」

知り合いが医者だとか弁護士だとかの時、義母は鼻息を荒くして、その職業をいかにも誇らしげに口にする。彼女にとって、医者と弁護士とつきあいがあるというのは、幸せの極みらしい。まるで、潜水マスクをつけて地中海に飛びこむ時の私のようにはしゃいでいた。

アナイスは、スキースクールでレオと同じグループにいた子で、一緒にスキーのひとつ星の試験に合格したらしい。家族は偶然にも、ナンシーの近くのマキエヴィルに住んでいた（お友だちが近くにいるのは、レオにとって嬉しいことだろう）。

それで、アナイスは毎年、ソーヌ＝エ＝ロワール県のラ・クレイエット町で開かれるサマースクールに参加していたのだが、冬の休暇でレオと仲良くなったので、今年は一緒に行きたいと誘ってきたのだ。アナイスの両親は、もしレオも参加するなら、自分たちが行く時に途中で拾って、一緒に連れていってくれると言ったらしい。それを聞いて、フィリップ・トゥーサンの母親がレオの参加を決めてしまったのだ。私たちの意見も聞かずに……。

「だって、そうでしょう？　夏の間も線路沿いのこんな狭くるしいところに閉じこめられるなんて、カトリーヌがかわいそうじゃないの」

義母はいつでも、レオのことを哀れむような話し方をしていた。私の娘に生まれたという大きな不幸から、自分の手で救いださなくてはという使命感にでも駆られているようだった。

私は心の中で、こう言い返していた。たとえ、線路沿いの狭い家で暮らしていても、レオは決してかわいそうなんかじゃありません。一年中いつだって……。列車が通過して、次の列車が来るまでは、私と一緒に遊んでいるんですから……。夏だって、そうです。庭にビニールプールを出して水遊びもしているんですよ。もちろん小さなプールにはちがいないけど、水をかけあったりして、心の底から楽しんでるんです。レオなんて、ビニールプールの中で、お腹を抱えて、笑いころげているのよ。

だけど、そんなことを言ったって、フィリップ・トゥーサンの両親には理解できなかっただろう。あの人たちの辞書には、〈笑う〉という単語はなかったから……。

そこで、私はただこう言うにとどめた。

「八月にはまたマルセイユの別荘に行くんですけど……。ええ、ソルミウの別荘に……。だから、七月ならかまいません。レオが喜ぶなら、お友だちとキャンプに行くことにすればいいと思います」

フィリップ・トゥーサンの両親が帰っていったあと、私はすぐに《ラ・クレイエット町ノートルダム・デ・プレ城サマースクール》と書かれたパンフレットに目を通した。表紙には大きな湖のほとりにそびえる、とても美しいお城が写っていた。宣伝用パンフレットの制作者は、雨が降る可能性などみじんも感じさせないような、晴天の空の写真を選んでいた。青空の部分にはキャッチコピーがあって、《子供たちの笑顔のために、この夏、サマースクールは燃えています!》と書かれていた。その下には登録要項が記載されていた。ページをめくると、何枚かの写真が載っていた。十歳くらいの女の子たちが、食堂で食事をしたり、アトリエで絵を描いたり、湖の砂浜で泳いでいる。写っているのはすべて同じ子供たちだ。いちばん大きな写真には、美しい牧草地でポニーに乗っている子供たちが写っていた。

私はため息をついた。どうして小さな女の子の夢って、ポニーに乗ることなんだろう?

映画『風と共に去りぬ』で、主人公の子供がポニーから落ちて亡くなるシーンを見てから、私はポニーにはとても懐疑的だった。私にとってレオがポニーに乗るのは、フィリップ・トゥーサンのバイクのうしろに乗るよりもずっと恐ろしかった。

けれども、義母はすでにレオを洗脳していた。「今年の夏はアナイスとキャンプに行って、ポニーに乗るのよ！」という、六歳の少女なら誰もが夢にみる魔法の言葉で……。レオは今からそのつもりだった。

列車が過ぎるとともに、月日も過ぎていった。レオは学校でたくさんのことを学んだ。童話と新聞と辞書と詩と作文のちがいを覚え、数学の問題を解いた。「クリスマスには三十フランを持っていました。十フランのセーターと二フランのケーキを買いました。それからママがおこづかいを五フランくれました。さて、四月の復活祭《イースター》にはいくら残っているでしょう？」。地理の授業では、世界のどこにヨーロッパがあって、ヨーロッパのどこにフランスがあるのかを習った。フランスの地図で大きな都市を勉強した時、レオはマルセイユのところに赤い印をつけた。あいかわらず手品をするのも好きで、特に何かを消してしまう手品がお気に入りだった。ただし、自分の部屋の散らかりようだけは変わらなかった。

レオの成長ぶりに目を細めているうちに、七月が来るのはあっという間だった。一年生最後の授業を終えて、学校から帰ってくると、レオは、《二年進級試験合格》と書いてある成績表を誇らしげに見せた。

そして、一九九三年の七月十三日がやってきた。

アナイスの両親がレオを迎えにきた。とても感じのよい人たちで、サマースクールのパンフレットみたいな人たちだと私は思った。青空しか見てこなかったような人たちだ。レオは大喜びでアナイスと抱きあった。ふたりはずっと笑っていた。その笑顔を見て、私は少し淋しく思っていた。レオは、私にそんな笑顔を見せたことがなかったから……。

＊　＊　＊

そう、レオは決して、私にそんな笑顔を見せたことはなかった……。そんなことを思いながら、ふと病室のドアを見ると、ジュリアン・スールが入ってくるのが見えた。ノノが呼んだのだ。私たちが愛人関係にあると思いこんで、気持ちの支えになってもらおうとしたのだ。でも、ノノはまちがっている。私の気持ちを支えられるのは、私しかいない。

彼は心配そうに私の顔をのぞきこんだ。病室の青白いランプのせいだろうか？　ジュリアンの顔には血の気がなかった。顔色が悪い。

「すみません。疲れているんです。お相手できそうな状態ではありません」

私に言えたのは、それだけだった。ほかに何が言えただろう。私が今、この病院にいるのは、もとはと言えば、彼のせいなのだから……。というより、マルセイユに帰ろうとしていたイレーヌ・ファヨールがエクスの駅に向かって、ガブリエル・プリュダンに会いにいったせいだ。そうして、自分の遺灰をガブリエルの墓に入れてくれるように、息子に遺言を残し、その息子であるジュリアンが私の墓地にやってきたせいだ。それでも、ジュリアンがそのあと、私のコートの裾からのぞいた赤いワンピースに気がつかなければ、こうはならなかったかもしれない。ジュリアンが私に興味を持たなければ、フィリップ・トゥーサンの居場所は見つからなかっただろうから……。そうしたら、フィリップ・トゥーサンが三日前に、私のところにやってくることもなく……。

そう言えば、病室に入ってきた時、ジュリアンはすぐに私の腕に目を走らせた。腕のあざに気づいたのだ。フィリップ・トゥーサンがつけた青あざに……。前に、「何かを隠そうとして怪しげな態度を取れば、すぐに気がつきます。そういったことには鼻がきくんです。それこそ、犬なみにね」と言っていたが、ほんとうにそのとおりだ。でも、そうだったら、そのあざはフィリップ・トゥーサンがつけたもので、私のところに来た帰りに、フィリップ・トゥーサンがバイクの事故で死んだことにも気づいたのだろうか？

そう、あの日、フィリップ・トゥーサンは私の家を出てすぐに、墓地から三百メートルのところで、バイクの事故を起こして死んでいた。奇妙なことに、それは、あのレーヌ・デュシャ（一九六一―一九八二）が事故で死んだのと、まったく同じ場所だという。夏の夜になると幽霊になって道ばたに現れるという、あのレーヌ・デュシャが死んだ場所と……。

フィリップ・トゥーサンもレーヌの幽霊を見たのだろうか？　どうしてヘルメットのあご紐がはずれていたのだろう？　家に入ってきた時も出ていった時も、ヘルメットはかぶったままだった。どうして身分証を何も持っていなかったのだろうか？

私はフィリップ・トゥーサンが三日前に私の家に来たことを、誰にも言わなかった。ノノにさえも……。あの遺体がフィリップ・トゥーサンであることも言っていない。

でも、ジュリアンは気づいただろうか？　そして、そうなった原因が自分にあるということにも……。もしイレーヌ・ファヨールがガブリエル・プリュダンに会いに戻らなければ……。もしジュリアンが私に興味を持ったりしなければ、フィリップ・トゥーサンは……。

だけど、今さらそんなことを考えたって、どうしようもない。

ジュリアンが椅子から立ちあがった。

「あとでまた来ます。何か欲しいものはありますか？」

私は黙って、首を横に振り、目を閉じた。そして、またあの夏の記憶をたどりはじめた。もう何度、思い返したかわからない。千回か、それ以上か……。もう数はわからない。

＊　＊　＊

アナイスの両親は午前中にレオニーヌを迎えにきた。だが、すぐには出発しなかった。せっかくだから、子供たちは好きにおしゃべりさせておいて、親同士、この機会に「お近づきになりたい」と言うのだ。そこで、私たちはみんなでランチをとりに《ジーノ》に行った。イタリアに行ったことのないアルザス人がやっている、あのピッツェリアだ。フィリップ・トゥーサンは遮断機を上げ下ろしするために家に残った。昼の時間帯は、一二時一四分、一三時〇八分、一四時〇六分と、立て続けに列車が通過するので、ふたりして家を空けるわけにはいかなかったからだ。でも、そのほうが夫にとってはよかった。知らない人と会話するのが大嫌いだったし、休暇や子供たちやポニーなんて、彼にとっては女どもの話題だったからだ。

娘たちは目玉焼きをトッピングしたピザを食べながら、次から次へとおしゃべりしていた。ポニーのこと、水着のこと、二年生に進級したこと、スキーのひとつ星のこと、手品のこと、日焼け止めクリームのこと……。

アナイスの両親、アルメルとジャン＝ルイ・コーシンは、日替わりランチを頼んだ。私も同じものを頼みながら、お勘定のことを心配していた。レオニーヌを連れていってくれるのだから、当然、お勘定は私が持たなければならない。けれども、もう現金はなかったから、支払いには小切手を使うしかなかった。その小切手が不渡りになったらどうしようと考えていたのだ。

フィリップ・トゥーサンが家に一フランも入れないせいで、一家の暮らしは私の給料でまかなっていた。そこで、私はできるだけ倹約して、必要なお金は当座預金からおろして使っていたのだが、その月はサマースクールの参加費を振り込んでしまったので、預金のほうも残りが少なかった。ランチの代金が預金の額より多かったら、店に渡した小切手は不渡りになる。かと言って、代金が引き落とされるまでに口座にお金を補充する手立てはない。どうか、代金が預金の残額を超えませんように……。そう思いながら、私はずっと〈日替わりランチ三つに子供用メニュー二つに飲み物五人分でいくら〉と、頭の中で計算していた。〈車で来てくれたので、まだ助かった。ワインを頼まなくてすむ〉と思ったことを覚えている。

アナイスの両親に、「とてもお若いのね、おいくつの時にカトリーヌを産んだの？」と聞かれたことも覚えている。ふたりは、娘のほんとうの名前がレオニーヌだと知らなかった。私は時々コーシン夫妻のきれいな青い目を見ながら、「はい、いいえ、まあ、ああ、わかりました、すごいですね」と相づちを打っていたが、小切手のことが心配で、話はほとんど耳に入らなかった。

その間、レオは友だちといるのが嬉しくて、はしゃいでいた。ピザのミミの固いところを目玉焼きの黄身に突き刺して、「卵よ、これでおまえはぐちゃぐちゃだ！」と言って笑っていた。それを見ながら、私は〈こんなに大きくなって、お友だちまでできて〉と嬉しくなった。それと同時に、〈私にお友だちができたのは二十四歳。去年の夏、ストライキのおかげで、セリアと友だちになったのが初めてだったのに〉と思うと、羨ましくもなった。

レオは何かひと言、話しては笑い声をあげた。前歯が二本抜けたばかりだったので、口を開けると、ピアノの鍵盤みたいだった。髪は出発前に、おさげに結ってやっていた。車に乗っている間、顔にうるさくかからないように……。

レストランを出る前に、レオニーヌは手品をするといって、みんなの前で紙ナプキンを消してみせた。ついでにお勘定も消してくれたらどんなにいいだろうと私は思った。小切手を書く私の手は震えていた。もし不渡りになったら、きっと恥ずかしくて死んでしまうだろうと思った。おかしなことだ。マルグランジュの住民は、ひとり残らず私の夫が浮気していることを知っていたと思うが、そのことで大通りを歩く時に、人から向けられる視線が気になったことは一度もなかった。けれども、もし不渡りの小切手を出したことが町の人たちに知られたら、二度と外には出られなかっただろう。

　私たちは家に戻り、レオはコーシン夫妻の車の後部座席にアナイスと一緒に乗ったが、危うく、大事なドゥドゥ（赤ちゃん用の添い寝ぬいぐるみ）を持っていくのを忘れるところだった。食事の間、アナイスに見られたくなくて、私のハンドバッグに入れて隠しておいたのだ。私はレオに酔い止め薬のコクリンを飲ませた。レオは車酔いをしやすかったし、目的地までは三百四十八キロメートルもあったからだ。そして、これは帰りに飲むのよと言って、帰りの分のコクリンをレオのポケットに入れた。

「向こうには夕方に着くと思うので、着いたらすぐに連絡します」

　そう私に告げると、アナイスの両親は出発していった。

　午後、レオの部屋を片づけていたら、キャンプの持ち物リストが出てきた。忘れ物をしないようにと二週間も前に作ったものだった。

おこづかい、水着二枚、アンダーシャツ七枚、ショーツ七枚、サンダル、バスケットシューズ（乗馬ブーツは現地支給）、日焼け止めクリーム、帽子、サングラス、ワンピース三枚、オーバーオール二本、ショートパンツ二本、ズボン三本、Tシャツ五枚（シーツとタオルは現地支給）、バスタオル二枚、漫画三冊、マイルドシャンプーと虫除けスプレー、歯ブラシ、イチゴ味の歯磨、厚手のセーター一枚と上着一枚＋レインコート＋ボールペンと雑記帳一冊

使い捨てカメラ＋手品のセット

ドゥドゥ

夕方、アナイスの両親から無事に着いたと連絡があった。そして、午後の九時にはレオから電話があった。すっかり興奮していた。

「すごいんだよ、ママ！　ぜんぶ、すごすぎるの！」

レオは息つく間もなくまくしたてた――お天気もすごすぎたし、お部屋もすごすぎ。牧場にはポニーがいて、それがまた可愛すぎるの。パンとニンジンをあげたら、おいしそうに食べて、もう素敵すぎ。お部屋には二段ベッドがあって、アナイスは下に寝て、あたしは上に寝ることにしたの。夕食のあとにみんなに手品を見せたら、みんな喜んでくれて、楽しすぎだよ。インストラクターのお姉さんたちも優しすぎるし……。あ、ひとりはママにそっくりだよ。もう似すぎっていうくらい。それだけ一気にしゃべると、レオは言った。

「パパは？　パパに代わって、ママ！」

「代われないわ。パパはお出かけしちゃったから」

「ママ、大好き！　ママにキス！　パパにもキス！」

電話を切ったあとで、私は小さな裏庭に出た。ビニールプールの中に、バービー人形があおむけに浮いていた。水が緑色に変わっていた。水を捨てると、バラの生け垣に沿って流れていった。来週レオが戻って来たら、また新しい水を入れよう。そう思った。

42

あなたが今、どんな様子なのか、教えてくれる誰かに出会うこと。それが愛だ

――アンドレ・ブルトン

ジュリアン・スールが私を迎えにきて、病院から家まで送ってくれた。車の中でも、私たちは黙ったままだった。ジュリアンは私を家の前で降ろすと、そのまま、マルセイユに引き返していった。すぐにまた戻ってくると言って、私の右手を取り、甲にキスをした。手にキスをされるのは、これで二度目だ。

私は、強壮剤とビタミンDの処方箋、そして検査結果を持って墓地に帰ってきた。検査結果には問題はなかった。エリアーヌが戸口の外で私を待っていた。家の中では、ノノとガストンとエルヴィスが私を待っていた。ガストンの奥さんが、すぐに温めて食べられるようにと、料理を作ってくれていた。死体を見て気を失った私のことを、三人は優しくからかった。「墓地の管理人にしちゃ、あまりにおそまつだろ!」と言って……。

私は、引退した同僚の近況をたずねるような軽い調子で、あの遺体はどうなったのかと訊いた。

「ああ、あのバイク乗りかい。あの男なら、マコンに搬送されたよ。結局、誰なのかまったくわからないんだ。よくあるモデルで、シリアルナンバーが消されていたそうだ。たぶん盗まれたバイクだろ

う。警察は情報を求める告知を新聞に出している」

そう言って、ノノは私に《ソーヌ＝エ＝ロワール新聞》を見せてくれた。記事のほうは、《ブランシオンの墓地の近くで交通事故！　場所は三十四年前にやはり事故で亡くなったレーヌ・デュシャの幽霊が出ると噂があるところ》とセンセーショナルに書かれていたが、告知のほうは簡潔だった。


この人の情報を求めています。《五十五歳くらいの男性、白人、栗色の髪、青い目、身長一メートル八十八センチ。刺青や目立つ特徴なし。アクセサリーなし。白いTシャツ、《リーバイス》のジーンズ、《フュリガン》の黒いバイクブーツと黒革のジャンパー。昨日、ブランシオン＝アン＝シャロンの墓地の近くで、遺体で発見されました。遺体は損傷しているため、顔写真の代わりに、骨格から復元した似顔絵を掲載します。心当たりのある方はお近くの警察署までいらっしゃるか、一七番（警察・憲兵隊緊急電話番号）にお電話ください。


私は似顔絵を見た。フィリップ・トゥーサンには似ても似つかなかった。

彼を探す人はいるだろうか？　フランソワーズ・ペルティエ？　それはまちがいないだろう。だが、そのほかに、彼を探すような友だちはいたのだろうか？　私たちが一緒に暮らしていた頃、あの人には浮気相手はたくさんいたけれど友だちはいなかった。シャルルヴィルとマルグランジュに二、三人のバイク仲間はいたけれど、友だちではない。あとは両親だが、もうふたりとも死んでいる。

それ以上、新聞を見ることもせず、私は二階にあがって、シャワーを浴びた。それから、墓地の見まわりをしようと思って、服を選んだ。外は雨が降っていたので、〈冬〉の服はレインコートにすることにして、〈夏の洋服掛け〉の前に立ったところで、さて、どうしようかと迷った。春にはいつもそうするようにバラ色のワンピースを着るべきか、それともフィリップ・トゥーサンが死んだのだから、喪服を着るべきか……。私は未亡人になったが、それを知る人は誰もいない。

ルッチーニ兄弟の霊安室で遺体を見たとき、私にはすぐにそれがフィリップ・トゥーサンだとわかった。彼の身体の特徴を、よく覚えていたからだ。最初に襲ってきたのは確かに恐怖だったけれど、私が気を失って倒れたのはそのせいではない。嫌悪と憎しみのせいだ。いや、彼に対して、私が抱いた嫌悪と憎しみではない。私に対してフィリップ・トゥーサンが抱いた嫌悪と憎しみだ。この人はこれほどまでに、私を嫌い、私を憎んでいたのか、こんな死に方をするほど……。そう思うと、正気でいることはできなくなったのだ。その嫌悪と憎しみは彼が庭に出てきて、私の腕を締めあげた時に感じたのと同じものだった。私の腕には、今も、その嫌悪と憎しみの跡が残っている。

私はこれまでいつも〈冬〉の暗い色の服の下に、〈夏〉の明るい服を着ていた。それは〈死〉を嘲弄するためのものだった。ブルカをかぶって顔を隠しているイスラム教徒の女性たちが、実はきれいに化粧しているのと同じで、墓地の管理人という〈死〉に囲まれた仕事をしていても、心の中は〈生〉に満ちていると示したかったのだ。だから、今日は下に喪服を着て、上にはバラ色のコートをはおりたかった。もちろん、そうしたいと思うだけで、決して実行に移すことはない。墓地に来る人たちへの礼を失するわけにはいかないからだ。それにそもそも、バラ色のコートなんて持っていなかった。

台所に降りると、私はポートワインを少しだけグラスに注ぎ、自分の健康を祈ってから飲みほした。

それから外に出て、墓地の見まわりを始めた。エリアーヌがうしろからついてきた。〈ゲッケイジュ区〉〈マユミ区〉〈ヒマラヤスギ区〉〈セイヨウイチイ区〉の四つの区画をすべて見てまわった。

あちこちでテントウムシの成虫が姿を現しはじめていた。ジュリエット・モントラシェ（一八九八―一九六二）の墓は、いつもと変わらず美しかった。

時々、倒れた花の鉢を元に戻した。ジョゼ＝ルイ・フェルナンデスが、妻の墓の花に水をやっていた。その近くでは、猫のトゥッティ・フルッティが昼寝をしている。ピントさんとドグランジュさんも来ていた。それぞれ、夫の墓のまわりの土を黙々とほじくり返している。雑草は一本も生えていないのに……。地面から顔を出すたびに抜かれているので、雑草は彼女たちに対して、とうに白旗をあげていたのだ。

向こうから男女のカップルがやってきたので、私は挨拶をした。女性のほうはよく知っている。ナディーヌ・リボー（一九五四―二〇〇七）のお姉さんだ。時々、妹の墓参りに来ている。私たちは簡単に言葉を交わした。

もう雨はあがっていた。気持ちのよい陽気だ。私は空腹を覚えた。フィリップ・トゥーサンの死は、私から食欲を奪うことはなかったらしい。レインコートの下に着た、バラ色のワンピースのシルクの感触を太ももに感じた。結局、レオは自分の父親を埋葬することにはならなかった。私もそういうことにはならないだろうけど……。

私の人生から消えてしまったことで、フィリップ・トゥーサンは自分の死も失ってしまった。少なくとも、この先、身元が判明するまでは……。私がフィリップ・トゥーサンの墓のまわりの雑草を抜くことはないし、墓に花を供えることもないからだ。私は若い頃に、フィリップ・トゥーサンとしたセックスを思い出していた。もう何年もセックスなんかしていない。

〈セイヨウイチイ区〉に着いた私は、子供のために割り当てられた一画に向かった。

そこの墓石はほとんどが白だった。あちこちに天使がいる。天使はメモリアルプレートや墓碑に彫ってあったり、花の植え込みの中に像が置かれたりしていた。墓にはハートの形をしたピンクの花束や、クマのぬいぐるみ、それにたくさんのろうそくも置かれている。メモリアルプレートにはいくつもの詩も刻まれていた。

今日はまだ誰も来ていなかった。親たちはたいてい仕事が終わったあと、五時か六時頃からやって来る。いつもほとんど同じ人たちだ。子供を亡くしたばかりの人たちは、最初は一日中、茫然自失の体で、子供の墓の前で過ごす。悲しみで我を忘れた人、泥酔している人もいた。生きながら死んでいる人たちだ。何年かたつと、墓地に来る間隔がだんだんとあくようになる。それでいいのだ。人生は続いていくのだから……。そして死んだ子供たちは、ここにはいないのだから……。

この一画には、死んでから百五十年がたつという子供たちも埋葬されている。共同墓碑には、ラファエルの歌「百五十年後には」の一節が刻まれていた。

そう、百五十年後には、もう考えもしないだろう
愛した人や、失った人のことを
さあ、通りにいる泥棒たちに乾杯して、ビールをあけよう！
すべて土の中で終わらせよう。ああ神よ、なんという失望だ！
ぼくたちを白い目で見ているあの骸骨どもをごらん
ああ、怒らないで。やつらと争いなんてしなくていいんだ
ぼくたちだって、あとには何も残らないんだ。やつらと同じだ
それは誓って断言できるよ
だから、今は笑っておくれ

私はある墓石の前にしゃがみ込み、そこに刻まれた名前を読んだ。

アナイス・コーシン（一九八六―一九九三）
ナデージュ・ガルドン（一九八五―一九九三）
オセアーヌ・ドガ（一九八四―一九九三）
レオニーヌ・トゥーサン（一九八六―一九九三）

43

嵐が花を折るように
死はまだ蕾のような年頃の娘を奪っていった

（墓碑に使われる言葉）

私の可愛いレオニーヌ……。私はクリスマスにレオに手品のセットをプレゼントしたことをどれほど後悔したことだろう。いつか、帽子に入れて、全部消してしまいたいと言っていたように、レオは自分の姿を消してしまったのだから……。アナイスと、ふたりのお友だちと一緒に……。

四人は部屋で焼け死んでいた。ほかの部屋の子供たちは無事だったという。火が燃えひろがらなかったからか、それとも避難が早かったからか……。私にはわからない。その時には聞いたけれど、もう忘れてしまった……。

ああ、でも、レオの部屋は……。レオたちのいた部屋は、厨房にいちばん近かったらしい。

原因は何だったのだろう？

電気のショート？　電熱器の消し忘れ？

オーブンに入っていた食べ物に火がついたのかも。

ガス洩れ？

煙草の吸い殻の消し忘れかもしれない。

わからない。

いつか、わかる時が来るのだろうか？　もっと、ずっとあとで……。

レオは消えてしまった。もし、それが手品だったら——自分の姿を消すマジックだったら音楽と一緒にまた姿を現して、嵐のような拍手を浴びながら観客に挨拶をするのに……。

でも、レオは現れなかった。完全に消えてしまった。残ったのは灰だけ……。

四つの小さな命が消えて、灰になってしまった。あなたたち四人、全員の身長を合わせたって五メートルにもならなかった。四人の歳を合わせたって、まだ三十一年にしかならなかった。

あの夜、レオたちは消えてしまった。

せめてもの救いは、レオたちが苦しまなかったということだ。眠っている間に窒息したから、火に包まれた時にはもう天国に行っていたと聞かされた。「もしそうなら、きっと子供たちは、明日は何をして遊ぼうと、楽しいことを考えながら、天国に行ったのね。ううん、今もあの場所でサマースクールを楽しんでいるかもしれない」親たちはみんなそう自分に言い聞かせて、気持ちを慰めるしかなかった。

レオ、あなたはどんな夢を見ていたかしら？　ポニーに乗る夢？　それとも、ソルミウの入り江で人魚姫になる夢？


憲兵隊から電話があったのは、レオニーヌがキャンプに出かけた次の日だった。朝、五時五〇分の列車が通過したあとだ。私はソファに横になってうとうとしていた。それで、ちょうど眠りに落ちた時、電話が鳴りひびいて、あわてて飛びおきた。心臓がどきどきした。七時〇四分の列車をやりすごしてしまったと思ったからだ。

電話が鳴った時は、夢を見ていたと思う。フィリップ・トゥーサンの母親からぬいぐるみのクマをプレゼントされたのに、目も口もなかったから、レオのフェルトペンを使って、顔を描いていた夢だ。

電話を取ると、相手は憲兵だと言って、名前を聞かれた。それから、憲兵がレオニーヌという名前を口にして……。そのあとのことは断片しか覚えていない。「ラ・クレイエット町の……ノートルダム・デ・プレ城で……身元不明の遺体が四つ……」と言って、あとは「火事」と「子供たち」という言葉が耳に残った。そして、「残念です」という言葉が聞こえ、またレオニーヌの名前。最後に、「消防車の到着が遅すぎて……何もできませんでした」と言われた。

私は受話器を耳にあてたまま、ピッツェリアでのことを思い出していた。私が頭の中で（日替わりランチ三つに子供用メニュー二つに飲み物五人分）の計算をしている間、レオが卵の黄身をピザのミミで突き刺したり、ナプキンを手品で消したりしていたことを……。まるで、ついさっきのことのように思い出していた。

電話の相手が言っていることなど、信じられるはずがなかった。だから、その人に「それはきっと勘ちがいですよ。レオニーヌは手品師なので、自分の姿を消してみただけです。すぐに現れますから」と言ってやりたくなった。そうじゃなければ、「わかっています。あなたは憲兵隊の人ではありませんね。これはフィリップ・トゥーサンの母親の陰謀で、娘を誘拐するために、偽の火事を起こしたんでしょう？　娘の代わりに大きな人形をベッドに入れて……。ええ、そうに決まっています。あなたもその片棒をかついでいるんでしょう？」と……。あるいは、「趣味の悪い冗談はやめてください！」と……。でも、すぐに、相手の言っていることが、冗談などではないとわかった。

生まれて初めて、私は悲鳴をあげた。物心ついた頃から、他人の家に置いてもらいつづけるため、悲鳴など、あげたことはなかった。そうすることで、私はあなたが死んだのだと、自分でも認めたのだと思う。

私の声に、フィリップ・トゥーサンが部屋から飛びだしてきて、受話器を奪った。しばらく話したあとで、彼もまたわめき声をあげた。わめき声というよりは怒鳴り声だ。フィリップ・トゥーサンは思いつくかぎりの汚い言葉を使って、相手を罵っていた。レオの死を知って、彼は激高していた。私のほうは完全に打ちのめされていた。最初の悲鳴のあとは、長い間、声を出すこともできなかった。

七時〇四分の列車が通過した時、遮断機はあがったままだった。私たちはふたりとも家から出ていけなかったからだ。

いつもなら、とても車が多い時間なのに、車は一台も通らなかった。だから、列車との接触事故も起きずにすんだ。その日の神様は、ノートルダム・デ・プレ城には行かなかったのに、遮断機のほうには見まわりにきたのだ。

ただ、遮断機はそのあとも上げ下げしないといけないので、代わりの人をよこしてくれるよう、フィリップ・トゥーサンがどこかに連絡に行った。代わりの人は来たのだと思うけれど、誰が来たのかはわからない。これからも一生、知ることはない。

私はレオの部屋に入って横になり、そのままずっと動かなかった。

そうしていると、かかりつけのプリュドム先生がやってきた。レオが扁桃腺炎や水痘や中耳炎になった時に、往診に来てくれた先生だ。でも、レオはその先生があまり好きではなく、「あの先生は臭いからやだ」と言っていた。

先生は私に注射を打った。

一本。そして、またもう一本……。もちろん、同じ日ではないが、毎日打った。フィリップ・トゥーサンはセリアに助けを求めた。私が苦しんでいるのを見ても何もできず、結局、他人に押しつけることにしたのだ。

　こうして、日にちが過ぎていった。フィリップ・トゥーサンの両親も家に来たらしいけれど、私は知らない。あいかわらずレオの部屋に閉じこもっていたし、両親も私の様子を見にくることはなかったからだ。思うに、フィリップ・トゥーサンの両親がしてくれたことで、ありがたいと思ったのはそれだけだ。生涯を通じて、ありがたいと思ったのは……。三人はレオのいないラ・クレイエット町に出発していった。

　それからどのくらい時間がたったのだろう？　気がつくと、セリアが来ていた。フィリップ・トゥーサンと両親が出かけてから、一日後か、二日後か……。時間の感覚が麻痺していたので、わからない。

　ただ、夜になっていたのは覚えてる。セリアはそっとドアを開けて、私に言った。「私よ。ヴィオレット。ここにいるわ。ここにいるからね」って……。セリアの声からも、いつものような太陽のぬくもりは消えてしまっていた。そう、レオの死はセリアの声さえも闇に変えてしまっていたのだ。セリアはあえて私に触ろうとしなかった。私はレオのベッドに丸まって、石のようになっていた。使いみちのない、大きくて無駄な石。セリアは優しく、私に何か食べさせようとした。私は吐いた。何か飲ませようとした。私はやっぱり吐いた。

　ラ・クレイエット町にいたフィリップ・トゥーサンから電話があった。電話はセリアがとった。あとで、こう言っていたと教えてくれた。

「なんとも言いようがない。四人の身体は燃えてしまって、灰しか残ってない。どれが誰の灰だかもわからない。おれは訴えるつもりだ。損害賠償させてやる。生き残ったほかの子供たちはみんな家に帰って、代わりに大勢のおまわりがうろうろしてる。ヴィオレットに言ってくれないか？　子供たちは全員一緒に埋めることになった。おれたちが許可したら、墓地の子供用の区画に、全員一緒に埋葬する」

フィリップ・トゥーサンは「全員一緒にだ」と繰り返したという。それから続けた。

「記者とか野次馬が集まって大騒ぎにならないように、葬儀は家族だけで行うことになった。ラ・クレイエットから数キロメートルのところにある、ブランシオン＝アン＝シャロンっていう町の小さな墓地だ」

フィリップ・トゥーサンからの伝言を聞いた私は、セリアに頼んだ。

「夫に電話して、レオニーヌの旅行鞄を持って帰ってくるように言って」

セリアは夫に電話をし、返事を伝えてくれた。

「ヴィオレット、鞄は焼けてしまったわ……」そして、こう続けた。「子供たちは苦しまずにすんだの。寝ている間に亡くなったから、苦しまずにすんだのよ」

「私たちが、あの子たちの代わりに苦しんでる」

「レオニーヌの棺に入れたいものはある？　お洋服とか？」

「私を入れて」

それから三日がたった。セリアが、明日は早くに家を出ると言った。葬儀に出席するために、私をブランシオン＝アン＝シャロンに連れていくと。

「何を着る、ヴィオレット？　喪服を買ってこようか？」

「いらない。葬儀には行かない」

「それはだめよ。葬儀に参列しないなんて……」

「だめじゃない。灰になってしまった娘の葬儀には行かない。もうレオニーヌはどこかほかのところに――ずっと遠くにいるんだもの……」

「喪に服して、レオニーヌに最後のお別れ《アデュー》を言わなくてはだめよ。あなたの気持ちの整理をするためには、欠かせないことだもの」

「行かない。墓地には行かない。私はソルミウに行きたい。あの入り江に……」

レオにお別れをするなら――「さよなら、また会う日まで《オ・ルヴォワール》」と言うなら、あの場所しかないと私は思った。海が、最後にもう一度、私とレオをつなげてくれるはずだと……。

私たちはセリアの車に乗って、マルセイユに向けて出発した。移動中のことは覚えていない。薬のせいで朦朧としていたからだ。眠ってはいなかったけれど、はっきり目覚めてもいなかった。濃い霧のようなものの中を、ふらふらと漂っているような気分だった。目が覚めてからもずっと悪夢が続いているみたいに、すべての感覚が麻痺しているのに、ただ痛みだけをはっきり感じていた。手術台の上に身体を固定されて、外科医のメスに切り刻まれている患者のような気分だった。悲しみのあまり、身体中の骨が砕けそうだった。それは限界に達していた。息をするだけで痛かった。

「その痛みを一から十で表すとしたらどのくらいですか？」と聞かれたなら、「無限大だ」と答えただろう。

一日中、次から次へと身体を切断されているような気がしていた。

私は自分に言っていた。「心臓が止まりそう。でも、止まればいい。できるだけ早く止まれ！」と……。そう、できるだけ早く止まって欲しいと願っていた。唯一の望みは、死ぬことだった。

車で移動している間、私は古いプラムブランデーの瓶を二本抱えていた。フィリップ・トゥーサンと暮らしはじめた、最初のアパートにいた時からあったものだ。時々、瓶から直接ブランデーを飲むと、お腹が焼けるように熱くなった。お腹の、レオがまだ生まれる前にいたあたりが……。

マルセイユに着いて、私たちはソルミウの入り江へと続く、険しい坂道を降りはじめた。前の年には気がつかなかったけど、その坂道には、〈火の道〉という名前がついていた。

入り江に着くと車から降りて、服を着たまま海に飛びこんだ。水に潜ったまま、目を閉じて、海の中の静けさに耳を傾けた。最後のバカンスで聞いた、レオの幸せな笑い声が聞こえてきた。幸せな笑顔が浮かんできた。閉じたまぶたの裏に涙がわいてきた。

そして、私はすぐに感じた。そこに、レオがいることを……。まるでイルカが私に触れて、私の身体を愛撫しているように、優しい何かが水流になって、私のまわりを行ったり来たりしているようだった。私は確かに、レオがそこにいることを感じた。レオが――私のレオニーヌがいるべき場所にいることを感じたのだ。レオは怖がってなどいなかった。ひとりぼっちでもなかった。それを確かに感じたのだ。

セリアが私の肩をつかんで、水面に引き戻す前に、私は確かにレオの声を聞いた。それは私が決して聞くことのできない、大人の女性になったレオニーヌの声だった。「ママ、あの夜、何が起きたのかを知ってほしいの」

でも、その言葉に返事をすることはできなかった。セリアが耳もとで叫んでいたからだ。

「ヴィオレット！　ヴィオレット！」

私はセリアや、近くにいた水着姿の人たちに身体を抱えられて、浜辺に連れもどされていた。

44

白喉鳥《ハッコウチョウ》よ、この墓のまわりを飛ぶのなら
おまえの最も美しい歌を聴かせてあげておくれ

（墓碑に使われる言葉）

今日は素晴らしい天気だ。五月の太陽が、私が耕した菜園の土に優しい光を注いでいる。年寄り猫のうち三匹が、若さを取り戻したかのようにつる草の葉にじゃれて、一緒に駆けだしていった。まるで、空想のネズミでも追いかけているみたいだ。猫を警戒しているのか、ツグミは少し離れたところにいる。そこで何羽か一緒にさえずっていた。エリアーヌは、お腹を見せてあおむけになって寝ていた。四本足が空に向かって突きだしている。

私は庭にしゃがみこんで、ラジオのフレデリック・ショパン特集を聴きながら、トマトの種をまきおえたところだった。電池式の小型ラジオは、木のベンチの上に置いてある。ベンチは数年前にガレージセールで見つけたもので、時々、青か緑に塗りかえていた。年月とともに、いい感じに古い味わいが出てきている。

ノノとガストンとエルヴィスは昼食をとりに出ていた。菜園から下の方に広がる墓地を眺めたが、誰もいないように見えた。とはいえ、菜園と墓地の間には石の壁があるので、私のところからは見えない通路もいくつかある。

私は着ていたジャージー素材のグレーの上着を脱いで、コットンドレスにプリントされた花を太陽にさらした。足もとには古いブーツを履いていた。

私は命を作り出すのが好きだ。種をまき、水を与え、収穫する。それを毎年繰り返している。今日のように太陽の光に照らされた命が好きだ。それがいちばん自然なことだから……。私は自然でいるのが好きだ。それを教えてくれたのは、サーシャだ。

私は庭にテーブルをセットした。これから大切な友人のひとりがランチにやってくるのだ。セドリック神父だ。いろいろな色のトマトとレンズ豆のサラダを作り、町に行って何種類かのチーズと、おいしいバゲットを買ってきた。白ワインのボトルを開けて、ワインクーラーの中に入れた。

木綿のテーブルクロスの上には磁器の皿とガラスのグラス、銀製のカトラリーがのっている。みんな私の好きなものだ。物は美しい。魂の美しさは信じられないが、物の美しさには惹かれる。自然の中で好きな物に囲まれて暮らす人生……。私は今の人生が好きだ。けれども、どんな素敵な人生も友人と分かちあうことができなければ、つまらない。まいたばかりの種に水をやりながら、私はこれからやってくるセドリック神父のことを考えていた。神父とは、毎週火曜日にはランチをともにする。それが私たちの習慣になっていた。ただし、葬儀があるときは別だが……。

セドリック神父は、この墓地に娘が眠っていることを知らない。そのことは、ノノ以外、誰も知らなかった。町長でさえも……。

私はよくレオニーヌのことを他人に話す。娘の話をしないことは、あの子をもう一度死なせることになるからだ。名前を口にしなければ、娘はいなくなってしまう。私は娘の思い出とともに生きているが、娘が思い出の存在になっていることは、誰にも言わない。どこかほかの場所で生きていることにしている。そう、娘はほかの場所で生きているのだ。

娘の写真が見たいという人には、子供の頃の写真を見せる。歯の抜けた笑顔の写真だ。私に似ていると人は言うが、それはちがう。レオニーヌはフィリップ・トゥーサンに似ていた。目も鼻も口も、私から受け継いだところなど何ひとつなかった。

「こんにちは、ヴィオレット」

セドリック神父がやってきた。手にお菓子の箱を持っている。「食いしん坊は欠点ではあるが、罪ではないからね」私を見ながら、微笑んで言う。

神父の服からは、教会で焚いているお香の匂いが漂っていた。私の服からはパウダーローズの匂いがしていた。

私は手を洗って食卓についた。神父がワインを注いでくれた。私たちは握手を交わすことも、挨拶のキスを交わすこともしなかったが、乾杯はした。菜園に向いて座り、話をしながら食事を始めた。話題はいつもどおり神様のことだ。私たちはまず神様のことから話しはじめる。しばらく会っていない共通の知人のことを話すように……。ただ、私たちが神様に対して抱いている印象がちがいすぎるので、そばで話を聞いている人がいたら、その〈共通の知人〉は決して同一人物だとは思えないだろう。私はまったく信用ならない、ごろつきのことを話すように神様のことを話す。それに対して、神父は模範的で誠実で、非のうちどころのない素晴らしい人のように神様のことを話す。ふたりの神様像は、いつまでたっても交わることがない。ひとしきり神様のことを話すと、話題はブルゴーニュ地方の政治問題から国際情勢にまで広がり、最後は小説と音楽の話になる。神父が今までに誰かにひと目惚れしたことがあるか、私は知らなかったし、セックスの経験があるのかも知らなかった。そして神父もまた、私の私生活については何も知らなかった。

ところが今日、セドリック神父は初めて私に個人的な質問をしてきた。マイ・ウェイを撫でながら、私とジュリアン・スールの関係について尋ねたのだ。私たちは〈ただの友だち〉なのか、それとも、それ以上の関係にあるのかと……。

「そんな関係ではありません。ただ、最近、ジュリアンが私に物語を語り始めて、私はその物語を最後まで聞きたくなっています。それだけです」

そう、イレーヌ・ファヨールとガブリエル・プリュダンの物語だ。

「その物語を最後まで聞いたら、君はもう彼とは会わないのかね？」神父が尋ねた。

「ええ、きっとそうなるでしょう」

私はデザートの皿を取りに行った。風が気持ちよかった。ワインで少し頭がくらくらする。

今度は私から質問をした。

「神父様、今もまだ子供が欲しいと思っていらっしゃいますか？」

セドリック神父はマイ・ウェイを足もとに降ろし、ワインを注ぎたした。

「ああ、今でも夜中に目が覚めるよ。昨日の夜、私はテレビで『井戸掘り人の娘』という映画を見たんだが、まあ、要するに父と娘の愛の話でね。映画を見ながら、ずっと泣いていたよ」

「神父様。神父様はとてもハンサムでしょう？　今から誰かと出会って、子供を作ることだってできるんですよ」

「神から離れて？　それはありえない」

私たちは、カスタードクリームの入ったアーモンド・アイシングケーキに、デザート用のフォークを突き刺した。神父は私が不満そうな声をあげたのを聞いても、何も言わなかった。ただ微笑みを浮かべているだけだ。

セドリック神父は、よく私に「ヴィオレット、君はずいぶん神に対して怒っているようだね。朝食の時に、神とどんな喧嘩をしたのかは知らないけれど……」と言った。私のほうは、いつもこう答えていた。「だって、神様ったら、家の中に入ってくるのに足を拭かないんですよ」と……。

神父が言った。

「ヴィオレット。私は神と結ばれた者です。神の示された道にしたがっている。神に仕えるために、この地上にいるのだ。だが、君はちがう。どうして人生をやりなおそうとしないんだ？」

「人生をやりなおすことはできません。神父様、たとえば、紙を一枚破いてみてください。どれだけきれいに破片をつなぎあわせても、破れ目はずっと残るでしょう？　折り目とスコッチテープもね」

「そうかもしれません。だが、破片をつなぎあわせたら、またその紙に文字を書きつづけることはできますよ」

「ええ、いいフェルトペンを持っていればね！」

私たちは一緒に笑い声をあげた。

「神父様、子供が欲しいという願望はどうするのですか？」

「忘れます」

「願望を忘れることはできません。心の底からの願いなら、なおさら……」

「私も歳を取ります。みなさんと同じようにね。そしたら、そのうち消えるでしょう」

「でも、もし消えなかったら？　歳を取ったからって、何でも忘れるわけじゃないでしょう？」

セドリック神父は、急にレオ・フェレの「時の流れに」を歌いはじめた。

《時とともに、時とともに、すべては消えてゆく。心から愛した人、雨の中を探しまわった人を……。

ひと目見ただけで運命を感じた人を……》

「神父様、今までに、誰かを心から愛したことはありましたか？」

「神を！」

「誰か、をです」

神父はカスタードクリームを口いっぱいに頬ばりながら答えた。

「神を！」

45

不在とは見えないけれど存在することだ
その意味で死とは不在である

――ドミニコ会セルティランジュ神父の祈禱より

レオニーヌに関するものはどんどん消えていった。まるで、レオが好きだった手品のように……。見るのが辛くて、片っ端から手放していったのだ。娘の部屋は少しずつ空になっていった。洋服とおもちゃは慈善団体の《エマオ》に寄付した。《エマオ》の創設者ピエール神父の肖像が描かれたトラックが家の前にとまるたび、私はパウロと言う名の運転手に、レオの持ち物を詰めた袋を渡した。ピンクの洋服、ピンクのマフラー、ピンクのポーチ――そんなピンクのものでいっぱいになった袋を渡すたびに、私はレオの臓器を差しだしているような気分になった。でも、このスカートや靴をはいたり、人形やぬいぐるみで遊んだり、色鉛筆でお絵描きをしたりして、ほかの子供たちが喜んでくれたら、娘の人生は続いていく。そうも考えていた。

クリスマスも消えてしまった。私は二度とクリスマスツリーを飾ることはなかった。毎年、森のもみの木を悲しませないようにと買ったプラスチックのクリスマスツリー。そのツリーは結局、一度しか使わなかったのだ。イースター、新年、母の日や父の日など、あらゆる祝日や記念日も消えた。家族の誕生日もだ。レオが死んでから、ケーキに立てられたろうそくを吹き消したことは一度もない。

私は四六時中、朦朧とした意識の中にいた。まるでアルコールによる酩酊状態になっているかのように……。といっても、アルコール中毒になっていたわけではない。たとえ、お酒を飲まなくても、そういう状態になるのだ。毎晩、ベッドに入ると、絶望と悲しみが襲ってくる。心が引き裂かれて、全身に痛みが走る。その苦しみを少しでも紛らわせるように、脳があえてそうしているかのようだった。もちろん、お酒を飲むこともあった。そんな時、私は底なしの穴のように、お酒を飲んだ。穴にはお酒だけではなく、いろいろなものが落ちていって、二度と拾いだすことができなかった。底なしの穴――それがその頃の私だった。動きも鈍重で、まるで月世界にいるように、のろのろと身体を動かした。レオニーヌが好きだった『タンタンの冒険――月世界探険』の表紙の絵のように……。

起きて、遮断機を下ろし、また寝る。また起きて、フィリップ・トゥーサンの食事を作る。遮断機を上げて、また寝る。その間に、家にあったレオの好きな食べ物や飲み物をなくしていった。グレナデン・シロップを飲みほし、《プリンス》のチョコレートビスケットサンド、《サヴァーヌ》のチョコレートマーブルケーキ、シェル型のマカロニを食べつくした。子供用の鎮痛解熱剤のアドビルも全部飲んだ。

大通りの住人たちからの〈心からのお悔やみ〉に礼を言い、たくさん届いた手紙に礼状を書いた。レオニーヌのクラスのお友だちが描いてくれた数え切れないほどの絵はケースにしまった。レオが男の子だったかのように、ブルーのケースを買って……。まるで、女の子のレオニーヌなど存在していなかったかのように……。

私は何も考えずに、機械的に身体を動かしていた。感情はなかった。ただ、スーパー《カジノ》に行ってステファニーと顔を合わせることだけは怖かった。《カジノ》のドアを押して中に入るたびに、ステファニーが怯えた目で私の様子をうかがっていると思うと、思わず足がすくんだ。《カジノ》に行くのが嫌で、家を出るまでに何時間もかかったこともある。ようやく《カジノ》に行っても、レジに行くのが恐怖だった。それは夜と同じくらい怖かった。小さなカートを押して狭いスーパーの通路を進み、レジまで行くと、そこで初めてステファニーと視線を交わす。私を見た瞬間、ステファニーの目は絶望と悲しみで覆われた。それはさらに私を悲しみの淵へと突きおとした。私がレジ台に置いた物を見ても、ステファニーは何も言わなかった。そこにはウィスキーの瓶が並んでいるというのに……。ステファニーは合計額を読みあげ、「カードを」とつけくわえる。私はデビットカードを渡し、暗証番号を入力する。さよなら、また明日。

もうステファニーが私に新商品、彼女曰く〈トップ製品〉を勧めることはなかった。手に優しい食器用洗剤、香りがよくて、しかもどんな温度の水でもきれいに汚れが落ちる洗濯洗剤、冷凍食品コーナーにある、おいしい野菜とクスクスの一皿、魔法のように埃が取れる箒、身体によいオメガスリーオイル。どれも、これまでステファニー自身が試して勧めてくれた商品だ。でも、子供を亡くした母親には、勧める商品などない。プロモーション商品や割引クーポンを渡すこともない。子供を亡くした母親には、目を伏せながらウィスキーを買わせるしかないのだ。買い物をすませて《カジノ》を出たあとも、私は家に入るまで、背中にステファニーの視線を感じた。

その間、フィリップ・トゥーサンは保険会社や弁護士の相手をしていた。《ノートルダム・デ・プレ城サマースクール》の経営陣を罪に問い、この先ずっと施設を閉鎖させるために、訴訟を起こすことになったからだ。もちろん、私たちには損害賠償が支払われるという。

約七年の命の代償とは、いったい、いくらなのだろう?

毎晩、悲しみと絶望に苛まれる中、私にはレオの声が聞こえていた。大人の女性になったレオの声が、私に言うのだ。「ママ、あの夜、何が起きたのかを知ってほしいの。どうして私の部屋が焼けたのか、ママは知らなくちゃいけない」——レオのその言葉が、私をこの世につなぎとめていた。だけど、実際に行動を起こすまでには、それから長い時間がかかった。身体は動けるような状態ではなかったから……。生きる気力を取り戻すには、苦しみはあまりに強すぎたのだ。

私には時間が必要だった。快復するための時間ではない。快復することなど、ありえなかったから……。ただ、身体が動いて、行動を起こせるようになるための時間が必要だった。

毎年、私たち夫婦が夏の休暇を取れるように、フランス国有鉄道は代わりの人を派遣してくれることになっていた。前年はそれを利用して、親子三人で初めて一緒の休暇を取ったのだが、レオニーヌを失ったその年は、また元に戻ってしまった。休暇中まで私の〈錯乱状態〉につきあいたくないと、フィリップ・トゥーサンがシャルルヴィルのバイク仲間のもとに行ってしまったからだ。そこで、私もひとりでソルミウに向かった。セリアはサン・シャルル駅に私を迎えにきて、入り江の別荘まで送り、あとはひとりにしてくれた。私が思い出と向きあえるように……。ただ、時々、様子は見にきてくれて、私たちは一緒に海を見ながら、カシスのワインを飲んだ。

死者の記念日である〈死者の日《ジュール・デ・モール》〉は十一月二日だが、私にとっては八月十五日が死者の記念日になった。その日、ソルミウの海に入って、波に身体を委ねながら、もうこの世にはいない娘の存在を感じたからだ。海の中でレオを感じるのは、それが二度目だった。最初はレオが亡くなってすぐ茫然自失の状態で、服を着たまま海に飛びこんだ時だ。けれども、その時は、私自身が死に近かった。実際、セリアに引き戻されなければ、あのまま水死していただろう。それに対して、二度目の八月十五日の時は、生きている私にレオが会いにきてくれたと感じた。〈死者の日《ジュール・デ・モール》〉に、死者たちが生者に会いにきてくれるように……。だから、私にとっては、八月十五日がレオと会う日なのだ。

アナイスの両親、アルメルとジャン＝ルイ・コーシンからの連絡は一度もなかった。電話も手紙も……。灰になってしまった子供たちの葬儀に行かなかった私のことを、きっと恨んでいたのだろう。

フィリップ・トゥーサンの両親は、年に二回、ブランシオン＝アン＝シャロンの墓地に行っていた。毎回必ず、息子を一緒に連れて……。だが、レオニーヌが死んでからは、彼の両親とは一度も顔を合わせなかった。向こうも私と顔を合わせようとはしなかった。息子を迎えにきた時も、送ってきた時も、暗黙の了解ができているように、家の前に車をとめるだけで、もう中には入ってこなかった。

娘を奪われたことに、フィリップ・トゥーサンは激しい怒りを示し、犯人が見つかったら、莫大な賠償金を支払わせてやると宣言していた。まわりが「あれは事故で、〈犯人〉はいないのだ」と繰り返し言っても無駄だった。そう言われると、かえって決意を固くするのだ。夫の怒りは静かではあったが、激しかった。そして、娘たちの命が金に換算できるかのように、莫大な賠償金を欲しがった。

その頃から、フィリップ・トゥーサンの見た目が変わりはじめた。表情はきつくなり、髪は白くなった。

夫は、何も言わなくなった。両親とブランシオンに墓参りに行って帰ってきても、何も言わなかった。朝起きても、何も言わなかった。出かける時も、数時間後に帰ってきた時も、何も言わなかった。食卓についても、何も言わなかった。ただテレビの前に座ってビデオゲームをする時だけ、コントローラーをカチャカチャ言わせるだけだ。時々、警察や弁護士や保険会社から電話があると、夫は釈明を求めて、受話器に向かって怒りの言葉を発していた。

私たちはあいかわらず同じベッドで寝ていたが、私はもう以前のようには眠れなかった。いつでも悪夢に襲われていたからだ。夜が更けて、フィリップ・トゥーサンが私の背中に身体をつけて寝はじめると、私は背中にくっついているのは娘なのだと想像した。

一度か二度、フィリップ・トゥーサンが私に「もう一度、ガキを作ろう」と言ったことがあった。私は「そうね」と答えたが、無理な相談だった。長いこと避妊薬を飲んでいたし、抗うつ剤や抗不安薬を摂取していたせいで、私のお腹は完全に壊れていた。死んだ身体で新しい命を育てることなど、できるはずもない。レオの死は、新しい子供という可能性も消してしまっていた。

レオニーヌが死んだ時、私はフィリップ・トゥーサンのもとを去ることもできた。でも、私にはそうする勇気が出なかった。フィリップ・トゥーサンは私に残された唯一の家族だったからだ。それに、彼のそばにいることは、レオニーヌのそばにいることでもあった。毎日レオニーヌの父親の顔を見ることで、そこに娘の面影を見ることができたからだ。家から出ること自体も難しかった。洋服やおもちゃや文房具はほとんど慈善団体に寄付してしまっていたが、家から離れることはできなかった。レオニーヌの部屋の前を通れば、娘の世界、娘の痕跡、あの子がこの世にいたことを感じることができたからだ。

私からフィリップ・トゥーサンのもとを離れることはできなかった。ふたりが別れるなら、それはフィリップ・トゥーサンが私を置き去りにしていく時だ。それはもうこの時に決定していたのだ。

そして、レオニーヌの死から二年が過ぎた一九九五年の九月、私は差出人不明の小包を受け取った。ブランシオン＝アン＝シャロンから投函された物だった。最初は、セリアからだろうと思った。あそこに——墓地に行ったのだろうと……。でも、宛先を書いた筆跡には見覚えがなかった。

小包を開けて、中に入っていた物を取り出した時、私は思わずその場に座りこんだ。それは真っ白いメモリアルプレートで、とても美しいイルカと、レオニーヌに向けた言葉が刻まれていた。

《私の愛しい娘。九月三日に生まれて七月十三日に逝ってしまったけれど、八月十五日にはいつも一緒にいてくれる。これからも、いつも》

一瞬、自分で書いた言葉かと思った。それほど、この言葉は私の気持ちを伝えていたのだ。

でも、誰がこのメモリアルプレートを送ってきたのだろう？　レオニーヌの墓にこれを供えるために、私を墓地に行かせようとしている人がいるのだ。でも誰が？

私はメモリアルプレートを包みなおし、部屋の戸棚にしまった。決して使うことのないタオルの山の中に隠して……。

そのあとで、洗濯物をたたんでいる時に、二枚のシーツの間に挟まれていたメモを見つけた。人の名前と役職が書かれたリストだった。

エディット・クロックヴィエイユ　校長
スワン・ルテリエ　料理人
ジュヌヴィエーブ・マニャン　世話係
エロイーズ・プティ　インストラクター
リュシー・ランドン　インストラクター
アラン・フォンタネル　メンテナンス係

それは、フィリップ・トゥーサンが書いた《ノートルダム・デ・プレ城サマースクール》の関係者のリストだった。訴訟の時にメモしたにちがいない。マコンのレストラン《カフェ・デュ・パレ》の勘定書きの裏に殴り書きされていた。日付は訴訟のあった年で、三人で食事をとっていた。三人、きっとフィリップ・トゥーサンと両親だろう。

そのメモを見つけた時、私は、これはレオニーヌからのメッセージだと思った。メモリアルプレートを受け取った同じ日に、娘を最後に見た人たちの名前が書かれたリストを見つけるなんて……。

その日から、私は家の外に出るようになった。おろした遮断機の脇に立ち、列車の乗客たちに手を振るようになった。フィリップ・トゥーサンが私のことを、頭がおかしくなったんじゃないかという目で見はじめたのも、この日からだ。夫は私のことを理解していなかった。だから、私が正気を失ったと思ったようだが、その逆だ。この日、私は正気を、生きる理由を取り戻したのだ。

私は精神安定剤を半分にすることから始めて、少しずつ薬の服用をやめた。アルコールも飲まないようにした。きっとまた悲しみが私を襲い、私は絶望に苛まれるだろう。でも、もうそのせいで死んだりはしない。私には確信があった。

私は家の外に出た。《カジノ》のガラス越しにステファニーと目が合うと、ステファニーはレジのうしろから、悲しそうな笑顔を向けてきた。私はその笑顔に軽く会釈をした。同じように悲しそうな笑顔で……。そのまま、十分ほど、民家の続く通りを歩きつづけた。この前、ここを通った時には、娘の手を取って自分のポケットの中に入れていたと思い出しながら……。この先、私のポケットの中はいつも空っぽだ。でもレオニーヌの手は私を導きつづけるだろう。そう考えながら、私は《ベルナール自動車学校》に向かった。そして、入学申込書に自分の名前を書いた。まずは運転免許を取得する必要があった。

46

おまえがいたところに、おまえはもういない
だが、私のいるところ、どこにでもおまえはいる

――ヴィクトル・ユゴー　亡くなった娘への言葉

私は台所に座り、小さく音楽をかけながら、熱い紅茶をすすっていた。ゆっくりと朝の眠気が引いて、少しずつ目が覚めていく。閉めたカーテンの隙間から、太陽の光が部屋に差しこんでいる。光に浮かびあがって、少し埃が舞っていた。きれいだな、と思った。幻想的だと言ってもいいくらいだ。ジョルジュ・ドルリューが作曲した、映画『アメリカの夜』のテーマ曲を聞きながら、私はカップを右手に持ち、左手でエリアーヌを撫でていた。エリアーヌは首を差しだしてうっとりしたように目を閉じている。私は指の先にエリアーヌのぬくもりを感じるのが大好きだった。

ドアをノックしてノノが入ってきた。

「おはよう、おれのヴィオレット」

セドリック神父と同じで、私とノノも挨拶のキスも握手もしない。交わすのは言葉だけだ。だがノノは挨拶の言葉には、必ず愛着をこめて、私の名前に「おれの」とつけくわえた。

ノノは自分のコーヒーを入れる前に、テーブルの上に《ソーヌ＝エ＝ロワール新聞》を置いた。私

に見えるように、《ブランシオン＝アン＝シャロンの交通事故、ライダーの身元判明》と記された面を上にして……。

私はノノに「読んでもらえる？　眼鏡がないのよ……」と頼んだ。自分でも、ずいぶんと弱々しい声だなと思った。

エリアーヌがノノのところにいって挨拶代わりに身体をこすりつけてから、前足でドアをひっかいて外に出たいという仕草をした。きっと、私の指が緊張しているのを感じたのだろう。ノノはエリアーヌを撫でて、ドアを開けてやり、また私のほうに戻ってきた。椅子を引いて私の前に座り、ポケットから眼鏡を取り出す。社会保障制度で一〇〇％返金してもらえたと言っていた眼鏡だ。

ノノは、小学生が一音節ずつきちんと区切りながら読むような感じで、記事を読みはじめた。ちょうど、レオニーヌが赤ちゃんの時に、私が〈ボッシャー式学習メソッド〉で娘に読んであげたのと同じような調子だ（「もし、世界中の、すべての、女の子が、おたがいに、海の、まわりで、手を、伸ばしたなら、大きな丸が、作れるでしょう」）。もちろん、新聞の記事に書かれている単語は、私のカラフルな教科書の内容とはまったく異なっていた。

先月、四月二十三日にブランシオン＝アン＝シャロンで起きた死亡事故の被害者の身元が判明した。身元を確認したのは、被害男性の同棲相手で、男性はブロンの住民だった。憲兵隊の当初の検証によれば、男性は、乗っていた大型バイク、黒のヒョースン・アクイラ六五〇cc（ナンバープレートははずされていた）が道路の路肩を越えた拍子に、バイクから転落したものと思われる。男性はヘルメットのあご紐を留めていなかった。同棲相手は男性の姿が見えなくなった翌日の四月二十一日からブロンの憲兵隊や病院に連絡をして、行方を探していた。身元が判明したの

は、それによるところが大きい。同棲相手によると、男性の名前は……

その時、これから埋葬が行われる故人の遺族たちが墓地に入ってきたので、ノノは記事を読むのをやめた。故人は有名な大道芸人だったので、すでにアコースティックギターを弾いている人もいる。みんな手に風船を持っていた。

ノノが新聞を置いて、私に言った。

「行かないとな」

「そうね、私も」

黒いコートを羽織りながら、私は事故で亡くなる前、フィリップ・トゥーサンがこの家から出ていったことを話すべきか自問した。

不意に、サーシャの言葉を思い出した。

「沈黙だ。大切なのは沈黙することだ」サーシャはしょっちゅう言っていた。

そのとおりだ。フィリップ・トゥーサンにはもう十分に尽くした。そろそろ、自分の心の平穏を望んでもいいはずだ。

死んでもなお、フィリップ・トゥーサンは私を苦しめる。彼の最後の言葉、そして私の腕に残した青あざ……。その時のことを、私は思い出した。

私は心安らかに暮らしたい。サーシャが私に教えてくれたように生きていきたい。今、この場所で。私は自分の人生を生きたいのだ。一緒に暮らしていた頃だって私の人生には無用だった男に、今さら関わりたくない。しかもその男の両親は、娘の休暇先を勝手に決めて、私から唯一の太陽を奪っていったのだ。

霊柩車が墓地に入ってきて、ガンビーニ家の墓所に向かった。今日は有名な大道芸人マルセル・ガンビーニの埋葬が行われる。マルセルはドイツの占領政策が進んでいた一九四二年のある日、ブランシオン＝アン＝シャロンの自治体で生まれた。育ったのは教会だ。強制収容所に送られた両親が、間一髪でマルセルを村の教会に預けたのだという。

その話を聞いた時、私は思わず、子供を手放さなければならなくなった人は、セドリック神父の教会に預けにくればいいと願いそうになった。私は子供の頃、里親から里親へとたらいまわしにされたが、それよりもセドリック神父のような人に育てられていたら、どんなによかっただろう？　そう思ったのだ。だが、そうはならなかった。人生のくじ引きというのは、うまくはいかないものだ。

埋葬には三百人以上が集まっていた。ギタリストとヴァイオリニストが数人に、コントラバス奏者がひとり、マルセルの棺を囲んでジャンゴ・ラインハルトのジャズ曲を演奏していた。明るいジャズの音色は、その場に集まった人たちの様子とは対照的だった。陽気にジャズが演奏される中、人々は淋しそうに背を丸めながら、暗く沈んだ顔つきで、悲しそうに涙を流していた。

マルセルの孫娘で、十六歳のマリー・ガンビーニが弔辞を読みはじめると、その場は静まりかえった。

「おじいちゃんは、お祭りの綿あめが好きだったね。リンゴ飴のパリッとした食感や、クレープやゴーフルの匂いも好きだった。甘いマシュマロやヌガーやチュロスも……。甘いものだけじゃなくって、フライドポテトも大好きだった。油で手をべとべとにしながら、『いいか？　フライドポテトってのは人生なんだ。ちょっぴり塩辛い』なんて言いながら、幸せそうな顔をしていた。

お祭りに行くと、いつも子供のような顔をしていた。金魚を入れた袋を誇らしげにぶらさげて……。

きっとこれからも、そうだね。天国に行っても、片方の手には金魚釣りの竿を、もう片方には風船を持って、木馬に乗っているんじゃないかな？

お祭りで射的をすると、いつでも夢中になって、私たちのベッドがいっぱいになるくらい、ぬいぐるみの虎をとってくれた。私たちがメリーゴーラウンドの飛行機や消防車やレースカーに乗っていると、いつまでも外から手を振ってくれた。子供たちを楽しませること、それがおじいちゃんにとって、人生における戦いだったんだ。

おじいちゃんといると、人生は楽しいものだって思えた。それは、お祭りの日にできる遊園地の乗り物とか、お化け屋敷とか、迷路みたいなもので、胸がときめいて、わくわくした。そのあとで、私たちは人生というジェットコースターに乗ることになったけど、おじいちゃんと過ごした時間は、その予行演習だったんだ。

おじいちゃんの血の中にはジプシーの血が流れていた。よく手相を見てくれたね。音楽もジプシーのものだった。素敵な声で、ジプシージャズを歌っていた。でも、今はもうおじいちゃんの歌を聴くことはできない。新しい曲を見つけに、遠くに行ってしまったから……。手相の線はもう途切れてしまったから……。

大好きなおじいちゃん。安らかに眠ってなんて、私は言わないよ。だって、静かに眠ってるなんて、おじいちゃんにはできないもの。だから、これだけ言うね。楽しんで！　そして、またいつか会いましょう」

マリー・ガンビーニは棺にキスをした。残りの家族がそれに続いた。

ピエールとジャック・ルッチーニが、ロープと滑車を使ってマルセル・ガンビーニの棺を地下におろしている間、楽団はまたジャンゴ・ラインハルトの「マイナー・スウィング」を演奏していた。

人々は手に持っていた風船を、空に向けて放った。それから、遺族はたくさんの宝くじとぬいぐるみを棺の上に投げた。

今夜は、十九時の閉門時間以降も門を開けておくことになった。ガンビーニ家の人たちに、墓のそばで夕飯を取りたいと頼まれたので、深夜十二時まで墓地にいることを許可したのだ。遺族はお礼にと、二週間後のマコンのお祭りで使える絶叫マシンのチケットを何十枚もくれた。私はノノの孫たちにあげるつもりで、ありがたくちょうだいした。

ひとりの人間の人生を、埋葬で評価していいものかどうかはわからない。でも、マルセル・ガンビーニの埋葬は、今まで参列した中で、最も美しいもののひとつだった。

47

闇が深くならなければ、最初の星は見えない

――クリスティアン・ボバン『喜ぶ男』

一九九六年一月。娘へのメモリアルプレートを受け取ってから四カ月後のこと、運転免許証を取得した私は、いよいよブランシオン＝アン＝シャロンの墓地に行くことにした。

私はメモリアルプレートを鞄に入れて、フィリップ・トゥーサンに告げた。

「仕事をしてもらいます。二日ほど出かけるから、その間、遮断機をお願いね」

夫に何か言わせる暇を与えず、私はすぐにステファニーから借りた赤いフィアット・パンダの運転席に乗りこみ、車を出した。バックミラーにぶらさがっている白い虎のぬいぐるみが旅の友だった。

普通なら目的地まで三時間半ほどの道のりに、私は六時間かけた。そもそも、私にとって普通のことなどもう何もなかった。途中、何度も休憩を取らなくてはならなかった。運転中はラジオを聴いた。二年半前、レオニーヌはポケットに帰りの分の酔い止め薬を入れ、お気に入りのぬいぐるみを膝の下に隠し、コーシン夫妻の車の後部座席に乗って、この道を通っていたのだ――そんな娘の姿を想像しながら、私は娘のために、童謡の「ミツバチのように、鳥のように」を歌った。

《ミツバチのように、鳥のように、羽ばたきして、夢が消える。雲のように、風のように、月が出て

夜になる。かまどの火が落ち着き、熾《おき》も灰の中に隠れる。露が降りて花はしぼみ、霧が出てくる……》

車窓を流れる家や木や道や風景を見ながら、レオニーヌはこの景色に興味を持ったのだろうかと考えた。もしかしたら、途中で居眠りをしていたかもしれない。それとも、退屈しのぎに、車の中でも手品をしてみせたのだろうか？

レオニーヌと一緒に車に乗る機会は少なかった。セリアかステファニーの車に乗せてもらう時だけで、あとはいつも電車だった。フィリップ・トゥーサンが持っていたのはバイクだけだった。バイクなら、私たちをどこかに連れていかなくてもすむからだ。でも、たとえ車があったとしても、夫が私たちをどこかに連れていくことはなかっただろう。

ブランシオン＝アン＝シャロンに着いたのは午後四時頃だった。おやつの時間だ——と私は思った。管理人の家のドアは半開きになっていたが、中には誰もいないようだった。私はひとりでレオニーヌを見つけたかったので、そのまま墓地に入っていった。

娘の墓を見つけるというのは、宝探しをするのとはちがう。墓を探しながら、私は胸が苦しくなった。

メモリアルプレートを手に、三十分ほど墓の間を進んだところで、〈セイヨウイチイ区〉にある子供たちのための一画を見つけた。

私は考えた。ほんとうなら、今頃は九歳になるレオニーヌの冬休みの準備をしていたはずなのに……。友だちとスキーに行くのに、持ち物に名前を書いたりしていたはずだ。まだ十歳にもならないのだから、目もとのお化粧は早いって、禁止していたかもしれない。それなのに、今、私はここにいる。幽霊のように、さまよう魂を抱えて。本物の死者よりも、もっと死んでいる人間のように、墓石に刻まれた娘の名前を探している……。どうして？　どうしてなの？　と……。

私は長いこと自問していた。こんな目にあうなんて、いったい、私がどんな悪いことをしたと言うのだろう？　これは何かの罰なのだろうか？　私は自分が犯してきたいろいろなミスを思い返してみた。娘を理解できなかった時のこと、娘に対して苛々した時のこと、あの子の言うことを聞かなかった時、信じなかった時、あの子が寒いとか暑いとか、ほんとうに喉が痛いのに、わからなかった時のことなんかを……。

レオニーヌの墓はすぐにわかった。私は白い大理石に刻まれた娘の名前と名字にキスをした。でも、もっと早くに来なかったことは謝らなかった。これからは時々来るという約束もしなかった。

「八月十五日に地中海で会おうね。ソルミウの海で……。ママにはそのほうがずっといい。こんな悲しい場所で会うよりも……。だって、海にいるほうが、ずっとあなたらしいもの」

そう言うと、私はあの晩、何が起きて、どうしてレオたちの部屋が焼けたのか、きっと突きとめると、娘に約束した。

墓のまわりには、ピンクの花束やぬいぐるみ、天使の置き物が置かれていた。私は、《太陽はあまりにも早く沈んでしまった》と書かれたメモリアルプレートの隣に、《私の愛しい娘。九月三日に生まれて七月十三日に逝ってしまったけれど、八月十五日にはいつも一緒にいてくれる。これからも、いつも》と書かれたプレートを供えた。

それからどれくらいの時間、娘の墓の前にいたのかわからない。墓地を出ようとした時には、もう門が閉まって鍵がかかっていた。

私は管理人の家に行き、ドアを叩いた。ドアは少し開いていて、家の中から明かりが外に洩れていた。窓から中をのぞこうとしたが、カーテンが引いてあって見られなかった。私は何度も何度もドアや窓を叩いたが、誰も現れなかった。結局、ドアを開けて中に入り、「誰かいますか？」と叫んだが、答えはなかった。

二階で物音がした。頭上を歩く人の足音、それに音楽も聞こえてきた。ラジオだろう、バッハの曲がパーソナリティーの声で中断された。

家の中は優しい明かりが広がっていた。私は、すぐにこの家が気に入った。壁と匂いが好きになった。ドアを閉めて、その場に立ったまま、誰かが降りてくるのを待ちながらまわりの家具を眺めた。台所はまるでお茶の専門店のようだった。棚にラベルのついた箱が五十個近く並んでいる。ラベルにはインクで人の名前が手書きされていた。陶器のティーポットもあり、そこにも箱と同じ名前のラベルがついていた。香りつきのキャンドルには火が灯っていた。

ほんの一分前には娘の遺灰の前にいたのに、この家のドアを開けたとたん、まるで別世界に来たかのようだった。

階段を降りてくる足音が聞こえてくるまで、ずいぶん長いこと待っていたような気がする。まず黒いスリッパ、次にリンネルの黒いズボン、そして最後に白いシャツが見えた。降りてきたのは、六十五歳ぐらいの混血の男性だった。おそらくベトナム人とフランス人のハーフだろう。ドアの前に突っ立ったままの私を見ても驚きもせず、ただこう言った。

「お待たせしてすみません、シャワーを浴びていたものだから。どうぞおかけになってください」

男性の声は、映画『男と女』に出ていた俳優のジャン＝ルイ・トランティニャンに似ていた。ちょっとダミ声で、メランコリックで、優しくて色っぽい。その人はその声で、私に「お待たせしてすみません、シャワーを浴びていたものだから。どうぞおかけになってください」と、まるで私たちが会う約束をしていたかのように言ったのだ。たぶん、誰かとまちがえているのだと思ったが、続けてすぐに「今、アーモンドパウダーとオレンジフラワーを入れた豆乳の飲み物をお作りしましょう」と言われたので、それを口にする間はなかった。

飲み物を出してくれるならウォッカショットのほうがよかったが、それは言わないでおいた。私は、男性が豆乳とオレンジフラワーとアーモンドパウダーをミキサーにかけて、大きなグラスに注ぎ、子供のお誕生日会で使われるようなマルチカラーのストローをさすのを見ていた。そのグラスを私に手渡しながら、その人は私に微笑んだ。心を揺さぶる温かい微笑みだった。今まで、誰もそんな微笑みを私に向けた人はいなかった、セリアでさえも……。

その人は、どこもかしこも長かった。脚も腕も手も首も目も口も、すべて……。顔や身体の輪郭は角ばっていて、まるで定規で描かれたみたいだった。

私はストローを使って豆乳を飲んだ。おいしかった。その味は、何かこのうえなく優しいものを思い出させた。たとえば、昔、私が望んでも得られることのなかった子供時代のことを……。そして、レオニーヌの小さな頃のことを……。涙が次から次へとあふれてきた。何かを飲んでおいしいと感じたのは、娘が亡くなってから初めてのことだった。一九九三年七月十四日から、私は何を口に入れても味を感じなくなっていた。レオの死は、私から味覚も消してしまっていたのだ。

「お邪魔してすみません、門が閉まっていたので……」

「何も悪いことなんてありませんよ。どうぞお座りください」そう言って、男性は椅子を持ってきて私に勧めてくれた。

ここにいることはできない。そう思ったが、立ち去ることも、口をきくこともできずにいた。レオの死は私から言葉も消してしまっていた。私は誰かと会話をすることもできなくなっていたのだ。文字を読むことはできても、言葉を発することはできなかった。頭の中にはあっても、口からは出てこなかった。その頃の私の人生は、「ありがとう。こんにちは。さようなら。食事の準備できました。すみませんが、横になります」という言葉だけでことたりた。運転免許を取るのだって、正しい答えに印をつけて縦列駐車をするだけだったから、人と話をする必要はなかった。

私はまだ突っ立ったままでいた。涙は豆乳を飲みおわっても止まらず、グラスの底に溜まりはじめた。おそらく私の気を落ち着けようと、男性はティッシュペーパーに《オシアンの夢》という名前の香水を拭きかけ、私に嗅がせた。それでも、私は水道の栓が閉まらなくなってしまったかのように、泣きつづけた。だが、涙を流したことで気分がよくなっていった。身体の中にある悪い物を、涙がすべて流して、空っぽにしてくれているようだった。これまでさんざん泣きつくして、もう涙など一滴も残っていないと思うほど泣いたのに、まだ残っていたらしい。雨が降って、溝に溜まっていた汚い物を全部洗いながしてくれるような、そんな涙だった。

「さあ、お座りになって」

そう言うと、男性は私の肩に触れて、私を椅子に座らせた。男性の手が触れた時、私は身体に衝撃が走るのを感じた。私が椅子に座ったあとも、男性は私のうしろに立ったまま。肩から背中、首、頭とマッサージを始めた。それはまるで傷の手当てをされているかのようで、触られた部分に温かい絆創膏を貼られているような気がした。

「おやおや、背中が壁のように硬くなっていますね。ザイルがあればよじ登ることさえできそうだ」

こんなふうに人に触られたのは初めてだった。男性の手はとても熱かった。その手から発生したすごい量のエネルギーが、まるで私の肌に軽い火傷でも負わせるかのようにして、私の身体の中に入ってくるのを感じていた。何が起こっているのかわからないまま、私は抵抗もせずに身体を預けていた。わかっていたのは、娘の遺灰が埋葬されている墓地の管理人の家にいたということ。その家で自分がこれまで一度もしたことのない経験をしているということだけだった。

のちに、私は彼が治療師《ヒーラー》であることを知った。「整体師みたいなものだよ」と彼は好んで言っていた。

男性の手のひらを感じながら、私は目を閉じ、いつしか眠りに落ちていた。漆黒の深い眠りだった。悪夢も見なかった。いつもなら、炎に包まれている娘の姿や、「起きてママ、私は死んでないよ！」と私の耳もとで囁く声に目を覚まして、シーツを涙で濡らすことになるのに、そんなこともなかった。目が覚めた時には朝になっていた。私はソファに寝ていて、柔らかい厚手の毛布が掛けられていた。目を開けた時、初めは、自分がどこにいるのかよくわからなかった。たくさんのお茶の箱が目に入ってきた。私が座っていた椅子は、昨夜のまま部屋の中央に置いてあった。

家には誰もいなかった。ソファの前に置かれたローテーブルの上に、焼けるように熱いティーポットが置かれていた。私は中身をカップに注ぎ、少しずつ飲んだ。おいしいジャスミンティーだった。家の持ち主は、ティーポットの横に、小ぶりのフィナンシェを載せた陶器の皿も置いてくれていた。私はフィナンシェをつまんで、ジャスミンティーに浸して食べた。

朝になって、あらためて見てみると、墓地の家は私の家と同じくらい質素なことがすぐにわかった。でも、昨夜、私をここに招き入れた男性は、この家をお城に変えていた。優しい微笑みと慈愛に満ちた心、アーモンドミルク、それにキャンドルと香水で……。

その時、彼が外から入ってきた。コートを壁に掛けて、手に息を吹きかけていた。それから、私のほうに顔を向けると、微笑んで「おはようございます」と言った。

「帰らなきゃ」と、私は言った。

「どこに？」

「家に」

「どこです、お宅は？」

「フランス東部、ナンシーの近くです」

「あなた、レオニーヌのお母さんでしょう？」

「……」

「昨日の午後、レオニーヌの墓の前にいるのを見ました。私はアナイスとナデージュとオセアーヌのお母さんは知っています。でも、あなたを見たのは初めてだったから……。レオニーヌに会いにいらしたんですね？」

「私の娘はこの墓地にはいません。あなたの墓地には……。ここにあるのは、あの子の遺灰でしかないもの」

「この墓地は、私のものじゃないんですよ。私は、ただの管理人です」

「こんな……このお仕事を、どうやってやっているのか知りませんけど、おかしなお仕事ですね。いえ、おかしくはないけど。全然」

彼はまた微笑んだ。その目は穏やかで、人を評価することなどなさそうだった。やっぱりあとになってから、彼が人と話す時には、目線を相手と同じ高さに合わせているのだと知った。

「あなたは？　お仕事は何をされているんですか？」

「踏切遮断機の管理人です」

「うん、あなたの仕事は、人を向こう側に通さないようにすることですね。私の仕事は、人が向こう側に行くために、少し手助けをすることです」

私はなんとか彼に笑い返そうとした。でも、無理だった。笑顔——それもレオの死が消したものだった。彼は善意に満ちていた。それに対して、私は粉々に砕けていた。私は廃墟だった。

「またここにいらっしゃいますか?」彼が尋ねた。

「はい。あの夜、どうして子供たちの部屋が焼けたのか、私は知らなくてはいけませんから……。この人たちのこと、ご存じですか?」

私はフィリップ・トゥーサンがレストランの勘定書きの裏に書いた、ノートルダム・デ・プレ城の関係者のリストを彼に差しだした。

エディット・クロックヴィエイユ　校長
スワン・ルテリエ　料理人
ジュヌヴィエーブ・マニャン　世話係
エロイーズ・プティ　インストラクター
リュシー・ランドン　インストラクター
アラン・フォンタネル　メンテナンス係

彼は注意深く名前を読んでいたが、私を見て訊いた。

「レオニーヌの墓には、またいらっしゃいますか?」

「わかりません」


それから一週間後、私は彼から手紙を受け取った。

ヴィオレット・トゥーサン様
うちのテーブルにお忘れになったリストをお送りします。それから、あなたのためにお茶の袋を用意しておきました。アーモンド風味の緑茶とジャスミンとローズの花びらのブレンドです。私が家にいなくても、中に入って持っていってください。家のドアはいつも開いています。黄色い棚の、鋳物のティーポットの右側に置いてあります。〈ヴィオレットのお茶〉と書いたラベルが貼ってあるから、すぐにわかるでしょう。

敬具
サーシャ・H

手紙の最後を見て、私はようやく、男性の名前を知った。男性はサーシャといった。でも、いったい何者なんだろう？　私は考えた。まるで小説の中から抜けだしてきたような人だ。そうじゃなければ、森で暮らす隠者のような……。まあ、どちらでも同じことだけど……。墓地でどんな仕事をしているのだろう？　それまで墓地の管理人なんていう仕事があることさえ知らなかった。死に関連した仕事と言えば、墓掘り人とか、棺を運ぶ人くらいしか思いあたらなかったから……。そういう人たちは、黒い服を着て、黄ばんだ顔をして、仕事をしていない時は、肩にカラスを乗せているようなイメージを抱いていた。

いや、そんなことよりも、サーシャの手紙を見て、私にははっと気づいたことがあった。封筒や手紙の筆跡に見覚えがあったのだ。そして、それはメモリアルプレートを送ってきてくれた人の筆跡だとわかった。そう、《私の愛しい娘。九月三日に生まれて七月十三日に逝ってしまったけれど、八月十五日にはいつも一緒にいてくれる。これからも、いつも》と刻まれたメモリアルプレートを送ってくれた人の筆跡だと……。小包についていた送り状には、まさにこの字が書かれていたのだ。

けれども、それなら、どうしてあの人が私のことを知ったのだろう？　私は考えた。メモリアルプレートの言葉はまさに私の気持ちどおりだった。そして、あの八月十五日という日付……。あれはソルミウの入り江でレオニーヌが来てくれたのを感じたので、私が勝手にレオニーヌと会うと決めた記念日だ。なんで、そんなことをあの人が知っているのか？　どうしてメモリアルプレートを送ってきたのか？　何か特別な意図でもあるのだろうか？

不思議だった。レオニーヌが死んでから、私はひとりで廃墟をさまよっていた。その廃墟に見知らぬ兵士が現れ、私にメモリアルプレートを渡したのだ。

レオニーヌが死んで以来、私は心に爆撃を受けつづけ、巨大な焼け跡と化していた。だが、戦争は終わった。それは私も感じていた。確かに、私が娘の死から立ち直ることは一生ないだろう。だけど、爆撃はやんでいた。私はこれから生きていかなければならないのだ。長くて、苦しい生を……。せっかく立ちあがっても、レオと同じくらいの娘を見れば、また打ちひしがれて、倒れるだろう。娘を置きざりにしたまま、ほかの子たちはみんな大きく育っていく。木々や花ですら……。私に残されたものは、空になったタンスとおもちゃ箱、子供の頃の写真、そして悲しみだけだ。それでも、また立ちあがって、私は生きていかなければならない……。

そんなふうに考えると、一九九六年一月、私はフィリップ・トゥーサンに宣言した。これからはブランシオン＝アン＝シャロンの墓地に月に二回、日曜日に行くことにした。朝、家を出て、夜には帰ってくるから、と……。

夫は大きなため息をついて天を仰いだ。その目は、これからは月に二日も働かなくちゃいけないのかよ……そう、言っているようだった。そして、「理解できないね。おまえは葬式にも行かなかったのに、いきなりそんな気まぐれを起こすなんて」と言った。

私は答えなかった。「気まぐれ」と言われて、どう答えろというのだろう？　母親が娘の墓参りに行くことを、ただの酔狂なわがままだと思っている夫に……。

作家のクリスティアン・ボバンが言っていた言葉を思い出した。

《口に出せない言葉が、私たちの心の奥で叫んでいる》

ボバンはこのとおりに言ったわけではないと思うが、それは私の状態を言い表していた。娘が死んでから、私は何も言葉を口に出さなかったが、心の奥底ではいつも叫んでいた。その口に出せない叫び声のせいで、私は夜中に目を覚ました。過食や拒食を繰り返して太ったり痩せたりした。老けた。一日中泣いたり、横になったまま起きられなかったりした。アルコールや鎮静剤を底のない穴に流し込むように飲みつづけ、ドアや壁に自分の頭を打ちつけた。でも、私は生き延びた。

悲劇作家のプロスペル・クレビヨンは言っている。《不幸が大きければ大きいほど、生きる意味は大きくなる》と……。

レオニーヌは手品を使って、死ぬと同時に私のまわりからすべてを消してしまった。でも、私は消えなかった。消えずに残ってしまったのだ。

48

冬が近づき、君の魂は消え去った。

飛びたつツバメのように……。戻る希望もないままに

（墓碑に使われる言葉）


菜園で野菜の手入れをしていると、裏口にジュリアン・スールが現れた。今日はTシャツを着ている。私はジュリアンに声をかけた。

「Tシャツ姿を見るのは初めてですね。若い男の子のように見えますよ」

「明るい色の服を着ているあなたを見るのも初めてですよ」

「だって、ここは私の家ですもの。この庭は墓地とは壁で仕切られているから、部屋にいるのと同じなんです。今度は長くこちらにいらっしゃるんですか？」

「明日の朝までです。調子はどうですか？」

「いいですよ。墓地の管理人みたいに晴れやかな気分です」

私がそう言うと、彼は笑顔を見せた。

「素敵な庭ですね」

「お墓の近くだから、肥料がいいんです。どれもとてもよく育ちます」

「知らなかったな。あなたがブラックユーモアを好きだとは……」

「私のことをご存じないもの」

「そうかな。あなたが思っている以上に、ぼくはあなたのことをよく知っているかもしれませんよ」

「他人の人生をほじくり返したからって、その人のことを知ったとは言えませんよ、警視さん」

「夕飯に誘ってもいいですか？」

「物語の続きを聞かせてくださるのならね」

「どの物語ですか？」

「ガブリエル・プリュダンとお母様のです」

「八時に迎えにきます。そうだ、着替えないでくださいね。その明るい服のままでいてください」

49

思い出としてこの花を捧げる

（墓碑に使われる言葉）

月に二回、墓地に行くことをフィリップ・トゥーサンに宣言した次の日曜日、私はまたステファニーの車を借りて、ブランシオン＝アン＝シャロンに向かった。

墓地に入ると、まずは管理人のサーシャの家を訪ねた。家に入るのは二度目だったが、すぐにまた私はあの匂いに包まれた。その匂いは、レオニーヌに死なれて、暗闇に閉じこもっている私を〈生の世界〉に引っ張りだそうとしているような気がした。

サーシャが手紙に書いていたように、お茶の袋は黄色の棚の、鋳物のティーポットの横に置いてあった。子供のノートに貼るような名前のシールに〈ヴィオレットのお茶〉と書かれていた。私は袋を開けて、目を閉じて匂いを嗅いだ。この墓地の家で、私はまた生き返ることができるのだろうかと思いながら……。

お茶の袋の下には、トゥーサンと名前が書かれたクラフト紙の封筒も置いてあった。封はされていない。中を見ると、いろいろな人の写真が入っていた。

最初は、封筒に書かれていた《トゥーサン》は私の名字ではなく、死者を祀る〈諸聖人の祝日《トゥーサン》〉のことで、中に入っていたのは、その日に花を供える故人の写真なのだろうと思った。だがすぐに、それが、あの一九九三年七月十三日から十四日にかけての夜、ノートルダム・デ・プレ城にいた関係者の写真だとわかった。サーシャが情報を集めてくれていたのだ。校長のエディット・クロックヴィエイユ、料理人のスワン・ルテリエ、世話係のジュヌヴィエーブ・マニャン、ふたりのインストラクター、エロイーズ・プティとリュシー・ランドン、そしてメンテナンス係のアラン・フォンタネル。校長以外の人の写真を見るのは初めてだった。

あの火災事故が起こった時、テレビや新聞はこぞって悲劇を報道した。どのテレビ局も夜の八時のニュースで取りあげ、ノートルダム・デ・プレ城や湖やポニーの写真を画面に映し、同じ言葉を繰り返した――「悲劇」「事故による火災」「死亡した四人の女児」「サマースクール」。四人の子供の写真は、何日も《ソーヌ＝エ＝ロワーヌ新聞》の一面を飾った。私はフィリップ・トゥーサンが葬儀の翌日に持ってかえった新聞の写真を見て、いたたまれない気持ちになったことを覚えている。死んだ四人は、みんな歯の欠けた口で笑っていたからだ。ちょうど歯が生えかわる年頃で、抜けた歯はネズミが持っていってしまったのだろう。そのネズミの巣穴を探して、レオの歯を取り戻せるなら、命を差しだしてもいいと思った。

テレビや新聞には、校長以外の関係者の写真はまったく載っていなかった。私はサーシャの封筒に入っていた写真で、娘の生きた姿を最後に目にした人々の顔を見た。

校長のエディット・クロックヴィエイユの写真には見覚えがあった。白髪混じりの髪をシニヨンにして、眼鏡をかけ、カメラ目線で控えめな微笑みを浮かべている。カメラマンが、「見た人に、感じがよくて信頼できそうだと思われるように、控えめに笑ってください。相手を安心させるような感じで！」と注文している声が聞こえてきそうな笑顔だ。その写真はトゥーサンの母から手渡されたサマースクールのパンフレットに載っていた。そう言えば、あれは青空ばかりが目立つパンフレットだった。葬儀屋のパンフレットみたいに……。私は思い出した。青空の下のキャッチコピーも……。《子供たちの笑顔のために、この夏、サマースクールは燃えています！》どうして、私はそのコピーの行間の意味を読みとることができなかったのだろう？　そう思って、私はあとから何度も自分を恨んだものだ。校長の写真の下には住所が書かれていた。

スワン・ルテリエのは証明用のスピード写真だった。サーシャはどうやってこんなものを手に入れたのだろう？　私は不思議に思った。写真の下には校長と同じように住所が書かれていたが、たぶん勤め先だろう、《ル・テロワール・デ・スーシュ》というマコンのレストランの名前が書いてあった。スワンは三十五歳くらいの男性で、細身に見えた。面白い頭の形に、薄い唇。アーモンド形の目はきれいだが、どこか不安げで、陰険な目つきをしていた。

世話係のジュヌヴィエーブ・マニャンの写真は、誰かの結婚式で撮られたものらしかった。窮屈そうな青い花柄のテーラードスーツを着て、こっけいな帽子をかぶっていた。たまに新郎新婦の親がかぶるようなやつだ。化粧は下手だし濃すぎた。年齢は五十歳くらいだろうか。レオに最後の食事の給仕をしたのは、この小柄でずんぐり太った女性にちがいない。レオはきっとありがとうと言ったはずだ。そうするように、育てたのだから……。私はレオに、「こんにちは」「さようなら」「ありがとう」、この三つはいつでもきちんと言うことを最優先で教えた。

ふたりのインストラクター、エロイーズ・プティとリュシー・ランドンは一緒に高校の前でポーズを取っていた。十六歳くらいの時の写真だろう。いたずらっぽい、心配ごとなどなさそうな顔をしていた。ふたりは子供たちと一緒のテーブルで夕食をとったのだろうか？　最後の電話で、レオはインストラクターのひとりが私に「似すぎて」いると言っていた。だが、エロイーズとリュシーはふたりともブロンドで青い瞳をしていて、どちらも私には似ていなかった。

メンテナンス係のアラン・フォンタネルの写真は、新聞の記事から切り取られたものだった。サッカーチームのユニフォームを着て、おそらくほかの選手と一緒に写っている写真から切り取ったのだろう。歌手のエディ・ミッチェルにどことなく似ていた。

それぞれの写真の下には、ブルーのインクで住所が書かれていた。ジュヌヴィエーブ・マニャンとアラン・フォンタネルの住所は同じだった。どの筆跡も、メモリアルプレートの送り状や、私が受け取った手紙、お茶の箱に貼られたシールと同じだった。

私をここまで引きずり出したこの墓地の管理人は、いったい何者なのだろう？　それに、どうしてそこまでしてくれるのだろう？　私はまた不思議に思った。

そのまま、しばらく部屋で待っていたが、サーシャはいっこうに戻ってこなかった。私は茶の入った袋と、写真と住所の入ったクラフト紙の封筒を鞄に入れて、外に出た。サーシャを探しながら墓地の中を歩いていると、お参りに来た人たちが、墓の花や木に水をやっているのが目に入った。歩いている人たちともすれちがった。その人たちの顔を見ながら、私は誰の墓参りに来たのだろうと考えた。母親だろうか？　父親だろうか？　兄弟？　従兄弟？　それとも夫？

そうやって、一時間近く墓地の通路を歩きまわったあとで、私は子供たちの区画にたどりついた。天使たちの置かれた墓の間を縫っていって、レオの墓まで来ると、墓碑に刻まれた名前が目に飛びこんできた。レオニーヌ。この名前を何度、持ち物に書いてやっただろう？　サマースクールの荷物を用意した時も、洋服の襟の内側にこの名前を書いた布を縫いつけてやった。

たった一週間なのに、前回、来た時に比べて、大理石に少し苔が生えていた。私はその場にひざまずいて、袖の裏側で汚れをぬぐった。

50

あの君の輝くような笑みに咲いたバラは
あの美しい夏のバラは
ぼくの心の中では　何年も　ずっと変わらず咲きつづけている
——ステファヌ・マラルメ「おお、こんなにも遠く愛しい人よ」

イレーヌ・ファヨールとガブリエル・プリュダンは、エクスの駅から数キロメートルのところで、最初に見つけたホテルに入った。ホテルの名前は《ロテル・デュ・パッサージュ《通りすがりのホテル》》だ。部屋にはそれぞれ〈ジョゼフィーヌの部屋〉〈アマデウスの部屋〉〈ルノワールの部屋〉などと名前がついていたが、ふたりはジョルジュ・シムノンの小説『青の寝室』のタイトルと同じ、〈青の部屋〉を選んだ。

セックスしたらお腹が空くだろうと考えたガブリエルは、受付でルームサービスのパスタを四人分と赤ワインのボトルを注文した。

「どうして四人分？　私たち、ふたりだけなのに」と、イレーヌは訊いた。

「あなたは、きっと旦那さんのことを考えるでしょう？　ぼくも元妻のことを考えるにちがいない。それなら、お互い心の中でこっそり考えているよりは、みんなで一緒に食事をしていると考えてしまったほうがいいと思いませんか？　そうすれば、〈ラルモワイヤンス〉もなくなる」

「なんですか？　〈ラルモワイヤンス〉って……」

「ぼくが作った言葉です。人生をつまらなくさせるもの——前に進むのを邪魔するものを指す言葉です。〈憂鬱《ゆううつ》〉〈罪悪感〉〈後悔〉〈躊躇《ちゅうちょ》〉そういったものをすべて合わせた言葉です」

部屋に入ると、ふたりは口づけをし、服を脱いだ。イレーヌは部屋を暗くしてほしいと頼んだが、ガブリエルは今さらその必要はないと言った。法廷で見かけた時から、彼女のことを何度も目で脱がせていたから、身体のふくらみはすべてわかっている。

「あなたは素晴らしいスタイルをしている」

「お口がお上手ね。でも、やっぱり……」

「口が上手なのは、職業柄、しかたありません。では、カーテンを閉めましょう」

彼はカーテンを引いた。青い部屋の青いカーテンを……。

ドアがノックされ、ルームサービスが届いた。ふたりは、パスタを食べて、ワインを飲み、セックスをした。また食べて、飲んで、セックスをした。そして、また食べて、飲んで、セックスをした。お互いにオーガズムを味わい、ワインで笑いが止まらなくなった。ふたりはオーガズムに達し、笑い、そして泣いた。

ふたりはこの部屋から出ないことにした。ここで、このまま一緒に死ぬのだ。どちらかが言いだしたわけではない。ふたりともそう思った。それがいちばんの解決策だと……。そうじゃなかったら、盗んだ車や列車や飛行機でフランスから逃亡し、世界中を旅する……。

最終的にはアルゼンチンに身を落ち着ける。ナチの戦争犯罪人のように……。でも、話の途中でイレーヌはうとうとしはじめた。ガブリエルは眠らずに煙草を吸っていたが、ルームサービスで二本目の白ワインとデザートを五つ注文した。

イレーヌは目を開けて、たずねた。

「私の夫と、あなたの元奥さんで、ふたりの招待客。三人目の招待客は誰ですか?」

「ぼくたちの愛です」

ふたりは浴室に行った。ベッドに戻る前に、踊ることにした。そこで目覚まし時計についていたラジオのスイッチを入れたところ、ちょうどニュースで、〈リヨンの虐殺者〉と呼ばれたドイツの親衛隊員クラウス・バルビーが、裁判を受けるためにフランスに引き渡されることを知った。ガブリエルは「ついに正義がなされた。これは祝わないといけないね」と言って、シャンパンを注文した。イレーヌは、「あなたとお会いしてから二十四時間たつけど、ずっと酔っ払ったままです。今度、会う時はしらふでいたいものだわ」と言った。

ふたりはジルベール・ベコーの歌う「君を迎えにきた」に合わせて踊った。

イレーヌは朝の四時頃に眠りにつき、六時頃に目が覚めた。ガブリエルは入れちがいにちょうど眠りについたばかりのようだった。

冷え冷えとした部屋のなかに、煙草とアルコールの匂いが漂っていた。鳥のさえずりが聞こえた。イレーヌは鳥の鳴き声が大嫌いだった。

「夜を返して」という言葉が頭に浮かんだ。ジョニー・アリディの歌のタイトルだ。朝の六時に青い部屋で思い出すなんて……。イレーヌは歌詞を思い出そうとしてみた。《夜を返して、今日、この世が終わるまで、夜を返して……》そのあとは思い出せなかった。

ガブリエルはイレーヌに背中を向けて寝ていた。イレーヌはその背中に優しく触れて、匂いを嗅いだ。ガブリエルが目を覚まし、ふたりはまたセックスをした。そしてふたり一緒に眠りについた。

十時に受付から電話がかかってきた。

「もう一泊されますか？　それともチェックアウトされますか？　もしチェックアウトするなら、十二時までに部屋を出ていただかないといけません」

51

毎日、見えない糸で君の思い出を織っている

（墓碑に使われる言葉）

ブランシオン＝アン＝シャロンから戻ってくると、私はそれまで読んだことがなかった火事の報告書にようやく目を通した。報告書は憲兵隊がフランス共和国検事正に提出するために作成したもののコピーで、訴訟のためにフィリップ・トゥーサンが持っていたのだが、私はページを開くこともできなかったのだ。

事件当夜、エディット・クロックヴィエイユ校長を始めとするスタッフ六名、それからサマースクールに参加した子供たちは、全員が建物の左翼に宿泊していた。一階には子供用の寝室が三つとスタッフ用の寝室がひとつ、二階には子供用の部屋が三つとスタッフ用の部屋が五つあった。子供用の寝室は二段ベッドがふたつ並べて置いてあって、四人が泊まれるようになっていた。どの部屋にもトイレと洗面台がついている。一階の廊下の突きあたりには厨房があった。火災が発生した一九九三年七月十三日から十四日にかけての夜には、すべての部屋が使用されていた。

スタッフのうち、一階の寝室を使用したのはインストラクターのリュシー・ランドンだけで、あと

の五名、校長のエディット・クロックヴィエイユ、インストラクターのエロイーズ・プティ、料理人のスワン・ルテリエ、世話係のジュヌヴィエーブ・マニャン、メンテナンス係のアラン・フォンタネルは二階の部屋を使用していた。

犠牲者となったアナイス・コーシン（七歳）、レオニーヌ・トゥーサン（六歳）、ナデージュ・ガルドン（八歳）、オセアーヌ・ドガ（九歳）の四名は、一階の一号室を使用していた。四名の少女は夜中に無断で抜けだすと、隣の部屋で寝ていたインストラクターのリュシー・ランドンを起こさないように足音をしのばせ、部屋から五メートル先にある厨房に向かった。どうやら、昼間、厨房の奥にある食料貯蔵庫に粉末チョコレートがあるのを見つけ、チョコレートミルクを作ろうと考えたらしい。そこで少女たちは、冷蔵庫のひとつを開けて牛乳を取り出し、ステンレス製の鍋に入れると、ガスのコンロに家庭用マッチで火をつけ、鍋をかけた。コンロは電気が二口とガスが六口あったが、どうしてガスを使ったのかはわからない。それから、食器棚から取り出した四つのカップに粉末チョコレートを入れると、温めた牛乳を注いで、チョコレートミルクを作った。

四名はそれぞれ熱いチョコレートミルクを入れたカップを持って部屋に戻った。カップは不燃性セラミックで、火災現場である一号室で四つ、見つかっている。

ステンレス製の鍋は片手のついた二リットルのもので、消防隊員が厨房に入った時にはまだコンロの上に置かれていた。コンロの栓は最弱にはなっていたが、完全には切られていなかった。これは少女たちの不注意によるものと思われる。

事故が発生した経過は以下のとおりである。

まずはコンロに置かれたまま空だきになった片手鍋のプラスチック製の取っ手が発火し、およそ十分後に、その火がガスコンロの右上にあった食器棚に燃えうつった。

食器棚はラッカーとエナメルの化合物で塗られており、これはどちらも非常に揮発性が高く、強い毒性を持つことで知られている。

厨房で発生した毒は少女たちが隙間を開けていた厨房の扉から廊下に出て、同じくきちんと閉めていなかった少女たちの部屋の扉から中に入っていった。少女たちが厨房を出たあと、有毒ガスが厨房から廊下に洩れだし、少女たちの眠っていた一号室に充満するまでに要した時間は、およそ二十五分から三十分ほどだと思われる。

先に示したとおり、一号室から厨房までの距離は約五メートルしかなく、食器棚の燃焼により発生した有毒ガスはあっという間に廊下から一号室へと流れ込み、四名の子供たちを昏睡状態に陥れ、そのまま中毒による窒息死を引き起こしたと考えられる。ほかの部屋の子供たちは部屋の扉がきちんと閉まっていたせいで、この有毒ガスを吸わずにすんだ。

このあと、一号室は厨房から出た火で燃えあがった。少女たちも焼死体で見つかったが、火が一号室に回った時には、四名ともすでに息絶えていたと思われる。

そのあと、一階にいたリュシー・ランドンが火事に気づいて、叫び声をあげた。ランドンは一階のほかのふたつの部屋で寝ていた子供たち八名をすぐに避難させた。また、二階にいたスタッフたちも、三つの部屋で寝ていた十二名の子供を避難させたので、一号室以外にいた子供たちに被害が及ぶことはなかった。

リュシー・ランドンが一号室に入って、被害者の少女たちを救いだせる可能性は皆無であったと思われる。一号室はすでに火に呑まれていたし、たとえ部屋の外に出しても、少女たちはすでに死んでいたからである。

ランドンは被害者以外の子供と大人が全員無事に避難したことを確認すると、消防署に通報した。

いっぽう、消防隊が到着するまでの間、アラン・フォンタネルとスワン・ルテリエは、なんとか一号室に入ろうとあらゆる手段を試みたが、熱と炎のせいでどうすることもできなかった。

消防隊の到着は普段より少し時間がかかったと思われる。当夜は事故の現場から十キロメートル離れたところで花火大会が開催されており、地域の消防隊員は安全確保のため、そちらに動員されていたためである。

実際、リュシー・ランドンの通報から消防士の到着までには二十五分かかっている。電話の通報を受けたのは二三時二五分、消防士が現地に到着した時刻は二三時五〇分であった。

その時には、建物左翼の大部分がすでに炎に覆われていた。

その後、鎮火までには三時間を要した。

四名の犠牲者の年齢が幼く、また焼けた遺体の炭化が激しかったため、歯形による身元確認はできなかった。

これが、調査の結果、判明したことだった。

私は裁判に行かなかった。また、事件のことを話すフィリップ・トゥーサンの言葉にも耳を貸さなかった。新聞も読まなかった。だから、事件の概要を知らなかった。でも、実際に起きたのはこういうことだったのだ。

調査報告書には誇張した表現のない、正確で超然とした言葉が並んでいた。そこに悲劇などなかったかのように……。でも、心が痛んだ。ジャン＝ジャック・ゴールドマンの歌と同じに……。《悲劇もない。涙もない、武器もほとんどない。あるのは心の痛みだけだ。声を出さずに泣く痛みだけ……》

校長のエディット・クロッククヴィエイユには二年の実刑判決が下った。厨房の扉に鍵をつけていなかったこと、ノートルダム・デ・プレ城は建材や設備が老朽化していたのに、防災に必要な準備を怠っていたことが罪に問われた。子供たちの責任については、口頭でも文書でも問われることがなかった。スタッフに無断で、夜中に牛乳を沸かしたのが原因であっても、幼い犠牲者たちに問題があったとすることはできなかったのだろう。だから、むしろ監督不行き届きというかたちで、校長が罪に問われたのだ。

それよりも、私はこの調査報告書を読んで、重大なことに気づいた。

レオニーヌは、牛乳を飲まなかった。まちがってひと口飲んだだけで、吐きだしてしまうほど大嫌いだったのだ。

52

ここに私の庭でいちばんきれいな花が眠っています

（墓碑に使われる言葉）

私たちは中華料理店の《フェニックス》にいた。ジュリアンはそこに私を連れてきてくれたのだ。レストランは壁の一面が巨大な水槽になっていた。ひとしきり話を聞いたあと、水草の中を泳ぐカラフルな魚を見ながら、私はソルミウの入り江のことを思い出していた。太陽を浴びてキラキラ光る、あの美しい景色を……。

「マルセイユにいらっしゃる時は、よく泳ぎにいくんですか？」私は尋ねた。

「子供の頃はよく泳いでいました」そう言って、ジュリアンは私のグラスにワインのお替わりをついだ。

「それにしても、すごいお話ね。それは全部、お母様の日記に書いてあったんですか？ 《ロテル・デュ・パッサージュ》の〈青の部屋〉とか、パスタを四人前注文したとか……。それからパスタを食べ、ワインを飲んで……」

「セックスした……。ええ、全部日記に書いてあったことです」

そう言うと、彼は内ポケットから日記帳を取り出した。表紙はマリンブルーのハードカバーで、セリアがプレゼントしてくれた一九九〇年のゴンクール賞受賞作品、ジャン・ルオーの『名誉の戦場』

に似ている。

「お見せしようと思って、持ってきました。あなたのことが書いてあるページに、色紙を挟んでおきましたから」

「私のこと？　どういうことですか？」

「母は日記にあなたのことを書いていたんです。何度も墓地で見かけていたようです」

私は日記帳を受け取り、適当に開いて、青いインクで書かれた文字をちらりと見た。

「持っていってください。あとで返してくれればよいから」

そう彼が言うので、私は日記帳を鞄の奥にしまった。

「大事に扱います……。日記を読んで、お母様の別の人生を発見するのって、どんな気持ちでしたか？」

「誰か、知らない人の話を読んでいるような気分でしたよ。それに、〈時効は成立している〉ってところでしょうか。ぼくの父はずっと前に死んでいますから……」

「お母様がお父様と一緒のお墓に入らないのは、嫌じゃありませんか？」

「最初は辛かったですよ。今は、気持ちの整理がつきました。それに、そのおかげであなたを知ることができたのだし……」

「もう一度言いますけど、お互いに知っているかは疑問です。私たち、ただ出会っただけですもの」

「じゃあ、これからお互いのことを知っていきましょう」

そう言って、彼は私をじっと見つめた。

「私、飲まなきゃ、やっていられそうにありません」

私はつがれたばかりのグラスの中身を一気に飲みほした。

「いつもは、私、こんなふうに飲むことはないんです。少しずつ味わって飲むんですけど、でも、今日は無理です。さっきのお話を聞いたあとでは……。それに、そんなふうに見つめられていたらね。私を逮捕して拘束したいと思っているのか、それとも結婚したいと思っているのか、まったくわかりませんもの」

彼は大声で笑い出した。

「結婚か拘束かって、どちらも同じことじゃないですか？」

「結婚していらっしゃるの？」

「離婚しました」

「お子さんは？」

「息子がひとり」

「おいくつ？」

「七歳です」

会話が途切れて、沈黙が流れた。

私は彼に、「ホテルに行きます？　お互いを知るために」と言った。

その質問に、彼は驚いたようだった。指先で木綿のテーブルクロスを撫でている。まるで愛撫をするように……。それから、私にまた微笑みかけた。

「あなたとふたりでホテルに行くこと──それはもちろん、いつかはと思っていたけれど……。どちらかと言えば、中長期計画でしたよ。せっかく提案してくれたんだから、時期を早めてもよいでしょう」

「ホテルは旅の始まりにすぎません」

「いいや、ホテルはもう旅そのものですよ」

53

私の死を悲しまないで。むしろ、生きたことを祝ってください

（墓碑に使われる言葉）

二度目にサーシャを見た時、彼は菜園にいた。

その日、墓地に到着して、サーシャの家に入ると、中はひどく散らかっていた。鍋はシンクからあふれ、空になったティーポットやカップがいくつもあちこちに置きっぱなしになっていた。ローテーブルの上にはたくさんの紙が散らばっており、棚に置かれたお茶の缶は埃で覆われていた。それでも、壁からいつもどおりよい匂いがした。

台所の奥にあるドアは大きく開けはなたれ、外からクラシック音楽が聞こえていた。何か物音がした。そこで、私はドアのところまで行って、外を眺めた。裏庭はとても広い菜園になっていた。太陽がまぶしかった。

サーシャはミラベルの木に脚立を立てかけて、黄金色の実を収穫していた。よく熟して、甘そうな実が次々と粗布のジャガイモ袋に入れられていった。私に気づくと、サーシャは彼にしかできない、あの笑顔を向けてきた。墓地のような悲しい場所にいるのに、どうしてそんな幸せそうな顔ができるのだろうと、私は不思議に思った。

前の日曜日に来た時には会えなかったので、私はお茶と事件関係者の資料のお礼を言った。

「おお、どういたしまして」

「どうやってあの人たちの写真や住所を手に入れたんですか？」

「おお、簡単なことです」

「校長のエディット・クロックヴィエイユや、ほかの人たちのこと、ご存じなんですか？」

「私は誰でも知っています」

私は事件の関係者について、もっと質問をしたくなった。でも、できなかった。

脚立を降りながら、サーシャが私に言った。

「あなたは、巣から落ちた雛みたいですね。見ていて辛くなります。こっちにいらっしゃい。聞かせたい話がありますから……」

「なぜ私の住所をご存じだったんですか？　どうして、あのメモリアルプレートを私に送ってきたんです？」

「あなたのお友だちのセリアが、私に託してくれたのです」

「セリアをご存じなんですか？」

「数カ月前、セリアはここに来ました。あなたのお嬢ちゃんにメモリアルプレートを供えるために……。場所を聞かれたので、私が案内したのです。プレートの文言は、もしあなたが自分でここに来たなら、何を書くだろうかと想像して考えたのだと言っていました。セリアがあなたの代わりに言葉を選んだのですよ。どうしてあなたがこの墓地に来ようとしないのか、理解できないと言っていました。娘の墓参りをしたら、きっと気持ちが少しは軽くなるだろうにとね。長いこと、あなたの話をしてくれました。とても見ていられない状態だと……。それで、私がセリアの作ったプレートをすぐにお墓に供えず、あなたに送ることを思いついたのです。そうすれば、あなたが自分の手で供えに、ここにやってくるのではないかと……。セリアはどうすべきか、長い間、考えていましたが、最後は私の案に同意してくれました」

そう言うと、サーシャは庭の通路の端に置いてあった魔法瓶をつかむと、台所用コップに中のお茶を注いで、「ジャスミンとハチミツです」とつぶやきながら渡してくれた。

「私が初めて自分の庭をもらったのは九歳の時でした。一メートル四方の花壇です。種まきや水やり、収穫の方法を教えてくれたのは母です。子供心に、こういう作業、好きだなと思いましたよ。母はいつも言っていました。『いいこと、収穫のよしあしで仕事を判断してはいけませんよ。種をまいてから、どうやって育てたかで判断しなさい』とね……」

そこで、サーシャはしばらく黙りこんだ。それから、私の腕を取ると、まっすぐ目を見ながらこう言った。

「この庭をご覧なさい。どうです、きれいでしょう？　もう二十年も世話をしてきました。いろいろな野菜があるでしょう？　ほんとうに色とりどりでしょう？　見えますか？　この庭はね、七百平方メートルの広さがあります。ここには、野菜に対する愛も、育てて収穫する喜びも、困難に立ち向かう勇気も、労働の汗も、すべてが詰まっています。これから、私はあなたに庭の手入れの仕方を教えます。そして、あなたが仕事を覚えたら、この庭を託します」

「おっしゃっていることがわかりません」と私が言うと、彼は手袋をはずして、薬指にはめていた結婚指輪を見せた。

「これは結婚指輪です。私と畑の……。私はこの指輪を自分で耕した初めての畑で見つけたのです」

そう言うと、サーシャは私を木づたの絡まるあずまやに連れていき、古い椅子に腰掛けさせた。そして私と向かい合わせに座って、話の続きを始めた。

「私が二十歳くらいの頃でした。その頃はリヨン郊外にある公団住宅に住んでいました。その日は日曜日で、飼っていた小型犬を近所で散歩させていたのです。駐車場から離れて、適当に進んでいくと、少し高台のほうに畑がありました。古い木立ちの間に、そこだけ文明から取り残されたように、コンクリートの建物に囲まれて……。で、先に行くと、奥のほうに人が集まっていました。ナラの木の下で、古いテーブルに防水シートを広げて、収穫したばかりのインゲン豆を洗っているところでした。みんな笑顔で、とても幸せそうだった。その様子に、私は衝撃を受けたのです。それは同じ公団住宅に住んでいる人たちで、お隣さんもいれば、時々、顔を合わせるだけの人もいました。みんな知っている人たちでしたが、階段や廊下ですれちがっても、そんなふうに笑っているところなんて一度も見たことがなかったのです。そばの畑には収穫前の野菜や果物がごちゃまぜに栽培されていました。でも、その人たちを笑顔にしていたのは、その小さな畑と井戸であることはまちがいありません。そう考えると、私はその人たちに、野菜作りを一緒にさせてもらえないだろうかと、頼んでみました。すると、その人たちは、ここは市がただ同然で貸している畑なので、市役所に電話して聞いてみるといいと教えてくれました。まだ、うしろのほうにいくつか区画が残っているからと言って……。

私はすぐに畑を借りて、家庭菜園の本を見ながら、野菜づくりに取りかかりました。十月には土を耕し、堆肥をまいて、冬の間は空になったヨーグルトのカップで苗を育てました。カボチャ、バジル、ピーマン、ナス、トマトにズッキーニ……。来年の夏には野菜がたくさん収穫できるぞと、私は自信満々で、自分が収穫しているところを想像しました。苗のほかにニンジンは種を直接まき、ジャガイモは種いもを植えました。そして、育つのを待ちました。ええ、畑にはあまり行かず、育ってくれるのを待ったのです。もちろん、時々、水をやりにいきましたが、雨だって降ることだし、そう毎日行かなくてもいいだろうと、考えていました。

　そうです。私は何も知らなかったのです。毎日、せっせと畑に通い、土をいじって、野菜のことを考えないと、魔法はかからず、収穫という奇跡は起こらないのだと……。雨が降らなければ心配し、降ったら降ったで心配し、太陽が照ってくれることを祈り、照りすぎたら恐れ、月の満ち欠けを見ながら、そのリズムに合わせて栽培する必要があるなど、知りもしなかったし、もちろん、やりもしませんでした。苗の近くに生えている雑草を毎日取らなければ、苗が枯れてしまうことも知りませんでした。私は本の知識を使って、頭で栽培していただけで、心で栽培していなかったのです。当然のことながら、何も育ちませんでした」

　そこまで話すと、サーシャは台所に行き、陶器の皿に載せたアーモンド・フィナンシェを持って戻ってきた。

「お食べなさい。あなたは痩せすぎですよ」

「お腹は空いていません」

「そんなこと、どうでもよろしい」

　私たちは微笑みを交わしながら、フィナンシェを味わった。サーシャが話の続きをした。

「それで、九月になってみたら、ニンジンが一本だけ生えていたのです。一本だけですよ！　畑に馬鹿にされているような気がしました。乾いて換気の悪くなった土壌の真ん中に、ひっそりと、黄色くなったニンジンの茎葉が生えていました。土壌にも換気が必要なのですよ。だけど私は土壌のことなんて何ひとつわかっていなかった。私はニンジンを引っこ抜きました。鉛筆のように細いニンジンを……。恥ずかしくて顔から火が出そうだった。そのまま鶏にでもやってしまおうかと思ったくらいです。でも、その時、その不格好で貧弱なニンジンに、銀の結婚指輪がはまっているのに気がついたのです。本物の銀の結婚指輪です。何年も前にこの畑を借りていた人が失くした物なのでしょう。私はニンジンを洗い、かじって、指輪を抜きました。そして、この指輪は、畑からのメッセージだと思いました。畑を耕すのは結婚生活を続けるようなものだと、そう指輪は言っているようでした。つまり結婚した最初の年にうまくいかなくても、その気があればずっと続けることができると……」

54

彼女は涙を隠して、笑みを分けてくれた

（墓碑に使われる言葉）

フィリップ・トゥーサンと暮らしていた時、私の生活は夫を中心に成り立っていた。

洗濯は夫のものばかりだった。粉洗剤で洗い、セーター以外は乾燥機に入れて乾かす。まだ温かいうちにたたんで、色ごとに分けて専用の棚にしまう。

買い物に行けば、購入するのは夫のものや、夫の好きなものが大半を占める。歯磨きはフッ素配合のもの。《ジレット》の剃刀、カモミールの香りのフケ取りシャンプー、剛毛用のシェービングムース、アフターシェービングローション、石鹸は《ダヴ》だ。それから、バイク雑誌《車とバイク《オート・モート》》、革製品用のワックス、ブロンドビールのパック、チョコレートミルク、バニラ味のヨーグルト。

浴室のブラシと櫛はいつも清潔にしておく。すぐに使えるように毛抜きと爪切りもだ。

食事も当然、夫の好みに合わせる。パリッと焼いたバゲット。チェリーの味や匂いのするジャムや飲み物。じっくり煮込んだ肉料理。肉の臭いが我慢ならない私は、鼻で息をしないようにしながら肉の塊を切り分けた。焼き色をつけてから、鋳物の蓋付き両手鍋に入れて煮込む。蓋を開けて死んだ獣の肉の様子をうかがう。小麦粉を加えてとろみをつけ、皿に盛る。ローリエの葉を入れたオニオンソ

ースをかける。肉を食べない私は、付け合わせの野菜かパスタかピューレだけを食べた。私自身も、付け合わせみたいなものだった。

夫はすぐに出かけてしまうが、私は家にいて、床や台所を磨く。掃除機をかける。家を換気する。埃を払う。家事をする間にかけていた音楽は、夫が帰ってきたらすぐに消す。夫が家にいる時には決して音楽はかけない。なぜなら夫は、「おまえの好きなクソみたいな歌手の歌を聴いてると頭が痛くなる」と言うからだ。テレビのチャンネルも、自分が気にいらなければすぐに変えた。

夫は出かけると、なかなか帰ってこない。夕食のあとでも出かけた。しかたなく、私は先に寝た。でも、帰ってくるとすぐに物音で目が覚めた。洗面所で勢いよく流れる水の音、便器に響く放尿の音、ドアの開閉する音。先に休んでいる私への気遣いなど、いっさいなかった。

ベッドに入ってくると、私の背中に身体をくっつけて寝た。ほかの女の匂いをプンプンさせて……。私は寝たふりをする。それでも時々、夫は私を求めてきた。たった今、女を抱いてきたばかりなのに。力ずくで私の中に入り、うなり声を出す。私は目を閉じ、頭の中でどこか遠くに避難する。地中海へと泳ぎに……。

私はそんな生活しか知らなかった。フィリップ・トゥーサンの匂いと声、言葉と習慣だけしか知らなかった。一緒に過ごした最後の数年の思い出は、最初の頃よりもずっと深く、頭に刻まれている。出会った頃の幸せな時間は、思い出として残るには、あまりにも短かったからだ。

フィリップ・トゥーサンと一緒にいて、私はどんどん老けていった。若さを保つには、愛される必要があるからだ。

ジュリアンはまったくちがった。私たちはクリュニーの近くのホテル《アルマンス》にいた。そして、優しく愛を交わしたのだ。

思いやりのある男性とセックスをしたのは初めてだった。フィリップ・トゥーサンの前に、シャルルヴィルの施設にいた男の子たちとも寝たことはある。愛撫の仕方など知らない粗野な子供たちとの、ただぶつかり合うだけの不器用なセックスだった。学校の教科書でフランス語をちゃんと学ばなかった子たちは、愛を学ぶこともなかったのだ。

ジュリアンは、愛することを知っていた。

今は私を包むように抱いて、寝ている。いっぽうの手が私の左肩に、もういっぽうの手が右の腰に置かれている。私は彼に身体を預けたまま、寝息を聞いていた。初めて聞く、新しい息づかい。彼を全身で感じていた。身体の中ではなく、外で……。

けれども、私は眠れずにいた。誰かといて、安心して眠れるようになるには、あといくつの人生が必要なのだろう？　何回生まれ変わったら、私に取り憑いたこの忌まわしい魂を天に返すことができるのだろう？　私は裸でシーツにくるまれていた。最後に裸でシーツの中にいたことなんて、思い出せないくらい昔のことだ。

ジュリアンと愛しあった時間はほんとうに素敵だった。魂が高揚するようなひととき……。けれども、今、私は家に帰りたいと思っている。エリアーヌの待つ家に帰って、自分のベッドで、ひとりで寝たい。彼を起こさないように、そっとこの部屋から出てしまいたい。ここから逃げだしたい。

朝になって、「さようなら」を言うことなど考えられない。視線を合わせるなんて、とうていできない。前にステファニーと視線を合わせられなかったように……。

第一、何を言えばいいんだろう？

ホテルの部屋に入ってから、私たちは勇気を奮いおこすために、まずシャンパンのボトルを一本空けた。それでやっとお互いに触れることができたが、ふたりともびくびくしていた。互いに好意を抱いているせいで、ためらってしまう恋人たちのように……。イレーヌ・ファヨールとガブリエル・プリュダンのように……。

けれども、私はもう恋なんて欲しくない。もう年をとりすぎて、そんな機会はもうとっくに失っているのだ。恋はもう昔の話で、クローゼットの奥にしまいこんだ古いソックスのようなものだ。捨てることはできないけれど、もう二度と履くことはない。でも、二度と恋ができなくても、それはたいしたことではない。子供を亡くすこと以外に、深刻なことは何もないのだから……。

私の人生はこれからもまだ続く。でも、そこに恋はないだろう。ひとりで生きることに慣れてしまったら、もう誰かとふたりで生きることはできないのだ。それは、確信している。

ホテル《アルマンス》は、ブランシオンから二十キロメートルほど離れている。歩いて帰ることはできない。帰るなら、フロントでタクシーを呼んでもらうしかない。

そう考えたとたん、行動に移したくなった。私はできるだけそっとベッドから出た。夫を起こさないように、よくしていたように……。

服を着て、鞄を取り、靴を手に持って部屋を出た。ジュリアンがこちらを見ていることはわかっていた。でも、ジュリアンは礼儀正しく、何も言わなかった。そして、礼儀を欠いた私は振りかえらなかった。

失礼な女……。私は自分が失礼な女だと思った。

タクシーに乗ると、イレーヌ・ファヨールの日記をパラパラとをめくった。車内が暗すぎて読むことはできなかったが、住宅地を通りぬける時、街灯の明かりがいくつかの文字を照らしだした。《ガブリエル……両手……明かり……煙草……バラ……》

55

あの人の人生は美しい思い出
あの人の不在は静かな痛み

（墓碑に使われる言葉）

サーシャの墓地を出た時には、午後六時になっていた。私は高速道路に乗るために、フィアット・パンダをマコンに向けて走らせていた。バックミラーにぶらさげた白い虎が、のんきに揺れながら目の端で私を見ていた。

車を運転しながら、私はサーシャのことを考えていた。彼の菜園、彼の笑顔、彼の言葉。列車のストライキは私にセリアを送ってくれた。そして娘の死は、私にひとりの男を引き合わせた。麦わら帽子をかぶって墓地で野菜を育てる男を……。菜園と墓地の間で生きているサーシャは、生と死の間に生きる『サイダーハウス・ルール』の登場人物、ウィルバー・ラーチ医師そのものだと思った。

サマースクールのスタッフについても考えた。校長のエディット・クロックヴィエイユ、料理人のスワン・ルテリエ、世話係のジュヌヴィエーブ・マニャン、ふたりの若いインストラクター、エロイーズ・プティとリュシー・ランドン、メンテナンス係のアラン・フォンタネル。写真で見たひとりひとりの顔が頭に浮かんだ。この人たちだって、きっと善良な人たちなのだろう。あの出来事さえなかったら……。

関係者の住所はわかった。これからどうしよう？　ひとりずつ、会いにいこうか？

そんなふうに自問しながら、私はふと料理人のスワン・ルテリエが、マコンのレストラン《ル・テロワール・デ・スーシュ》で働いていることを思い出した。レストランは町の中心街のレリタン通りにあることも、地図で見て覚えていた。

私は高速道路には乗らず、マコン市内に入った。レストランから二百メートルほどのところにあった市庁舎近くのパーキングに車を止めて、店まで歩いた。店に入ると、ウェイトレスが感じよく出迎えてくれた。すでに二組のカップルが席に着いていた。

最後にレストランに入ったのは、アナイスの両親と一緒にランチを取った《ジーノ》だった。レオニーヌが目玉焼きの黄身を割って、大きな笑い声をあげた日だ。あの日のことを、私は何千回も思い返していた。注文した食事のこと、レオが着ていたワンピースのこと、お下げに編んだ髪のこと、レオの笑顔のこと、レオが披露した手品のこと、勘定書きの金額のこと、コーシン夫妻の車に乗りこんだ時のレオのこと、バイバイと手を振っていた時のレオのこと……。それから、ドゥドゥをアナイスに見られないように、レオが素早く膝の下に隠したこと――ドゥドゥは赤ちゃんの時から一緒に寝ていたウサギのぬいぐるみで、あまりに何度も洗濯機で洗ったせいで片耳はなくなっていたし、右目は今にも取れそうだったが、レオは決して手放そうとはしなかった。どれも、きっとあんな事件がなければ、すぐに忘れていたことだろう。でも、忘れたくても、そうはさせてくれないものもある。

スワン・ルテリエは厨房にいて、フロアには出てこなかった。フロアにいるのは若いウェイトレスが四人だ。墓にいる子供たちと同じ数だ――と私は思った。

ウェイトレスのひとりが注文を取りにきたので、私はワインのハーフボトルを頼んだ。料理は注文しなかった。「お食事はなさらないのですか？」とウェイトレスから訊かれたので、私は「あまりお腹がすいていないので」と答えた。きっとお金がないと思われたのだろう、ウェイトレスは見くだしたような笑顔を向けた。お酒はもう数カ月も前から飲んでいなかったので、ミネラル・ウォーターでもよかったのだが、レストランのテーブルでひとりで過ごすには、それでは淋しすぎた。ワインを飲みながら、私は人々が出たり入ったりするのを眺めていた。

午後九時頃、店が満席になったので、私はふらつく足で店を出て、少し先にあったベンチでスワン・ルテリエが店を出てくるのを待つことにした。

ベンチに座って、薄暗い闇に目を向けていると、すぐ近くを流れるソーヌ河の水音が聞こえた。私は、河に飛びこんでしまいたいと思った。レオのところへ行きたい。死んだら、レオにまた会えるだろうかと思いながら……。いや、どうせ水に飛びこむなら、海のほうがいい。海のほうがレオに会える気がする。レオはまだあの海にいるのだろうか？　私の魂もまだあそこにいるのかもしれない。私の人生には、何か意味があったのだろうか？　何かの役に立ったのだろうか？　あるいは、誰かの役に？　生まれた時、死産だと思われたのだから、そのまま死なせてくれればよかったのに……。どうして、産婆は私をヒーターの上に置いたのだろう？　私はそのヒーターのおかげで蘇生した。でも、今、私を生き返らせてくれるヒーターはない。一九九三年の七月十四日に壊れてしまったのだ。

スワン・ルテリエに会って、私は何を言おうというのだろう？　私は結局、何を知りたいのだろう？　部屋は焼けてしまったのだ。今になって質問をしたところで、娘が戻ってくるわけではない。嫌なことをほじくりかえすだけだ。

そう思いながらも、私はベンチから動くことができなかった。ステファニーに借りたフィアット・パンダまで戻って、夜道を走り、遮断機の家に戻る勇気は、もう私にはなかった。

やっぱり、うしろの柵を乗りこえて、暗い水の中に飛びこんでしまおう——そう思って、立ちあがろうとした時だった。一匹のシャム猫が喉をゴロゴロさせながら、私の脚に身体をこすりつけてきた。猫は、きれいな青い瞳で私をじっと見つめた。私は身体をかがめて、きれいな毛並みに触れた。すると、猫が膝に飛びのってきたので、私はビクッとして、そのままじっと動かずにいた。猫は私の膝の上で、身体をいっぱいに伸ばした。まるで身体全体を使って、私が河に飛びこむのを引きとめているかのように……。死の淵にいた私を猫が生の世界に引き戻してくれた。生まれた時のヒーターのように……。あの夜、ほんのわずかに残っていた私の命を、あの猫が救ってくれたのだ。

レストランから最後の客が出ていき、店内の明かりが消えた。最初に店を出てきたのはスワン・ルテリエだった。

私はベンチに座ったまま動かなかった。

ルテリエは黒いジャンパーを着ていた。街灯の明かりで生地が光っている。ジーンズにバスケットシューズを履き、身体を揺するような歩き方をしていた。

私はルテリエの名前を呼んだ。自分の声だとは思えなかった。誰か別の女性が、ぞんざいに呼びかけているようだった。私の中にいる知らない誰かが……。きっとアルコールのせいだろう。すべてがぼんやりしていた。

「ルテリエさん！」

猫が私の膝から降りて、足もとに座った。ルテリエは頭をこちらに向けて、しばらく私を見てから、なんとなく落ち着かない様子で「はい？」と答えた。

「私はレオニーヌ・トゥーサンの母親です」

ルテリエはその場で固まった。私が後年、白い幽霊に変装して怖がらせて追い払った若者たちと、同じ目をしていた。怯えた目でこちらを探ろうとしているのがわかった。私のいたところは暗がりになっていたので、私からは完璧にルテリエの表情を把握することができた。

四人いたウェイトレスのひとりがレストランから出てきて、ルテリエに近づき、背中から抱きついた。ルテリエはしごく素っ気なく「先に行け。あとで合流するから」と言った。

女の子はすぐに、ルテリエが私のほうを見ているのに気づいた。そして、私が店にいた客だと気づき、ルテリエの耳もとで何かを囁いた。たぶん、私がたったひとりでワインのハーフボトルを飲みほしたばかりだと教えていたのだろう。女の子は私をじろじろ見てから、ほとんど叫ぶようにして、「ティティの店で待ってるから！」と言って立ち去った。

ルテリエが近づいてきた。だが、私のそばまで来ても、何も言わず、私が先に口を開くのを待った。

「どうして私がここに来たか、わかりますか？」私は訊いた。

ルテリエは頭を振った。

「私が誰だか知っていますか？」

ルテリエは冷たい声で答えた。

「さっき自分で言ったでしょう。レオニーヌ・トゥーサンの母親だって」

「じゃあ、レオニーヌ・トゥーサンが誰だか知っていますか？」

少し躊躇してからルテリエは言った。

「でも、あんた葬式にも来なかったろう？　裁判にも来なかった……」

まったく予想もしていない答えだったので、平手打ちを食わされたような気がした。私は爪が肉に食いこむほど、きつく拳を握った。シャム猫はずっと私のそばにいた。足もとに座って、じっと私を見ていた。

「あの夜、子供たちが厨房に行ったなんて、信じられないんです」私は勇気を出して言った。

「どうして?」と、ルテリエは身がまえるようにして答えた。

「直感です。あの夜、何があったんです? あなたは何を見たんですか?」

「一号室の子供たちを助けようと、おれたちは中に入ろうとした。でも、その時はもう手遅れだったんだ」ルテリエはかすれた声で答えた。

「ほかのスタッフたちとの仲は、うまくいっていたんですか?」

ルテリエは苦しそうにあえいだ。うまく呼吸ができないようだ。そう思って見ていると、ポケットから喘息用のベネトリン吸入器を取り出し、口から素早く吸いこんだ。それから、「もう行かないと、人が待ってるから」と言った。

私にはルテリエが恐怖を感じていることがわかった。自分が恐怖を感じていると、他人の恐怖にも敏感になるからだ。私は恐怖を感じていた。私が真実を見つけてやらないかぎり、娘を焼いた炎は、これからも娘を焼きつづけるだろう。そう考えると、怖くてたまらなかったのだ。

「もうあのことは考えたくないんだ。あんたもそうしたほうがいい。気の毒だけど、それが人生だから……。人生には時々、残酷なことが起きるんだ。悪いね」

そう言うと、ルテリエは私に背を向けて、急ぎ足で歩きはじめた。最後は、ほとんど駆け足になっていた。

ルテリエは何かを隠していた。それは明らかだった。ルテリエの反応を見て、事故の調査報告書は嘘なのではないかという、私の疑念は強まった。

足もとを見ると、シャム猫はいつの間にかいなくなっていた。

56

優しいのは、決して消えない思い出です

（墓碑に使われる言葉）

娘の死後、体重は十四キロも落ちた。顔はげっそりと痩せこけたが、目だけはいつも泣きはらしてむくんでいた。服がブカブカになり、まるで子供の顔と身体が、しわくちゃになった封筒に入っているかのように見えた。

年老いた少女――それが、その頃の私だった。

私は七歳だった。生きていたのはレオが生きていた約七年だけで、あとは塵のような人生だった。

そんな私を見て、サーシャはいつも、「巣から落ちて、雨に濡れた年寄りの雛鳥みたいだ」と言っていた。

だけどサーシャと出会って、私は変わった。髪を伸ばし、服装を変えた。

体重が戻って元の身体を取り戻した時、店のショーウィンドウに映る私の姿は、女性らしく変わっていた。それまで着ていたジーンズとスウェットシャツには興味がなくなり、ワンピースやスカートやシャツドレスを着はじめた。

顔の輪郭も変わった。絵画にたとえるなら、二十世紀の具象絵画家ベルナール・ビュフェが描く、

角張った細長い顔から、十九世紀印象派のオーギュスト・ルノワールが描く、ふくよかな顔に変化した。サーシャと出会ったせいで、私の顔は一世紀前に戻ったのだ。

慈善団体《エマオ》のトラックでパウロが最後にやってきたとき、私はレオニーヌの最後の私物と一緒に、私の人形のカロリーヌとそれまで着ていたパンタロンとドタ靴も渡した。そして、パンプスを買い、爪を磨き、アイシャドーを引きはじめた。

いつもジーンズで化粧っ気のない私しか知らなかったステファニーは、私がスーパーのレジに粉おしろいとバラ色のチークを置いたとき、怪訝そうな目つきで私を見た。ありとあらゆる種類のお酒を買っていた頃よりも、さらに警戒するような目つきだった。

人間というのは不思議なものだ。子供を失った母親を見るのが辛くて、目をそらすいっぽう、その母親が生きる気力を取り戻し、洋服を着て、化粧するのを目にすると、元気が出てよかったと喜ぶかわりに、何があったのかと警戒するのだ。

私はほかの女性たちが料理をすることを覚えるように、自分の手入れをすることを覚えた。デイクリームやナイトクリームを塗り、お化粧を始めた。

私は変わった。レオニーヌが生きている頃に会った人には、見分けがつかないほどに……。実際、私が墓地の管理人になってから、アナイスの両親、ジャン＝ルイとアルメルのコーシン夫妻が墓参りに来たことがあったが、ふたりには私が誰だかわからなかった。一九九三年七月十三日にマルグランジュ＝シュル＝ナンシーで一緒に食事をした身なりのだらしない若い母親と、ブランシオンの墓地の通路をしっかりした足取りで歩きまわっている身だしなみのよい管理人は、夫妻の頭のなかでまったく結びつかなかったのだろう。私から花を買ったこともあったが、気づくことはなかった。

イレーヌ・ファヨールは、私について日記にこう記していた。

墓地の世話をしている女性はいつも悲しそうに見える。でも、墓参りに来る人たちには、常に笑顔で接している。悲しそうにしているのは、きっと職業柄、求められていることなのだろう。きれいな人で、年齢不詳だ。似ている女優がいるけど、名前が思い出せない。いつもきちんとした服装をしている。昨日、私は彼女からガブリエルの墓に供える花を買った。私の作ったバラはあげたくなかったからだ。墓地の世話をしている女性は、とてもかわいらしい紫色のエリカの花を勧めてくれた。私たちは花の話をした。彼女は庭仕事が大好きなようだった。私がバラ園を持っているというと、目が輝いた。それまでとはまったく別人になった。

それが、私に関する最初の記述だった。日付は二〇〇九年、ガブリエル・プリュダンの埋葬から一カ月後のことだった。フィリップ・トゥーサンの失踪からは十一年がたっていた。

もしイレーヌ・ファヨールが、《墓地の世話をしている女性》が自分の息子とひと晩愛しあう日が来ることを知ったら、どう思っただろう？

ジュリアンからは、あれから連絡がなかった。きっとそのうち、ある日の朝に、また静かに現れるだろう。いつものように……。私がホテル《アルマンス》を黙って抜けだした時と同じように……。

今日はマリー・ガイヤール（一九二四―二〇一七）の埋葬の日だった。埋葬の前に、故人の棺の前で、ジュリアンと愛しあった夜のことを思い出していたら、故人が経営していた会社の従業員が、私のそばにやってきて、耳もとで囁いた。「あのばばあがまちがいなく死んだのか確かめるために、葬式に来たのよ」と……。私は笑いをこらえるために、自分の手のひらをぎゅっとつねった。どうやら、マリー・ガイヤールはまわりの人たちから嫌われていたらしい。その証拠に、墓には何もなかった。弔花もないし、メモリアルプレートもない。埋葬が終わったあと、墓の前に残って、別れを惜しむ人もいない。猫の子一匹いなかった。墓地の猫すら、そのまわりを避けていた。マリー・ガイヤールは一家の墓に埋葬されたが、あの世で再会した人たちに対して、あまり不愉快な態度を取らなければよいのだけれど……。墓を見ながら、私は思った。

墓地を歩いている人が墓に唾を吐く姿を見ることは、まれではない。正直、自分で思っていた以上に、よく目にする光景だった。この仕事に就いたばかりの頃は、嫌いな人が死んだら、その人物への憎悪も消えるのだろうと思っていた。だが、墓は憎しみまで閉じこめることはできないらしい。参列者が誰ひとり涙を流さない埋葬に立ち会ったことも珍しくない。亡くなったことを喜んでいる埋葬まであった。死んでくれたことが、みんなにとって、ありがたいという場合もあるのだ。

マリー・ガイヤールの埋葬後、会社の従業員のひとりがつぶやいた言葉が耳に入った。「意地の悪さっていうのは、堆肥みたいなものだわね。片づけたあとでも、臭いはずっと長いこと、風に漂って残っているから……」

＊　＊　＊

一九九六年の一月から、私は毎月二回、日曜日にサーシャに会いに墓地へと通った。離婚して親権を取れなかった親が、二週に一度、週末に子供に会いに行くように……。ステファニーはいつも嫌がらずに赤いフィアット・パンダを貸してくれた。朝六時に出発し、夕方には家に戻る。だけど、私はそれほど長くはこの習慣を続けられないだろうとも思っていた。すぐに、フィリップ・トゥーサンにどこに行っているのかと問いただされ、行くことを禁止されるだろうと予測がついていたからだ。自分は勝手に浮気をするのに、夫は嫉妬深かった。

ブランシオンの墓地に通いはじめて、私の容姿は変わっていった。それはまるで、愛人ができた女性のような変化だった。とはいえ、私の唯一の愛人は、サーシャが作り方を教えてくれた馬糞で作る堆肥だったのだが……。ほかにもサーシャはいろいろなことを教えてくれた。土は十月に一度耕しておいて、春になったら時期を見定めて、あらためて耕す。土を耕すときは、ミミズを傷つけないように気をつけること。ミミズは有機物の分解を促進し、土壌を改善する働きをする。だから、ミミズには、「仕事をしてもらわなくてはいけない」のだ。空を見て苗や種を植える時期を判断することも教えてくれた。「九月に収穫したいのなら、空を見て、一月に植えるかもう少し待つかを判断するんだよ」と……。

サーシャは私に、自然相手の仕事は時間がかかるのだと説明してくれた。一月に植えたナスは九月にならないと収穫できない。企業が経営する大規模農園では、早く育てて収穫するために大量の化学肥料を使うが、ブランシオンの墓地の菜園ではそんな収益は必要ない。ここで採れる野菜を待っているのは、管理人であるサーシャと、〈巣穴から落ちた年寄りの雛鳥〉、つまり私以外には、誰もいないのだから……。ここで自然を育むために使うのは、自然だけだ。だから、堆肥も馬糞を使ったし、花を育てるにはイラクサから作った液肥を用いた。虫除けもセージを煎じたもので、除草剤は決して使わなかった。液肥や虫除けの作り方を教えてくれながら、サーシャはよく私に言った。

「ヴィオレット、自然のままというのは、とても手がかかるものなのだよ。でも生きてさえいれば、時間は見つけることができる。朝露を浴びて成長するマッシュルームみたいに、時間も生まれるからね」

ほんの数回、ブランシオンに通ううちに、サーシャはすぐに気さくな口調で話すようになっていた。だが、私は最後まで敬語を使っていた。

口調だけではなく、サーシャは言葉の選び方も直截的《ちょくせつ》だった。私が墓地に着いたのを見ると、いつも叱ることから始めた。

「ヴィオレット！　鏡を見たかい？　なんてみっともない格好をしているんだね！　せっかくきれいなのに、台無しじゃないか。君はきれいなんだから、それに見合った服を着なさい。第一、なんで髪をそんなに短くしているんだね？　シラミでもいるのかい？」

まるで自分の猫に話しかけるような調子だった。サーシャは猫が大好きで、何匹も飼っていた。

墓地にはいつも十時頃到着した。まずはレオニーヌの墓に行く。大理石の下は空っぽで、娘がそこにいないのはわかっていたけれど、それでも私は墓石に刻まれた娘の名前を読み、キスをした。花は供えなかった。レオニーヌは花には興味がなかったからだ。六歳の子供は、花より、おもちゃや魔法の杖を好むのだ。

そのあとでサーシャの家に行く。家のドアを開けると、いつでも同じ匂いが私を迎えてくれた。フライパンで手早く炒めたタマネギの匂いと、お茶の香り。それから《オシアンの夢》という香水の匂いだ。サーシャはその香水を振りかけたハンカチを部屋のあちこちに置いていた。この家に入ると、すぐに呼吸が楽になった。ほっとして、身も心もリラックスするのがわかった。

私たちは向かい合わせで昼食をとった。料理はいつもおいしかった。色鮮やかで、香りがよく、スパイスが効いて、風味に富んでいた。肉は出ない。サーシャは私が肉は大嫌いなのを知っていたからだ。

サーシャは会わなかった二週間のことを訊いてきた。マルグランジュ＝シュル＝ナンシーでの日常の暮らし、仕事や列車のこと、読んだ本や聴いた音楽のことなど……。フィリップ・トゥーサンのことは決して話題にしなかった。どうしても言及しないといけない時には、名前ではなく、ただ「彼」と言った。

食事が終わるとすぐに一緒に菜園に出て、仕事に取りかかった。天気のよい日でも、凍えるように寒い日でも、いつでも何かしらやることはあった。

種をまく、何かを植える、植え替える、支柱を立てる、中耕をする、雑草を抜く、挿し木をする。それに通路の手入れも必要だ。私たちはいつも地面に向かい、両手を土に入れていた。天気のよい日には、散水ホースで私を狙うのがサーシャのお気に入りのお遊びだった。サーシャは子供のような瞳をしていた。子供みたいな遊びも好きだった。

長年この墓地の管理人をしてきたそうだが、私生活については決して語らなかった。結婚指輪はしていなかった。初めての菜園で見つけた、ニンジンにはまっていたというあの指輪以外は……。

時々、サーシャはポケットからジャン・ジオノの小説『二番草』を取り出して、中の一節を私に読んで聞かせてくれた。私は、暗記している『サイダーハウス・ルール』の一部を暗唱した。

ふたりの時間は、時おり中断された。腰を痛めた人や足首をくじいた人が、整体の治療を受けにやってくるからだ。サーシャは私に「続けていておくれ。すぐに戻ってくるから」と言って家に入り、三十分ほど治療を施してから、いつもお茶を入れたカップを持って戻ってきた。笑顔を浮かべて、必ず「どれ、〈私たちの畑〉は、どこまで進んだかな?」と言いながら……。

初めて土に両手を入れて、空を見あげた時のことは忘れられない。私はこの初めての経験を心から愛した。土と空は結びついていること、どちらも、もういっぽうなしでは成り立たないのだということがわかった。私は季節をカレンダーではなく、菜園の様子で知るようになった。二週間ごとに菜園を訪ねると、空と土、そして作物が、はっきりと季節の移り変わりを告げているのがわかった。

菜園で過ごす日曜日と次の日曜日の間は、果てしなく長く感じた。ブランシオンに行かない日曜日は、砂漠の真ん中ではるか遠くのオアシスを見つめているような気分だった。地平線の彼方にある〈次の日曜日〉というオアシスを……。

そんな時には、自分で植えたものや、まいた種、どんな挿し穂をしたかを記録したノートを読んで過ごした。サーシャが貸してくれた園芸雑誌もむさぼるように読んだ。『サイダーハウス・ルール』をむさぼり読んだ時と同じ熱意で……。

帰ってきてから十日たって次の日曜が近づいてくると、落ち着かなくなった。刑期がもうすぐ終わるという囚人が、最後の日にちを数えるような状態だったと思う。木曜日の晩になると、そわそわして、何度も足踏みをした、金曜日と土曜日は、居ても立ってもいられず、列車と列車の合間に近所を歩いてまわった。わざわざ外に出たのは、ブランシオンに行きたくてうずうずしているという気持ちを、フィリップ・トゥーサンに悟られたくなかったからだ。だから、夫がバイクで通らない横道を選んで歩き、偶然会ってしまった時には、急いで買い物に行くところだと嘘をついた。そして土曜日の晩になると、ステファニーのところにフィアット・パンダの鍵を借りに行った。車はステファニーの家の前にとめてあったので、日曜日の朝に、そのまま乗っていけばよかった。

私はステファニーのフィアット・パンダを愛した。世界中のどんな車好きでも、私がその車を愛したほど、車を愛した人はいないだろう。震える手でハンドルをつかみ、鍵を回してエンジンをかけ、ギアをロウに入れて、アクセルを踏みこむ――その時の胸の高鳴りは、どんな車のコレクターにも、フェラーリやアストン・マーティンの運転手にも、決して負けなかったと思う。

車を運転しながら、私はこれから菜園で目にするものを想像してバックミラーの白い虎に話しかけた。「苗木はどのくらい育ったと思う？」「苗はそろそろ植え替えが必要だよね？」「葉の色はどうだろう。土壌の状態は？」「土が乾いて、耕しにくくなっているかもしれないね」「堆肥の量は十分だったかな？」「果樹の樹皮の様子はどうだろう？」「もう芽は出ただろうか？」そうやって、野菜のことや果物のこと、花のことを心配した。サーシャとふたりで過ごす時間のことも考えた。「サーシャはランチに何を用意してくれているかしら？」「家に入ったら、またあの匂いが迎えてくれるね」「今日はなんのお茶を飲もう」……。そうして、サーシャの声に思いを馳せた。「もうすぐ私のウィルバー・ラーチ医師《せんせい》に会える。私ひとりのウィルバー・ラーチ医師《せんせい》に……」そう心の中でつぶやきながら……。

ステファニーは、私の様子を見て、娘に会うのが待ちきれないのだろうと思っていたようだ。でも、私が待ちきれなかったのは、娘に続く命を見つけることだった。私以外の、ほかのいくつもの命を……。私は土壌だった。すっかりやせていて、私自身が花を咲かせることはできないが、ほかの命を育てることはできた。一本の草は、どこでも育つことができる。私という砂利だらけの土地でも……。アスファルトのように不毛の土地でも……。一本の草はアスファルトの中でも生きることができる。そこにごくわずかでもひび割れがあれば、そこに根をおろし、芽を出し、葉を伸ばし、花を咲かせることができるのだ。あとは少しの雨と風、太陽の光があれば……。

初めてのトマトを収穫したのは、種をまいてから六カ月後のことだった。でも、そのずっと前から、菜園にはレオニーヌがいた。私はレオニーヌの存在を感じた。あの子は自分が埋葬されている墓地の菜園に、地中海を運んできたのだ。

初めてのトマトを収穫したその日、私は知った。菜園の土壌が作りだす、小さな奇跡のひとつひとつに、娘がいることを……。

監訳者略歴　高野 優　早稲田大学政治経済学部卒　フランス文学翻訳家　訳書『死者の国』グランジェ（監訳），『三銃士の息子』カミ（以上早川書房刊）他多数
訳者略歴　三本松里佳　カナダ・ケベック大卒　フランス語・英語翻訳家　訳書『病院は劇場だ』ボーリュー（早川書房刊），『美しい焼き菓子の教科書』デュピュイ他多数

あなたを想《おも》う花《はな》
〔上〕

2023年4月20日　初版印刷
2023年4月25日　初版発行

著者　ヴァレリー・ペラン
監訳者　高野《たかの》　優《ゆう》
訳者　三本松《さんぼんまつ》　里佳《りか》

発行者　早川　浩

発行所　株式会社早川書房
東京都千代田区神田多町2－2
電話　03－3252－3111
振替　00160－3－47799
https://www.hayakawa-online.co.jp

印刷所　株式会社亨有堂印刷所
製本所　株式会社フォーネット社
Printed and bound in Japan
ISBN978-4-15-210231-7 C0097
JASRAC 出 2302252-301

乱丁・落丁本は小社制作部宛お送り下さい。
送料小社負担にてお取りかえいたします。